Mission Indigo

Cahier de maths 6e

Sous la direction de Christophe BARNET

Nadine BILLA

Marie-Christine LAYAN

hachette
ÉDUCATION

Sommaire

Chapitre 1

Nombres entiers

1 Lire et écrire des nombres entiers

▶ 0, 1, 2, 3, 4, 5, 6, 7, 8, 9 sont les **dix chiffres** qui permettent d'écrire tous **les nombres**.

▶ Chaque chiffre a une valeur en fonction de sa position dans le nombre.

2	4	7	5
2 milliers	4 centaines	7 dizaines	5 unités
$2 \times 1\,000$	4×100	7×10	5×1

1 dizaine = 10 unités ;
1 centaine = 10 dizaines ;
1 millier = 10 centaines .

1 Compléter avec les nombres qui conviennent.

a. 3 426 est égal à ...... milliers, ... centaines, ... dizaines et ...... unités.

b. 2 504 920 est égal à ...... millions, ... centaines de milliers, ... milliers, ... centaines, ... dizaines.

c. 21 315 814 est égal à ...... millions, ... milliers, ... unités.

d. 2 681 031 est égal à ...... milliers, ... unités.

2 Compléter avec les mots : unités • dizaines • centaines • milliers • millions • milliards.

a. 18 507 est égal à 18 ...... , 5 ...... , 7 ......

b. 2 317 084 est égal à 2 ...... , 317 ...... , 84 ......

c. 17 841 620 est égal à 17 ...... , 841 ...... , 6 ...... , 2 ....

3 Compléter.

a. ...... est le nombre de dizaines dans le nombre 8 319.

b. 17 est le nombre de ...... dans le nombre 1 725.

c. ...... est le nombre de milliers dans le nombre 513 472.

4 Compléter les phrases suivantes.

a. 5 218 000 est un ...... à sept ......

b. Dans le nombre 1 457 236, le chiffre 4 est le chiffre des ....

c. Dans le nombre 5 419 723, le chiffre 5 est le chiffre des ....

▶ Pour écrire un nombre en lettres, on place un **trait d'union** entre chaque mot.
Ces mots sont invariables sauf « million » et « milliard » qui prennent un « s » au pluriel, ainsi que « vingt » et « cent » qui prennent un « s » au pluriel s'ils ne sont pas suivis.

5 Écrire les nombres suivants en chiffres.

a. Trente-et-un-mille-vingt ......

b. Vingt-cinq-millions-cent-mille-quatre-cent-deux ......

6 Écrire les nombres suivants en lettres.

a. 517 ......

b. 1 153 ......

c. 2 120 300 ......

7 MODE EXPERT On dispose des six cartes suivantes.

cent(s) | vingt(s) | cinq | mille | sept | million(s)

Chaque carte ne peut être utilisée qu'une fois.

1. Écrire le plus grand nombre de trois chiffres.

......

2. Écrire le plus grand nombre de cinq chiffres.

......

3. Écrire le plus grand nombre possible.

......

2 Additionner, soustraire avec des nombres entiers

▸ Dans une addition, on **ajoute** des **termes**, et le résultat est une **somme**.
• 23 + 7 = 30

8 Compléter chaque phrase.

a. La somme de 52 et de 47 est …… .

b. La somme de 123 et de …… est 176.

c. La somme de 145 et de 318 est …… .

9 Effectuer les opérations suivantes.

	8	7	6
+	4	1	3

	2	1	8
+	3	4	5
+	1	9	2

	5	4	8
+	3	8	2
+	4	9	3

10 Compléter les opérations suivantes.

	……	5	2
+	3	……	4
	9	8	6

	……	8	4
+	2	……	7
	6	4	1

	……	……	5
+	5	2	8
	9	0	……

11 Calculer.

a. La somme de trois-mille-huit-cent-quatre-vingt-neuf et de treize-mille-quatre-cent-vingt.

……………………………………………………

b. La somme de cinq-millions-huit-mille-sept et de trois-mille-neuf-cent-quatorze.

……………………………………………………

12 Compléter les carrés magiques pour que les sommes des nombres de chaque ligne, colonne et diagonale soient égales.

	9	
	13	
	17	10

15	35	
	21	
		27

▸ Dans une succession d'additions, on peut regrouper et changer l'ordre des termes pour aider à calculer mentalement.
• 18 + 47 + 12 = 18 + 12 + 47
= 10 + 10 + (8 + 2) + 47 = 30 + 47 = 77

13 Calculer mentalement en changeant l'ordre des termes.

a. 45 + 24 + 15 + 6 = ……………………………………

b. 99 + 87 + 23 + 11 = ……………………………………

▸ Dans une soustraction, on **soustrait** des **termes**, et le résultat est une **différence**.
• 30 − 7 = 23

14 Compléter chaque phrase.

a. La différence entre 89 et 24 est …………… .

b. La différence entre 986 et 861 est …………… .

c. La différence entre 302 et …………… est 251.

15 Effectuer les opérations suivantes.

	2	3	8
−	1	5	5

	8	7	6
−	4	1	3

	7	1	4
−	2	2	5

16 Compléter les opérations suivantes.

	7	3	4
−	……	……	1
	4	9	……

	9	4	5
−	……	6	……
	6	……	4

	8	3	1	5
−	3	……	4	……
	……	5	……	9

Le contexte est important pour savoir s'il faut procéder à une addition ou une soustraction.

17 1. Lise a ajouté 312 à un nombre, elle obtient 511. Quel nombre avait-elle choisi au départ ?

……………………………………………………

2. Prune a enlevé 43 à un nombre, elle obtient 61. Quel nombre avait-elle choisi au départ ?

……………………………………………………

18 MODE EXPERT La différence entre deux nombres est 18. On augmente le plus grand de 5 et on diminue le plus petit de 2.
Que devient leur différence ?

……………………………………………………

3 Multiplier avec des nombres entiers

▸ Dans une multiplication, on **multiplie** des **facteurs**, et le résultat est un **produit**.
• 15 × 4 = 60

19 On sait que 78 × 24 = 1 872.
Dans chaque cas, entourer la réponse correcte.

a. 1 872 est la somme de 78 et 24. vrai faux

b. 78 et 24 sont appelés des termes. vrai faux

c. 78 et 24 sont appelés des facteurs. vrai faux

d. 1 872 est le produit de 78 par 24. vrai faux

e. 780 × 240 = 18 720 vrai faux

20 Effectuer les opérations suivantes.

		8	4	5
×			2	3

		2	3	6	7
×				7	8

21 Compléter les opérations suivantes.

		7	4	
×			3	8
				6
			6	•
				6

		3		7	
×				8	6
		0	8	5	
					0

▸ Quand on multiplie un nombre par 10, le chiffre des unités devient le chiffre des dizaines.

▸ Si on multiplie par 100, le chiffre des unités devient le chiffre des centaines, et ainsi de suite.
• 35 × **10** = 350 472 × **100** = 47 200

22 Calculer mentalement.

a. 145 × 10 = ……

b. 5 478 × 10 = ……

c. 89 × 100 = ……

d. 1 235 × 100 = ……

e. 869 × 1 000 = ……

f. 3 745 × 1 000 = ……

▸ Dans une succession de multiplications, on peut regrouper et changer l'ordre des facteurs pour aider à calculer mentalement.
• **5** × 78 × **2** = **5** × **2** × 78 = **10** × 78 = 780

23 Calculer mentalement en changeant l'ordre des facteurs.

a. 4 × 77 × 25 = ……

b. 5 × 56 × 20 = ……

c. 2 500 × 8 × 9 × 4 = ……

……

d. 125 × 25 × 8 × 3 × 4 = ……

……

24 On sait que 52 × 24 = 1 248.
Calculer sans poser les opérations.

a. 52 × 240 = ……

b. 52 × 48 = ……

c. 52 × 25 = ……

Le produit d'un nombre par 2 est appelé le **double**, par 3, le **triple** et par 4, le **quadruple**.

25 Calculer mentalement.

a. le double de 28 : ……

b. le triple de 12 : ……

c. le quadruple de 11 : ……

d. le triple de 153 : ……

e. le double du double de 38 : ……

f. le triple du double de 11 : ……

26 MODE EXPERT Calculer mentalement.

• le quintuple du quadruple de 15 :

……

• le triple du quadruple du double de 11 :

……

• le produit du triple du quadruple de vingt-cinq par le double du quintuple de trois-cents.

……

4 Estimer un ordre de grandeur

▸ Un **ordre de grandeur d'un nombre** est un nombre proche de celui-ci et facile à utiliser en calcul mental.

27 Associer l'ordre de grandeur en mètres.

Longueur d'une voiture •	• 4
Altitude des plus hauts sommets des Alpes •	• 40
Hauteur d'un immeuble de 15 étages •	• 400
Distance Paris-Londres •	• 4 000
Longueur d'une piste d'athlétisme •	• 400 000
Distance Terre Lune •	• 4 000 000
Longueur du fleuve Missisipi •	• 400 000 000

28 Associer l'ordre de grandeur en grammes.

Œuf •	• 1 215 000
Cartable •	• 75 000
Voiture •	• 8 500
Tarte •	• 775
Homme adulte •	• 60

▸ Pour **estimer un ordre de grandeur** du résultat d'une opération, on peut remplacer chaque terme ou facteur par un nombre proche qui permet de calculer mentalement.

29 Entourer, sur chaque ligne, un ordre de grandeur du résultat de chaque opération.

356 + 789	100	1 000	10 000
25 × 89	100	1 000	2 500
752 – 225	1 000	500	10 000
4 586 + 3 785	8 000	100	12 000
10 285 – 7891	18 000	2 000	9 000
586 × 205	1200	12 000	120 000

30 Donner un ordre de grandeur de :

a. la masse de 99 sacs de 21 kg chacun ;

b. le prix de 29 boites à 11 € pièce.

31 Donner un ordre de grandeur du résultat des opérations suivantes.

a. 1 213 + 108 :

b. 4 734 + 3 212 :

c. 81 325 – 1 402 :

d. 518 × 9 :

e. 938 × 21 :

f. 12 318 + 547 137 – 6 814

g. 517 + 21 981 – 305

32 À la boulangerie, Sam achète quatre baguettes à 0,95 € pièce, deux croissants à 1,10 € pièce et deux tartelettes à 2,90 € pièce.
Donner un ordre de grandeur du montant de ses achats.

33 Lors d'un rallye sportif, les concurrents doivent traverser la forêt durant 3 697 m, effectuer 5 tours du lac puis réaliser un parcours de 1 458 m.
Le tour du lac mesurant 478 m, donner un ordre de grandeur de la longueur totale de ce rallye.

34 MODE EXPERT Sans effectuer les opérations, ranger les résultats de ces opérations par ordre décroissant.

1015 × 49 • 487 × 12 • 2 384 + 377 • 596 – 307 • 12 × 56 • 57 234 – 31 897 • 9987 + 2 346

5 Effectuer et utiliser une division euclidienne

Effectuer la **division euclidienne** d'un nombre entier (**le dividende**) par un nombre entier différent de 0 (**le diviseur**), c'est trouver deux nombres entiers, le **quotient** et le **reste** tels que :

dividende = diviseur × quotient + reste

avec **reste < diviseur**.

- **157 = 42 × 3 + 31**

35 Effectuer la division euclidienne et compléter.

2	3	7	1	2

Le quotient est …… .

Le reste est …… .

Le dividende est …… .

Le diviseur est …… .

On peut écrire l'égalité : …… = …… × …… + …… .

36 Effectuer la division euclidienne et compléter.

6	9	1	2	1

Le quotient est …… .

Le reste est …… .

Le dividende est …… .

Le diviseur est …… .

On peut écrire l'égalité : …… = …… × …… + …… .

37 On donne l'égalité 425 = 35 × 12 + 5.
Compléter les phrases suivantes.

a. Le quotient de la division euclidienne de 425 par 35 est ……, et le reste est …… .

b. Le quotient de la division euclidienne de 425 par 12 est ……, et le reste est …… .

38 On donne l'égalité 330 = 24 × 13 + 18.
Compléter les phrases suivantes.

a. Le quotient de la division euclidienne de 330 par 24 est ……, et le reste est …… .

b. Le quotient de la division euclidienne de 330 par 13 est ……, et le reste est …… .
Cette division euclidienne s'écrit :

330 = 13 × …… + ……

39 Dans une division euclidienne, 48 est le diviseur, 52 est le quotient et 13 est le reste.
Quel est le dividende ?

Les **situations de partage** ou de **regroupements identiques** amènent souvent à poser une division euclidienne.

40 Emy souhaite partager équitablement les 126 jetons d'un jeu pour jouer avec ses 7 amies.
Combien de jetons chacune aura-t-elle ?

41 Fleur a 185 perles ; elle veut fabriquer des bracelets de 14 perles chacun.

1. Combien pourra-t-elle faire de bracelets ?

2. Lui restera-t-il des perles ? Si oui, combien ?

42 Maxime range sa collection de 985 cartes dans des albums contenant chacun 45 cartes.
Combien d'albums doit-il acheter ?

43 MODE EXPERT Compléter le tableau suivant.

Dividende	Diviseur	Quotient	Reste
547	43		
	46	19	7
325		23	3
331		12	19

6 Déterminer des multiples et des diviseurs

La division euclidienne de 45 par 9 donne un reste nul. On peut dire que :
- 9 est un **diviseur** de 45
- 45 est **divisible** par 9
- 45 est un **multiple** de 9

On a $45 = 9 \times 5$, on peut aussi dire que 45 est un multiple de 5 (et que 45 est divisible par 5).

44 Compléter avec une des trois expressions écrites en gras ci-dessus.

a. 6 est un .... de 42.

b. 72 est .... par 9.

c. 77 est un .... de 7.

d. 28 est un .... de 4.

45 On donne l'égalité $15 \times 14 = 210$.
Compléter les phrases suivantes.

a. 15 est un .... de 210.

b. .... est divisible par 14.

c. 210 est un .... de ...... et de ....

46 On donne l'égalité $25 \times 13 = 325$.
Écrire trois phrases contenant chacune l'un des mots diviseur, multiple, divisible.

....

....

....

47 Entourer la réponse correcte.

a. 15 est un multiple de 150. Vrai Faux

b. 56 est un multiple de 4. Vrai Faux

c. 46 est divisible par 6. Vrai Faux

d. 9 est un diviseur de 3. Vrai Faux

e. 0 est un diviseur de 10. Vrai Faux

48 1. Dans la liste ci-dessous, entourer les multiples de 2 et souligner les multiples de 3.

24	45	18	4
9	19	42	17

2. Que peut-on dire des nombres qui ont été entourés et soulignés ?

....

49 1. Écrire les six premiers multiples non nuls de 8.

....

2. Écrire quatre diviseurs de 24.

....

3. Écrire tous les diviseurs de 28.

....

50 1. Écrire tous les multiples de 7 compris entre 45 et 80.

....

2. Écrire tous les diviseurs de 60.

....

3. Écrire quatre nombres qui sont à la fois multiples de 6 et de 9.

....

51 Avec ses 468 bonbons, un confiseur veut confectionner des petits sachets identiques de bonbons sans qu'il en reste.

1. Chaque sachet peut-il contenir 30 bonbons ?

....

....

....

2. Chaque sachet peut-il contenir 36 bonbons ?

....

....

52 MODE EXPERT 1. Donner le plus petit multiple de 4 supérieur à 25 : ....

2. Donner le plus grand multiple de 13 inférieur à 100 : ....

3. Donner les trois plus grands diviseurs de 52 :

....

4. Donner tous les multiples de 17 compris entre 30 et 105 : ....

7 Utiliser les critères de divisibilité

- Un nombre entier est **divisible par 2** si son chiffre des unités est 0 ; 2 ; 4 ; 6 ou 8.
- Un nombre entier est **divisible par 5** si son chiffre des unités est 0 ou 5.
- Un nombre entier est **divisible par 10** si son chiffre des unités est 0.

53 Entourer les nombres qui sont divisibles par 2.

5 48 124 215 366 841 12 300

54 Entourer les nombres qui sont divisibles par 5.

35 52 120 352 405 840 7 524

55 Entourer les nombres qui sont divisibles par 10.

45 50 170 408 570 842 16 520

56 Compléter le tableau suivant par Oui ou Non.

est divisible par →	2	5	10
80			
164			
1 345			

- Un nombre entier est **divisible par 3** si la somme de ses chiffres est divisible par 3.
- Un nombre entier est **divisible par 9** si la somme de ses chiffres est divisible par 9.

57 Entourer les nombres qui sont divisibles par 3.

27 51 121 414

666 833 15 378

58 Entourer les nombres qui sont divisibles par 9.

14 59 126 234

366 849 23 346

59 Compléter le tableau suivant par Oui ou Non.

est divisible par →	3	5	9
78			
265			
3 780			

60 Voici une liste de nombres.

15 27 135 828 540 409 42 240

1. Quels sont ceux qui sont divisibles à la fois par 3 et par 5 ?

2. Quels sont ceux qui sont divisibles à la fois par 2 et par 9 ?

61 Iban veut répartir équitablement la totalité de ses 144 billes entre ses deux copains et lui.

Est-ce possible ? Expliquer pourquoi.

62 Je suis un nombre entier compris entre 71 et 99. Je suis divisible par 5, par 3 mais pas par 9.

Qui suis-je ?

63 Dans chaque cas, par quel(s) chiffre(s) peut-on remplacer le Δ pour que les nombres soient divisibles par 3 et 5 ?

a. 124Δ :

b 47Δ5 :

c. 8Δ70 :

d. Δ230 :

64 MODE EXPERT Dans chaque cas, par quel(s) chiffre(s) peut-on remplacer le Δ et le □ pour que le nombre 2Δ7□ soit divisible :

a. par 2 et 5 ?

b. par 5 et 9 ?

Automatismes

65 Parcours ceinture jaune

1. Écrire en chiffres cinq-mille-trois-cent-vingt-huit :
2. $45 + 33 =$
3. $28 + 13 + 12 =$
4. $123 - 12 =$
5. $8 \times 8 =$
6. $42 \div 6 =$
7. $25 \times 10 =$
8. $47 \times 100 =$
9. Le triple de 25 est
10. 381 est-il divisible par 2 ?
11. Le double de 223 est
12. 330 est-il un multiple de 3 ?

66 Parcours ceinture verte

1. Écrire en chiffres cinquante-et-un millions-trois-mille-vingt-cinq :
2. $85 + 38 + 15 =$
3. $304 - 12 =$
4. $801 - 40 =$
5. Le produit de 9 par 8 est
6. $56 \div 7 =$
7. $685 \times 10 =$
8. Un ordre de grandeur de $1\ 123 + 550 - 213$ est
9. Quels sont le quotient et le reste de la division euclidienne de 123 par 12 ?
10. $789 \times 1000 =$

67 Parcours ceinture noire

1. Écrire en chiffres quarante-et-un-milliards-vingt-six-millions-quatre-mille-sept :
2. $253 + 124 + 117 =$
3. La différence entre 215 et 158 =
4. $66 \times 4 =$
5. Le quotient de 72 par 9 est
6. $6\ 485 \times 1\ 000 =$
7. $4 \times 45 \times 25 =$
8. Le triple du double de 40 est
9. $50 \times 33 \times 20 =$
10. Quels sont le quotient et le reste de la division euclidienne de 914 par 25 ?
11. 125 478 est-il divisible par 9 ? :
12. Un ordre de grandeur du produit de 875 par 986 est
13. Les diviseurs de 18 sont

Le labo Indigo

Entraine-toi à ton rythme sur les capacités 1 à 7 avec les exercices interactifs du Labo Indigo.

hachette-clic.fr/21li6001

Problèmes

ceinture jaune — ceinture verte — ceinture noire

68 Emile et Tom
Calculer

Emile va chez son copain Tom qui habite à 850 m de chez lui. Il a déjà parcouru 370 m.

▶ Quelle distance lui reste-t-il pour arriver chez Tom ?

69 Course à pied
Calculer

Un coureur à pied s'entraine : il effectue 25 fois un circuit de 600 m.

▶ Quelle distance totale parcourt-il ?

70 Sortie cinéma
Chercher, Calculer

Les professeurs de français et de mathématiques sont les deux accompagnateurs de la classe de 6e B (28 élèves) lors d'une sortie au cinéma.

La séance a lieu à 10 h 30 et coute 4 € par personne ; ils s'y rendent en tramway.

▶ Quel est le cout total de cette sortie ?

71 En toutes lettres
Communiquer

Compléter le chèque suivant en écrivant le montant à payer en lettres.

72 Bonbons
Calculer, Raisonner

Pour fêter son anniversaire avec ses copines, Léa a acheté une boite contenant 78 bonbons. Elle veut tous les répartir en petits sachets qui contiennent le même nombre de bonbons.

Sans calculatrice ni poser de division, dire si Léa peut faire des sachets :

a. de deux bonbons ? ……

b. de trois bonbons ? ……

c. de cinq bonbons ? ……

d. de neuf bonbons ? ……

e. de dix bonbons ? ……

73 Cartons
Calculer, Raisonner

Le documentaliste range les manuels des élèves de 6e dans des cartons pouvant contenir 35 manuels.

1. Combien de cartons lui faut-il pour ranger 1 354 manuels ?

2. Combien de livres y a-t-il dans le dernier carton ?

74 Livres
Calculer

Un grossiste de livres stocke 102 caisses contenant chacune 18 cartons. Dans chaque carton, il y a 96 livres.

1. Donner un ordre de grandeur du nombre total de livres.

2. Calculer le nombre total de livres.

75 Achats
Calculer

1. Hugo achète deux manettes de jeu vidéo : l'une neuve à 38 €, l'autre d'occasion à moitié prix. Il donne 60 €.
Combien lui rend-on ?

2. Rémi achète une BD à 17 € et un manga. Il paye avec un billet de 50 € et on lui rend 26 €.
Combien coute le manga ?

76 Clé USB
Calculer, Raisonner

Sacha possède une clé USB d'une capacité de 8 Go. Sur cette clé, elle a déjà transféré de la musique pour une capacité de 800 Mo.

▸ Aura-t-elle assez de place pour y mettre ses vidéos d'une capacité de 4 000 Mo et ses photos d'une capacité de 3 000 Mo ?
(1 Go = 1 000 Mo)

77 Carnets de correspondance
Calculer, Raisonner

Des carnets de correspondance sont vendus à un collège par lots de 30 au prix de 69 € le lot. On compte 468 élèves dans ce collège. Il faut prévoir 50 carnets de plus pour avoir une réserve.

1. Combien de lots de carnets le gestionnaire doit-il acheter ?

2. a. Donner un ordre de grandeur du montant de la facture.

b. Calculer le montant exact de cette facture.

78 Devinette
Chercher, Raisonner

Je suis un nombre pair composé de trois chiffres. Mon chiffre des dizaines est égal à la moitié de mon chiffre des centaines, qui est lui-même le quadruple de mon chiffre des unités.

▸ Qui suis-je ?

79 Collection de billes
Chercher, Raisonner

Alex, Ben et Tom ont 73 billes à eux trois. Alex a 5 billes de plus que Ben, Tom en a 12.

▸ Combien Ben a-t-il de billes ?

Problèmes

80 Au restaurant
Modéliser

Restaurant Indigo

Entrées : melon – chèvre chaud – rillettes

Plat : poisson – nuggets – entrecôte – magret

Dessert : glace – mousse au chocolat – crème brûlée – tarte tatin – fromage blanc

1. Emma va manger au restaurant ; elle choisit la formule *plat* + *dessert*.
Combien de choix différents a-t-elle ?

2. Julie choisit la formule *entrée* + *plat* + *dessert*.
Combien de choix différents a-t-elle ?

81 Programme de calcul
Calculer

Voici un programme de calcul.

- Choisir un nombre.
- Le multiplier par 3.
- Ajouter 16 au résultat.
- Soustraire 4 au résultat.

1. Appliquer ce programme aux nombres suivants, sans utiliser de calculatrice.
a. En choisissant 8 comme nombre de départ, le programme de calcul donne :

b. En choisissant 13 comme nombre de départ, le programme de calcul donne :

c. En choisissant 21 comme nombre de départ, le programme de calcul donne :

2. Écrire ce programme de calcul plus simplement

82 Un petit tableur
Calculer

	A	B	C
1	Nombre d'articles achetés	Prix d'un article (en €)	Montant à payer (en €)
2	2	12	
3	5	18	
4			

1. Dans quelle cellule se trouve le nombre 18 ?

2. Quel nombre se trouve dans la cellule A3 ?

3. Dans la cellule A4, on tape =A2+A3.
Quelle valeur s'affiche ?

4. Dans la cellule C2, on tape =A2*B2.
Quelle valeur s'affiche ?

83 Chaine de nombres
Chercher, Calculer

On part d'un nombre entier à deux chiffres ; on effectue le produit de ses chiffres, puis on effectue le produit des chiffres du résultat trouvé, et ainsi de suite jusqu'à trouver un nombre à un seul chiffre.

Exemple : 49 $\rightarrow 4 \times 9 =$ 36 $\rightarrow 3 \times 6 =$ 18 $\rightarrow 1 \times 8 =$ 8

On dit que la **longueur** de la chaine de 49 est 4, car elle est composée de **quatre nombres**.

1. Quelle est la longueur de la chaine de 67 ? de 57 ?

2. Trouver tous les nombres dont la chaine se termine par 9.

3. Un seul nombre a une longueur de chaine égale à 5. Lequel ?

Indice : sa chaine se termine par 8.

Tâche complexe

84 Elsa veut confectionner des colliers avec les perles ci-dessous. Les perles se touchent et la longueur des colliers est à respecter.

Doc 1 **Les perles**

Perles vertes, rondes,
diamètre : 8 mm
sachet de 45 perles

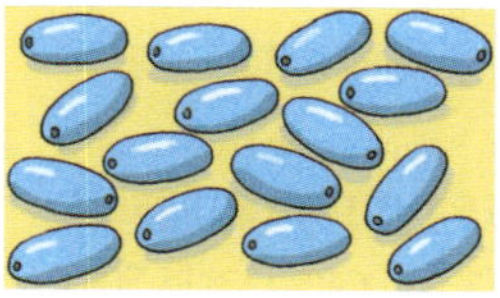

Perles bleues, ovales,
longueur : 12 mm

Doc 2 **Les modèles**

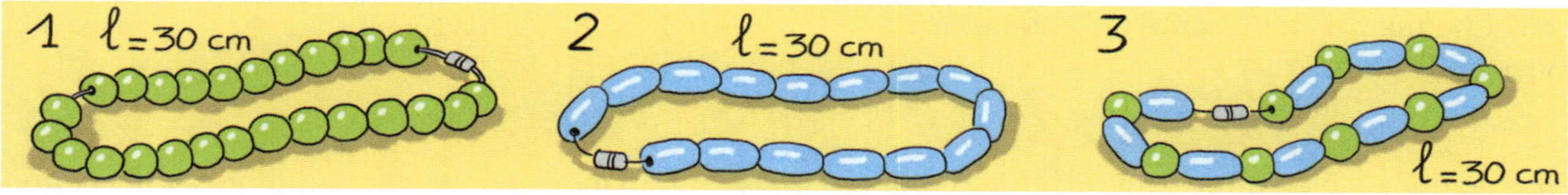

▸ Quel(s) modèle(s) de collier peut-elle confectionner ?

Le jeu

Le compte est bon !

Voici une série de six nombres.

2 3 6 7 8 10

À deux, écrire des calculs qui permettent d'obtenir 788 en n'utilisant que ces six nombres (on ne doit pas forcément utiliser tous les nombres, mais on peut en utiliser certains plusieurs fois).

Le premier binôme qui a trouvé une bonne réponse propose un autre résultat à trouver avec la même liste de nombres.

Le défi

L'invasion des Uns

En écrivant tous les nombres entiers de 1 à 99, combien de fois vais-je écrire le chiffre 1 ?

Chapitre 2 Nombres décimaux

1 Connaitre la notion de fraction partage

▸ Lorsque l'on partage une unité en parts égales et qu'on prend une ou plusieurs de ces parts, on obtient une **fraction** de l'unité.

- La bande rouge ci-dessous représente l'unité. Elle est partagée en 5 parts de même dimension. Chaque part représente un cinquième de la bande.

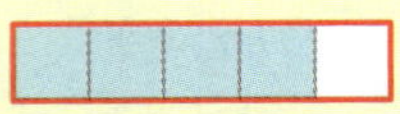

On a colorié en bleu **quatre** fois **un cinquième**, c'est-à-dire quatre cinquièmes que l'on note :

$\frac{4}{5}$
4 ⟵ **Numérateur : nombre de parts dans la fraction**
5 ⟵ **Dénominateur : nombre de parts dans l'unité**

1 Compléter les phrases suivantes.

a. Le dénominateur de la fraction $\frac{2}{3}$ est ……

b. …… est le numérateur de la fraction $\frac{7}{5}$.

c. Dans la fraction $\frac{6}{17}$, 6 est le …… et 17 est le …… .

2 Quelle est la fraction qui a pour dénominateur 25 et pour numérateur 14 ?

……

3 Dans chacun des cas, écrire la fraction de la surface qui a été coloriée.

a. 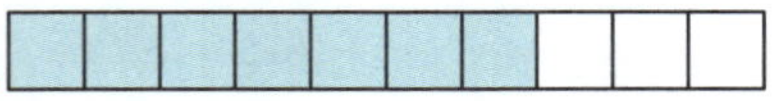 ……

b. 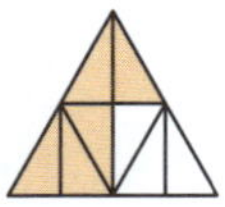 ……

c. 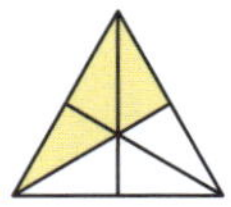 ……

d. 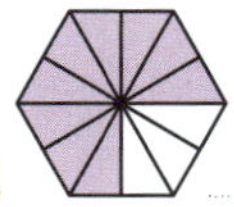 ……

4 Écrire sous la forme d'une fraction :

a. trois quarts : ……

b. cinq tiers : ……

c. sept dixièmes : ……

d. onze demis : ……

e. treize cinquantièmes : ……

5 Sur quelle(s) figure(s) a-t-on colorié les deux tiers de la surface ?

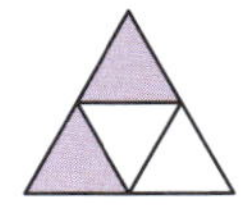
ⓐ

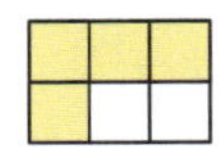
ⓑ

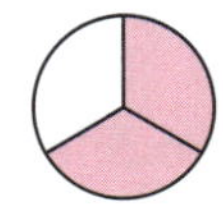
ⓒ

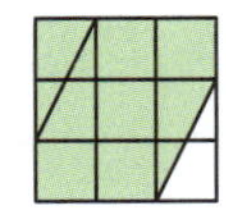
ⓓ

……

6 La bande verte ci-dessous représente l'unité.
Colorier en rouge une surface représentant $\frac{9}{5}$ de l'unité.

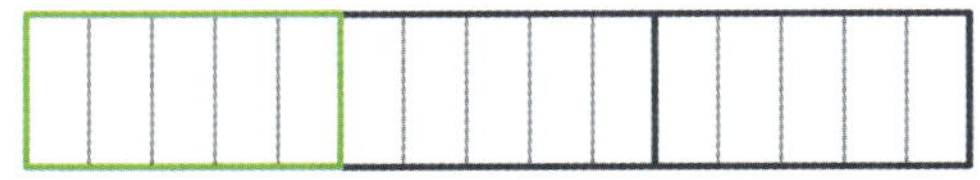

▸ Si le numérateur d'une fraction est **inférieur** à son dénominateur, alors cette fraction est inférieure à l'unité.

▸ Si le numérateur d'une fraction est **supérieur** à son dénominateur, alors cette fraction est supérieure à l'unité.

▸ Si le numérateur d'une fraction est **égal** à son dénominateur, alors cette fraction est égale à l'unité.

7 Parmi les fractions suivantes, citer celles qui sont supérieures à l'unité.

$\frac{4}{3}$ • $\frac{1}{4}$ • $\frac{8}{15}$ • $\frac{3}{6}$ • $\frac{21}{6}$ • $\frac{17}{9}$

……

8 **MODE EXPERT** Compléter les numérateurs par trois entiers consécutifs pour qu'il y ait une fraction égale à 1, une supérieure à 1 et une inférieure à 1.

$\frac{\ldots}{33}$ • $\frac{\ldots}{37}$ • $\frac{\ldots}{35}$

2 Utiliser des fractions décimales

- Lorsqu'on partage l'**unité** en 10 parties égales, on obtient 10 **dixièmes**.
- Lorsqu'on partage chaque dixième de l'unité en 10 parties égales, on obtient 100 **centièmes**.
- En poursuivant ainsi le partage, on obtient des **millièmes**, des **dix-millièmes** etc.

$$1 = \frac{10}{10} = \frac{100}{100} = \frac{1\,000}{1\,000}$$

Une fraction dont le dénominateur est 10, 100, 1 000… est appelée une **fraction décimale**.

9 Compléter par 1 ; 10 ; 100 ou 10 000.

a. $\frac{10}{100} = \frac{\dots}{10}$

b. $\frac{1}{100} = \frac{\dots}{1\,000}$

c. $\frac{1}{100} = \frac{100}{\dots}$

10 Compléter.

a. $8 = \frac{\dots}{10} = \frac{\dots}{100} = \frac{\dots}{1\,000}$

b. $\frac{9}{10} = \frac{\dots}{100}$

c. $\frac{50}{100} = \frac{\dots}{10}$

d. $\frac{300}{1\,000} = \frac{\dots}{100} = \frac{3}{\dots}$

11 Combien y a-t-il de centièmes dans :

a. 5 dixièmes ? ……

b. 2 unités ? ……

c. 5 dixièmes et 7 centièmes ? ……

d. 3 unités et 7 dixièmes ? ……

12 Combien y a-t-il de millièmes dans :

a. 35 centièmes ? ……

b. 1 unité et 3 centièmes ? ……

c. 25 unités et 9 dixièmes ? ……

d. 54 dixièmes ? ……

- Toute **fraction décimale** peut s'écrire comme la somme d'un nombre entier et d'une fraction décimale inférieure à 1.

• $\frac{3\,261}{1\,000} = \frac{3\,000}{1\,000} + \frac{261}{1\,000} = 3 + \frac{261}{1\,000}$

13 Compléter comme dans l'exemple précédent.

a. $\frac{48}{10} = \frac{\dots}{10} + \frac{\dots}{10} = \dots + \frac{\dots}{10}$

b. $\frac{208}{100} = \frac{\dots}{100} + \frac{\dots}{100} = \dots + \frac{\dots}{100}$

c. $\frac{374}{100} = \frac{\dots}{100} + \frac{\dots}{100} = \dots + \frac{\dots}{100}$

d. $\frac{8\,692}{1\,000} = \frac{\dots}{1\,000} + \frac{\dots}{1\,000} = \dots + \frac{\dots}{1\,000}$

e. $\frac{635}{10} = \frac{\dots}{10} + \frac{\dots}{10} + \frac{\dots}{10} = \dots + \dots + \frac{\dots}{10} = \dots + \frac{\dots}{10}$

14 1. Compléter la phrase suivante.

« $\frac{4\,582}{1\,000}$ est égal à …… unités, …… dixièmes, …… centièmes et …… millièmes ».

2. Écrire $\frac{4\,582}{1\,000}$ comme la somme d'un nombre entier et de fractions décimales.

……

15 Écrire chaque fraction comme la somme d'un nombre entier et de fractions décimales.

a. $\frac{5\,021}{1\,000} =$ ……

b. $\frac{753}{10} =$ ……

c. $\frac{3\,769}{100} =$ ……

16 MODE EXPERT 1. Dans chaque cas, indiquer à quelles fractions décimales correspondent les points *A* et *B*.

a.

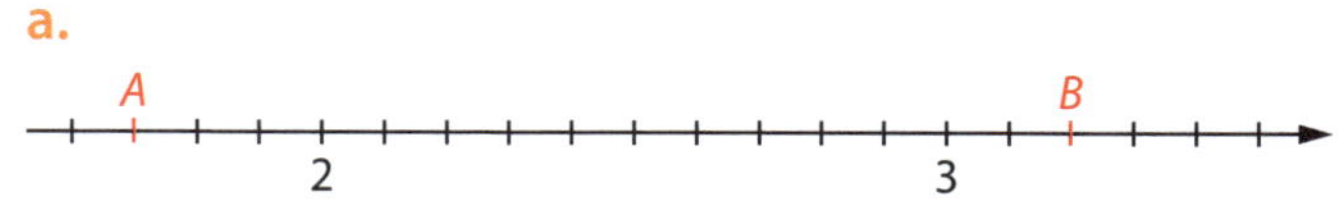

b.

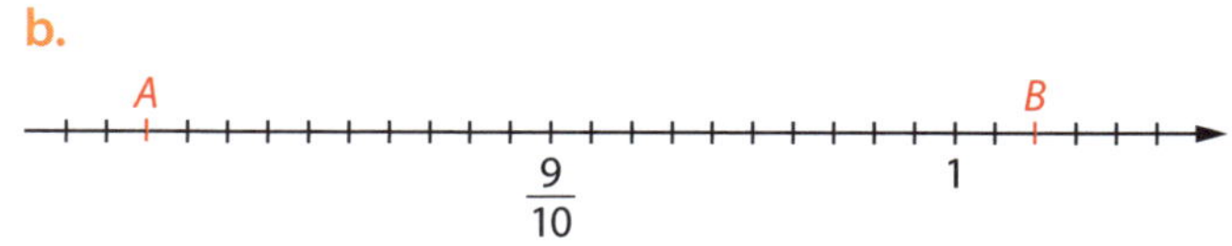

c.

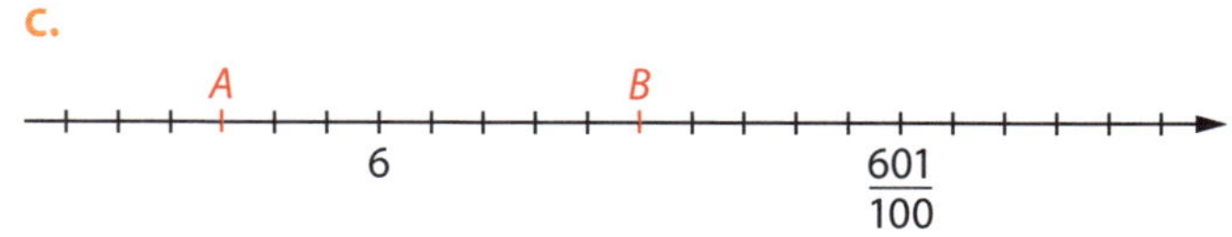

2. Écrire chacune des fractions trouvées dans la question 1. c. comme somme d'un entier et d'une fraction décimale inférieure à 1.

……

3 Comprendre et utiliser les nombres décimaux

- On appelle **nombre décimal** un nombre qui peut s'écrire sous la forme d'une fraction décimale.
- Tout nombre décimal peut s'écrire comme la somme d'un **nombre entier**, appelé sa **partie entière**, et d'une **fraction décimale inférieure à 1**, appelée sa **partie décimale**.
  - $\frac{31\,258}{1\,000} = \frac{31\,000}{1\,000} + \frac{258}{1\,000} = 31 + 0{,}258$

  L'écriture décimale de ce nombre est 31,258.

17 Pour chacun des nombres suivants, donner sa partie entière et sa partie décimale, puis son écriture décimale.

a. $\frac{89}{10}$: ....

b. $\frac{658}{100}$: ....

c. $\frac{7\,423}{1\,000}$: ....

d. $\frac{52\,604}{10\,000}$: ....

e. $\frac{90\,034}{1\,000}$: ....

18 Pour chacun des nombres suivants, donner son écriture décimale.

a. $\frac{325}{100} =$ ....
b. $\frac{6\,542}{1\,000} =$ ....

c. $\frac{369}{10} =$ ....
d. $\frac{4\,120}{1\,000} =$ ....

e. $\frac{35\,478}{100} =$ ....
f. $\frac{35\,000}{1\,000} =$ ....

19 Expliquer pourquoi 4,5 et 26 sont des nombres décimaux.

....

- Dans une écriture décimale, la valeur d'un chiffre dépend de sa **position** dans le nombre.
  - On considère le nombre 36,417.

    1 est le chiffre des centièmes.

…	dizaines	unités	dixièmes	centièmes	millièmes	…
	3	6 ,	4	1	7	

20 Décomposer chacun des nombres suivants en unités, dixièmes, centièmes, millièmes, etc.

a. 2,98 : ....

b. 3,054 : ....

c. 9,000 7 : ....

d. 325,06 : ....

21 Salim lit le nombre 41,569 de deux façons différentes : « 41 unités, 5 dixièmes, 6 centièmes et 9 millièmes » ou « 41 unités et 569 millièmes ». Comme Salim, donner deux lectures possibles pour chacun des nombres suivants.

a. 524,31 : ....

b. 45,036 : ....

c. 0,002 7 : ....

22 MODE EXPERT Donner l'écriture décimale des nombres suivants.

a. 56 centaines et 37 millièmes : ....

b. 3 dizaines et 524 centièmes : ....

c. 2 centaines et 367 centièmes : ....

4 Comparer des nombres décimaux

▸ Sur une demi-droite graduée, chaque point est repéré par un nombre appelé **abscisse** du point.
• L'abscisse du point *A* est 5,4.

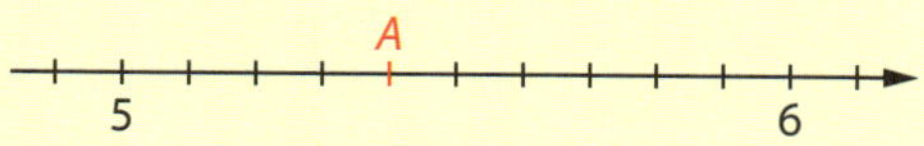

23 Dans chaque cas, donner les abscisses des points *A* et *B*.

a.

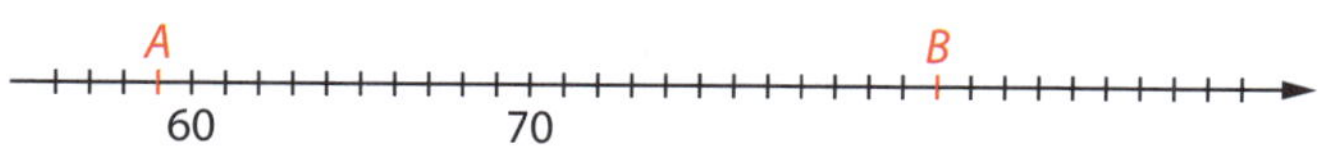

Abscisse du point *A* : ....

Abscisse du point *B* : ....

b.

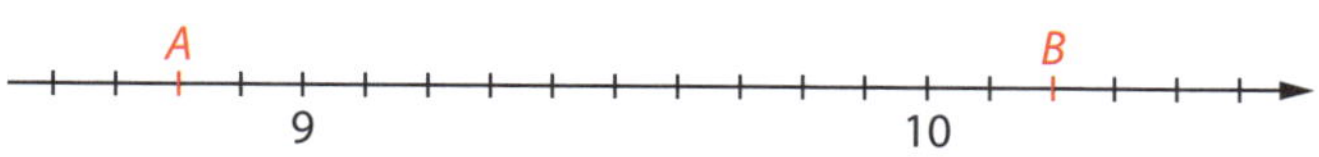

Abscisse du point *A* : ....

Abscisse du point *B* : ....

c.

Abscisse du point *A* : ....

Abscisse du point *B* : ....

▸ **Comparer deux nombres**, c'est déterminer lequel est le plus petit (ou le plus grand) ou dire s'ils sont égaux. On peut utiliser les symboles :

$<$; $>$ ou $=$

inférieur **supérieur** égal

▸ Lorsqu'on parcourt une demi-droite graduée dans le sens de la flèche, le plus petit de deux nombres est celui que l'on rencontre en premier.

24 **1.** Placer sur la demi-droite graduée ci-dessous les points *A*, *B*, *C*, *D*, *E* d'abscisses respectives :

5,33 5,4 5,12 5,25 5,16.

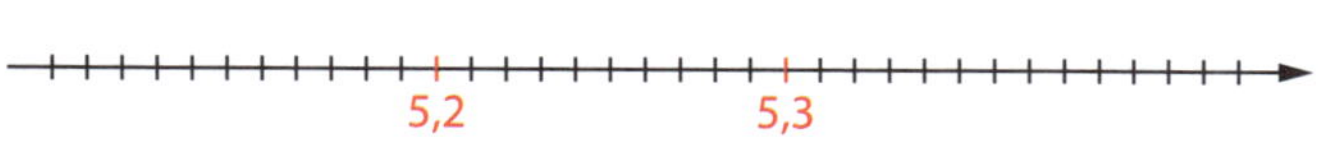

2. Dans chaque cas, comparer les nombres :

a. 5,12 et 5,16 **b.** 5,4 et 5,33 **c.** 5,33 et 5,3

....

25 Compléter par les symboles $<$; $>$ ou $=$.

a. 25,1 .... 25,09 **b.** 6,058 6,11

c. 31,47 .... 31,470 **d.** 0,01 .... 0,009 99

▸ Ranger des nombres décimaux dans l'ordre **croissant** (**ou décroissant**), c'est les ranger **du plus petit au plus grand** (**ou du plus grand au plus petit**).

26 Ranger les nombres suivants dans l'ordre croissant : 38,09 • 51,002 9 • 38,7 • 39,8 • 51,22 • 38,071 • 51,7 • 38,699 • 39,789 • 51

....

....

▸ 4,18 $<$ 4,187 $<$ 4,19 est un **encadrement au centième** du nombre 4,187.
4,18 et 4,19 sont des **valeurs approchées au centième**. La plus proche de 4,187 est **4,19** ;
on l'appelle **l'arrondi au centième**.

27 On considère le nombre 25,837.

1. Donner un encadrement à l'unité, puis au dixième, de ce nombre.

....

2. Donner deux valeurs approchées au centième de ce nombre.

....

3. Donner l'arrondi au dixième de ce nombre.

....

28 MODE EXPERT **1.** Placer ci-dessous les nombres :
0,5 • 0,52 • 0,486 • 0,502 • 0,518

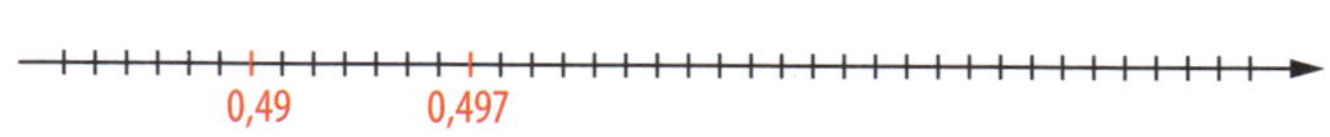

2. En déduire leur classement par ordre décroissant.

....

3. Donner un encadrement de 0,497 au centième.

....

4. Quel est l'arrondi au dixième de 0,518 ?

....

Automatismes

29 Parcours ceinture jaune

1. $0{,}1 = \dfrac{1}{\ldots} = \dfrac{\ldots}{1\,000}$

2. $\dfrac{1}{100} =$ ……

3. $\dfrac{7\,235}{1\,000} =$ ……

4. $1 \text{ cm} = \dfrac{1}{\ldots} \text{ m} = \ldots \text{ m}$

5. Compléter par 10 ; 100 ou 1 000.
   - $0{,}25 = \dfrac{25}{\ldots}$
   - $4{,}58 = \dfrac{458}{\ldots}$
   - $0{,}065 = \dfrac{65}{\ldots}$

6. Compléter par $<$ ou $>$.
   - 2,45 …… 2
   - 0,09 …… 0,0017

7. L'arrondi au dixième de 1,59 est ……

8. Donner un encadrement à l'unité de 49,9.

   …… 49,9 ……

9. Quelle est l'abscisse du point A ?

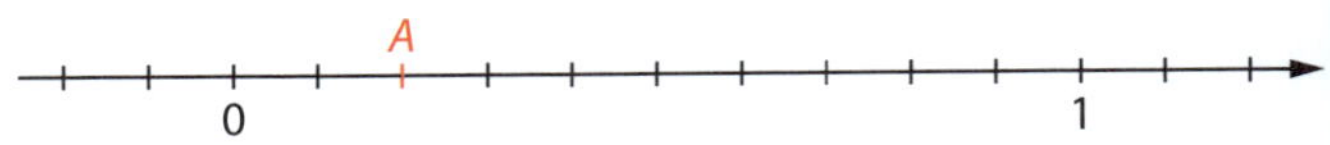

30 Parcours ceinture verte

1. $26{,}389 = 2 \times \ldots + 6 + \dfrac{\ldots}{\ldots}$

2. $37 + \dfrac{3}{100} + \dfrac{5}{1\,000} =$ ……

3. $\dfrac{25}{10} + \dfrac{75}{10} =$ ……

4. $56 + \dfrac{2}{100} + 11 + \dfrac{7}{100} =$ ……

5. $23 + \dfrac{3}{10} + 19 + \dfrac{7}{10} =$ ……

6. Compléter par $<$ ou $>$.

   $\dfrac{301}{10}$ …… $\dfrac{3\,009}{100}$

7. $45{,}9 < 45{,}904 < 45{,}91$ est un encadrement au …… du nombre 45,904

8. L'arrondi au dixième de 0,899 est ……

9. Placer les points *A* d'abscisse 7,286 1, *B* d'abscisse 7,880 3, *C* d'abscisse 8,093 et *D* d'abscisse 6,980 4 sur la demi-droite graduée ci-dessous.

31 Parcours ceinture noire

1. $507{,}059 = 50 \times \ldots + 7 + \dfrac{\ldots}{\ldots}$

2. $65 + \dfrac{33}{100} + \dfrac{4}{10\,000} =$ ……

3. $11 + \dfrac{589}{100} =$ ……

4. $\dfrac{254}{100} + \dfrac{746}{100} =$ ……

5. $\dfrac{23}{10} + \dfrac{38}{100} + \dfrac{27}{10} + \dfrac{62}{100} =$ ……

6. $2{,}3 < 2{,}300\,5 < 2{,}301$ est un encadrement au …… du nombre 2,300 5.

7. L'arrondi au centième de 999,997 est ……

8. Donner un encadrement au centième de $\dfrac{5\,998}{1\,000}$.

   …… $< \dfrac{5\,998}{1\,000} <$ ……

9. Indiquer sur la demi-droite ci-dessous les abscisses des points *A*, *B*, *C*, *D*.

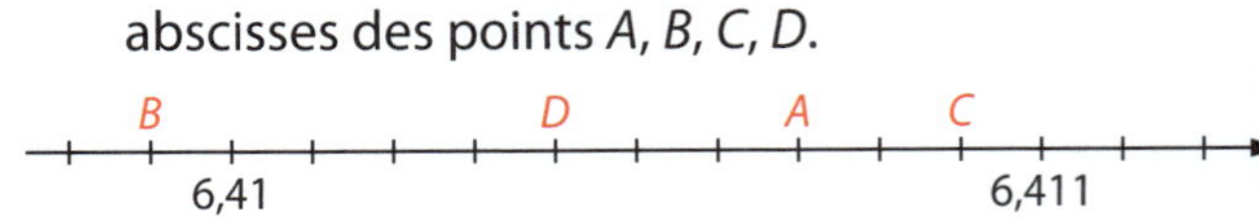

Le labo Indigo

Entraine-toi à ton rythme sur les capacités 1 à 4 avec les exercices interactifs du Labo Indigo.

hachette-clic.fr/21li6002

Problèmes

ceinture jaune · ceinture verte · ceinture noire

32 Planning des activités

Modéliser, Représenter

Dans un centre de loisirs, la répartition du nombre de places selon le type d'activité est représentée ci-dessous.

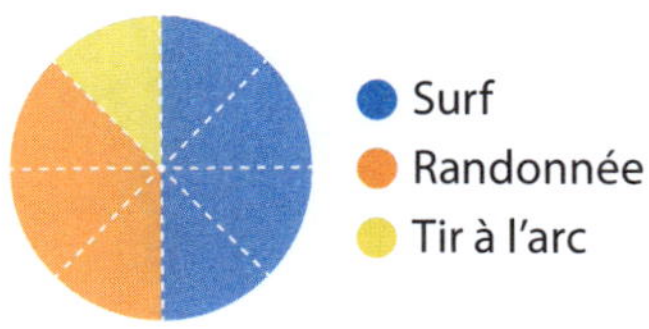

▸ Parmi le nombre total de places, quelle est la part du surf ? du tir à l'arc ? de la randonnée ?

33 Box-office

Chercher, Représenter

Ce tableau donne les recettes de gros succès cinématographiques mondiaux.

Film	Recette (en milliards de dollars)
Titanic	2,194
Le Livre de la jungle	0,966
Aladdin	1,05
Avengers: Endgame	2,797
Le Roi lion	0,97
Jurassic World	1,67
Avatar	2,79

Classer ces films dans l'ordre croissant de leur recette.

34 Dimensions

Représenter, Modéliser

Les longueurs de deux baguettes de bois sont $\frac{97}{100}$ m et $\frac{1\,203}{1\,000}$ m.

1. Donner l'écriture décimale de chacune de ces dimensions (en m).

2. Sachant qu'un millième de mètre se nomme aussi « millimètre » et se note mm, exprimer chacune de ces dimensions en mm.

35 Papillons

Représenter, Calculer

Selon leur espèce, les papillons ont des largeurs d'ailes différentes. Voici les mesures obtenues en examinant quatre espèces : 71,6 mm – 6,53 cm – 71,19 mm – 7,2 cm.

Classer ces mesures dans l'ordre croissant.

36 Coloriage

Modéliser, Représenter

Quelle fraction du grand carré a été coloriée en rouge ? Justifier, si besoin en utilisant un schéma.

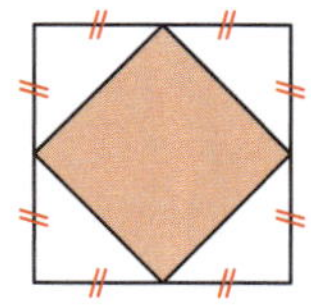

37 Perles

Représenter, Modéliser

Un bracelet est composé de 12 perles. Un tiers des perles sont rouges, un sixième sont vertes et un quart sont bleues. Les autres perles sont blanches.

1. Colorier ces perles en respectant les données.

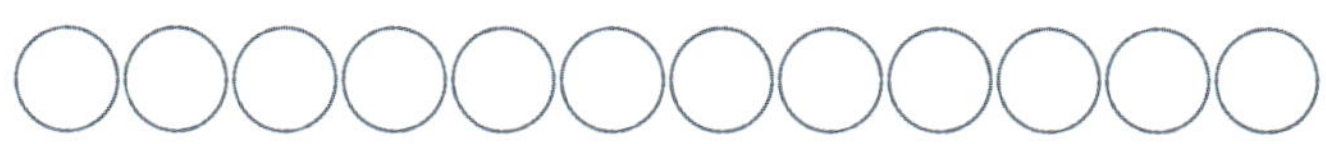

2. Quelle est la part (exprimée à l'aide d'une fraction) de perles blanches dans ce bracelet ?

38 Prix de l'essence

Représenter, Calculer

Quatre stations-service affichent le prix au litre du SP 95 :

Station A : 1,30 € Station B : 1,259 €

Station C : 1,29 € Station D : 1,209 €

1. Classer ces prix dans l'ordre croissant.

2. Donner un arrondi au centime près de chacun de ces quatre prix.

Problèmes

39 Tours de France
Chercher, Communiquer

Le tableau ci-dessous concerne les Tours de France cyclistes organisés chaque année sur la période allant de 2001 à 2006.

Tours de France	Distance totale en km	Vitesse moyenne en km/h
Tour 2001	3 454	40,028
Tour 2002	3277,5	39,927
Tour 2003	3427,5	40,956
Tour 2004	3391,1	40,561
Tour 2005	3 593	41,657
Tour 2006	3657,1	40,78

1. Classer les Tours de France dans l'ordre décroissant de leurs vitesses moyennes.

2. Classer les tours de France dans l'ordre décroissant de leurs distances totales.

40 Aux iles Samoa
Modéliser, Calculer

Lila, en vacances aux iles Samoa, a réalisé dans un tableur la feuille de calcul ci-après pour convertir en euros les prix affichés dans la monnaie locale appelée tala.

	A	B	C
1	**Articles**	**en talas**	**en euros**
2	**Bracelet vert**	21,4	7,1333
3	**Bracelet bleu**	19,99	6,6633
4	**Bracelet rouge**	21,19	7,0633
5	**Bracelet jaune**	23,99	7,9967

Elle sait qu'il faut 3 talas pour faire 1 euro.

1. À quoi correspond le nombre inscrit dans la cellule B4 ? Quelle opération a permis de trouver le résultat inscrit dans la cellule C4 ?

2. Classer les prix affichés en talas dans l'ordre croissant.

3. Arrondir au dixième d'euro chaque prix donné en euros.

41 Avec précision
Représenter, Modéliser

Une balance indique la masse m d'un bijou à l'aide d'une flèche sur une demi-droite graduée (l'unité est le gramme). Des options d'affichage permettent d'effectuer trois zooms successifs pour obtenir une plus grande précision de lecture.

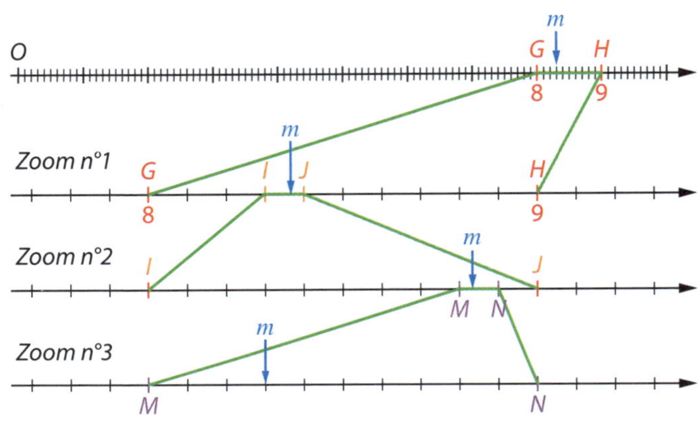

1. Quelles sont les abscisses des points G et H ?

2. Quelles sont les abscisses des points I et J ? Donner l'arrondi au dixième de la masse m.

3. Quelles sont les abscisses des points M et N ? Donner un encadrement au centième de la masse m.

4. Exprimer la masse du bijou avec la précision la plus grande possible.

Tâche complexe

42 Les temps des neuf meilleurs coureurs d'un marathon international sont affichés. Un journaliste décide de rédiger un article en classant ces 9 coureurs en trois groupes.

Doc 1 Les temps

Nom	Temps (en heures)
ABRAHA	2,137 8
ATANFU	2,147 7
CHEMLANY	2,127
KANDA	2,158
KOECH	2,190 567
KOGO	2,134
KORIR	2,124 8
KOTUT	2,12
LAGAT	2,140 833

Doc 2 Les groupes

- Le « groupe des moyens » comporte l'athlète qui comptabilise autant de coureurs devant lui que derrière lui, ainsi que les concurrents qui s'écartent de moins d'un centième d'heure de sa performance.
- Le « groupe de tête » comporte ceux qui sont devant le groupe des moyens.
- Le « groupe d'honneur » comporte les autres.

▸ Donner la composition de chaque groupe.

Le jeu

Nombre décimal

1 $\frac{9}{10}$ $\frac{3}{100}$ $\frac{5}{1\,000}$

Par groupe de trois, un des joueurs est nommé « maitre du jeu » et choisit discrètement deux cartes ci-dessus, les additionne et inscrit secrètement l'écriture décimale du résultat. Les deux autres joueurs tentent de deviner le nombre décimal caché. Pour cela, les joueurs pourront poser plusieurs fois, alternativement, un seul type de question : « le nombre caché est-il inférieur (ou supérieur) à … ? ». Le premier joueur qui trouve le nombre caché gagne la partie, devient maitre du jeu et choisit à nouveau une paire de cartes…

Le défi

Planète inconnue

Ma partie entière est impaire. Elle comporte exactement deux chiffres non nuls dont la somme est 7.
Mon chiffre des centièmes est le double de celui des dixièmes.
Mon chiffre des millièmes est égal à celui des dizaines.
La somme des chiffres de ma partie décimale est 11.
Je suis le rayon d'une planète du Système solaire exprimé en milliers de kilomètres. Qui suis-je ?

Chapitre 3 Opérations

1 Additionner et soustraire avec des nombres décimaux

▸ Dans une addition, on **ajoute** des **termes**, et le résultat est une **somme**.
• **23,4 + 7,5 = 30,9**

1 Compléter chaque phrase.

a. La somme de 4,1 et de 3,6 est ……… .

b. La somme de 25 et de ……… est 28,5.

c. La somme de 1,53 et de 3,22 est ……… .

2 Effectuer les additions suivantes.

	6	7,	3
+	3	2,	1

	5	1,	8	
+		7,	4	5

	5	8,	1
+	3	5	

3 Traduire chaque phrase en langage mathématique et donner le résultat.

a. On ajoute 5 dixièmes à 312,3.

………………………………

b. On ajoute 7 centièmes à 3,85.

………………………………

c. On ajoute 12 centièmes et 3 millièmes à 4,016.

………………………………

▸ Pour calculer une somme, on peut **modifier l'ordre des termes** et les regrouper différemment.

4 Calculer astucieusement.

A = 11,4 + 8,1 + 5,6

………………………………

………………………………

B = 23,99 + 13,7 + 3,01

………………………………

C = 1,35 + 2,8 + 4,65 + 7,2

………………………………

5 Entourer de la même couleur des paires de nombres dont la somme est un nombre entier.

• 56,4 • 3,5 • 8,6 • 3,94 • 7,95 • 7,06 • 7,5 • 1,05

▸ Dans une soustraction, on **soustrait** des **termes**, et le résultat est une **différence**.
• **45,6 – 2,2 = 43,4**

6 Compléter chaque phrase.

a. La différence entre 7,8 et 5,6 est ……… .

b. La différence entre 38,27 et 16,14 est ……… .

c. La différence entre 5,53 et 3,78 est ……… .

7 Effectuer les soustractions suivantes.

	5	7,	9
–	2	1,	4

	6	2,	7
–	1	4,	9

	3	2	8,	1	
–	1	5	7,	3	5

8 MODE EXPERT Compléter les soustractions suivantes.

	3	2	…,	8
–		…	7,	…
		…	7	5

	5	…	3	, 1	…
–	…	8	5	, …	9
	…	5	…	3	9

9 MODE EXPERT Compléter ce carré magique dans lequel la somme de chaque colonne, ligne et diagonale est toujours égale à 57,6.

…	14,4	…
…	19,2	…
12	…	21,6

2 Multiplier avec des nombres décimaux

▸ Dans une **multiplication**, on **multiplie** des **facteurs**, et le résultat est un **produit**.
- 16,7 × 3,8 = 63,46

10 Compléter.

a. Le produit de 3,2 par 7 est égal à ....

b. Dans le .... 3,45 × 7,8, les facteurs sont .... et ....

▸ Pour estimer un **ordre de grandeur** d'un produit, on peut remplacer chaque facteur par un nombre proche qui permet d'effectuer le calcul mentalement.
- L'ordre de grandeur du produit de 51,8 par 3,12 est 150 car il est proche de 50 × 3 = 150.

11 Pour chaque produit, entourer un ordre de grandeur.

Produit	Ordre de grandeur		
9,7 × 8,2	18	80	800
15,9 × 4,05	20	60	600
12,48 × 24,32	40	100	300

12 1. Donner un ordre de grandeur des produits suivants :

- 4,78 × 3
- 24,8 × 3,7
- 74,85 × 5,2

....

2. Poser les multiplications et vérifier que le résultat est cohérent avec la question 1.

4,	7	8
×		3
		4

2	4,	8
×	3,	7
		6
	4	•

7	4,	8	5
×		5,	2

13 Tom a effectué le calcul 478 × 63 = 30 114. Donner le résultat des produits suivants.

a. 4,78 × 63 = ...
b. 47,8 × 6,3 = ...
c. 4,78 × 6,3 = ...
d. 4,78 × 0,63 = ...

14 MODE EXPERT Compléter les multiplications.

		4	3,	6	
	×		…,	8	
				1	•
1	6	5,	9	4	6

			5,	3	2
	×		5,		
		3			
3	7	6	6		•
		…,			8

▸ Quand **on multiplie un nombre par 10**, le chiffre des unités devient le chiffre des dizaines.

▸ Quand **on multiplie un nombre par 100**, le chiffre des unités devient le chiffre des centaines…

15 Calculer chaque produit.

A = 58,47 × 10 = ...
B = 45,12 × 100 = ...
C = 0,29 × 10 = ...
D = 1,56 × 1 000 = ...
E = 8,197 × 10 × 100 = ...

16 Compléter par 10 ; 100 ou 1 000.

a. 45,7 × .... = 4570
b. 9,78 × .... = 97,8
c. 127,7 × .... = 12 770
d. 3,42 × .... = 3 420

▸ Pour calculer un produit, on peut modifier l'**ordre des facteurs** et les regrouper différemment.

17 Calculer en regroupant deux facteurs dont le produit est 10, 100 ou 1 000.

A = 3,4 × 2 × 5 = ...
B = 25 × 2,389 × 4 = ...
C = 50 × 91,2 × 2 = ...

18 MODE EXPERT Calculer astucieusement.

A = 5 × 53,4 × 2 × 10 = ...
B = 2,5 × 7,41 × 4 × 100 = ...
C = 0,25 × 50 × 87,3 × 2 × 40

....

3 Utiliser les priorités de calcul

▸ Dans un calcul sans parenthèse, s'il n'y a que des additions et des soustractions, on effectue les **calculs de gauche à droite**.

19 Calculer.

$A = 18 - 7 + 4$

$B = 25 + 12 - 7$

$C = 49 - 6 + 4 - 10$

$D = 53 - 9 - 6 + 12$

▸ Dans un calcul sans parenthèse, on effectue les **multiplications** avant les additions et les soustractions.

20 Compléter.

a. $\underbrace{3 \times 4} + 5$

$= \underbrace{\ldots\ldots + 5}$

$= \ldots\ldots$

b. $25 - \underbrace{7 \times 2}$

$= \underbrace{25 - \ldots\ldots}$

$= \ldots\ldots$

c. $10{,}5 + \underbrace{2 \times 3{,}1}$

$= \underbrace{10{,}5 + \ldots\ldots}$

$= \ldots\ldots$

d. $\underbrace{2{,}5 \times 4} - 3$

$= \underbrace{\ldots\ldots - 3}$

$= \ldots\ldots$

21 Calculer en respectant les priorités de calcul.

$A = 15{,}1 + 2{,}4 \times 2$

$B = 21{,}2 \times 3 + 11{,}6$

$C = 13{,}9 - 4 \times 1{,}2$

▸ Dans un calcul avec parenthèses, on effectue d'abord les **calculs entre parenthèses**.

22 Compléter.

a. $4 \times \underbrace{(3 + 5)}$

$= \underbrace{4 \times \ldots\ldots}$

$= \ldots\ldots$

b. $\underbrace{(18 - 8)} \times 5$

$= \underbrace{\ldots\ldots \times 5}$

$= \ldots\ldots$

c. $\underbrace{(3{,}5 + 2{,}5)} \times 2{,}3$

$= \underbrace{\ldots\ldots \times 2{,}3}$

$= \ldots\ldots$

d. $25 - \underbrace{(4{,}3 - 3)}$

$= \underbrace{25 - \ldots\ldots}$

$= \ldots\ldots$

23 Pour chacun des calculs suivants, entourer l'opération à effectuer en premier, puis effectuer le calcul.

$A = 18 + 2 \times 5$

$B = 11 \times 2 + 47$

$C = (5 + 3{,}5) \times 2$

$D = 52 - (18 - 9)$

$E = (8{,}3 - 3{,}2) \times 3$

$F = 85 - 5{,}4 \times 5$

24 Calculer en respectant les priorités de calcul.

$A = (7{,}4 + 4{,}2) \times 2$

$B = 7 \times (13{,}7 - 10{,}6)$

$C = (15{,}2 - 4{,}2) \times 1{,}2$

$D = 34 - (2{,}4 + 8{,}7)$

▸ Pour calculer un produit, on peut parfois considérer l'un des facteurs comme une **somme** ou une **différence**.

25 Compléter et calculer.

$A = 25 \times 21 = 25 \times 20 + 25 \times \ldots = \ldots + \ldots = \ldots$

$B = 14 \times 19 = 14 \times \ldots - 14 = \ldots = \ldots$

$C = 18 \times 6 + 18 \times 4 = 18 \times \ldots = \ldots$

$D = 3{,}2 \times 75 + 3{,}2 \times 25 = \ldots$

$E = 5{,}1 \times 12 - 5{,}1 \times 2 = \ldots$

26 MODE EXPERT Calculer.

$A = (8{,}5 + 4{,}7) \times (9{,}7 - 3{,}8)$

$B = 4 \times 8{,}7 - 3 \times 7{,}4$

$C = (9{,}3 - 4{,}4) - (11{,}2 - 7{,}8)$

4 Effectuer et utiliser une division décimale

▸ Effectuer la **division** d'un nombre décimal (le **dividende**) par un nombre entier différent de zéro (le **diviseur**), c'est chercher le nombre appelé **quotient** tel que :

dividende = **diviseur** × **quotient**

On écrit : **dividende** ÷ **diviseur** = **quotient**

27 1. Effectuer les divisions décimales et compléter les phrases ci-dessous.

3	9,	6	1	2

Le quotient est …… .

On peut écrire l'égalité :

…… ÷ …… = ……

3	1	8,	4	8

Le quotient est :

…… .

On peut écrire l'égalité :

…… = …… × ……

2. Bastien a acheté 7 sucettes et a payé 8,05 €. Combien coute une sucette ?

8,	0	5

……

28 Un paquet de 32 bonbons pèse 250 g. Combien pèse chaque bonbon ?

……

29 Une ramette de 500 feuilles de papier a une épaisseur de 7 cm.
Calculer l'épaisseur d'une feuille, en millimètres.

……

30 MODE EXPERT 1. Si on pose la division euclidienne de 1 263 020 par 8, on peut écrire l'égalité suivante :

1 263 020 = 157 877 × 8 + 4.

En déduire, sans poser d'opérations et sans utiliser la calculatrice, le résultat de la division décimale 1 263 020 ÷ 8.

……

2. Certains divisions ne s'arrêtent jamais, comme, par exemple 1 ÷ 7. En observant ce qui se passe lorsqu'on pose cette division, déterminer le 100ᵉ chiffre après la virgule de son quotient.

……

▸ Quand on **divise un nombre décimal par 10**, le chiffre des unités devient le chiffre des dixièmes…

▸ Quand on **divise un nombre décimal par 100**, le chiffre des unités devient le chiffre des centièmes…

31 Calculer mentalement.

a. 152 ÷ 10 = ……
b. 356 ÷ 100 = ……
c. 4,8 ÷ 10 = ……
d. 21,6 ÷ 1 000 = ……

32 Compléter par 10, 100 ou 1 000.

a. 35,4 ÷ …… = 0,354
b. 7,8 ÷ …… = 0,007 8
c. 8,3 ÷ …… = 0,083
d. 451,2 ÷ …… = 45,12

33 Relier chaque calcul à son résultat.

1,27 ÷ 100 •	• 0,012 7
1,27 × 1 000 •	• 0,127
1,27 ÷ 10 •	• 1,27
1,27 × 10 •	• 12,7
1,27 × 1 •	• 1 270

5 Calculer avec des fractions

▸ On peut ajouter deux fractions de même **dénominateur**.

• $\frac{4}{5}+\frac{3}{5}=\frac{7}{5}$

34 Compléter.

a. $\frac{7}{3}+\frac{1}{3}=\frac{\dots}{3}$

b. $\frac{5}{6}+\frac{11}{6}=\frac{\dots}{6}$

c. $\frac{9}{4}+\frac{11}{4}=\frac{\dots}{4}$

d. $\frac{14}{9}+\frac{21}{9}=\frac{\dots}{9}$

35 Calculer.

a. $\frac{7}{5}+\frac{2}{5}=\frac{\dots}{\dots}$

b. $\frac{7}{9}+\frac{10}{9}=\frac{\dots}{\dots}$

c. $\frac{8}{7}+\frac{4}{7}=\frac{\dots}{\dots}$

d. $\frac{4}{15}+\frac{8}{15}+\frac{2}{15}=\frac{\dots}{\dots}$

36 Compléter.

a. $\frac{6}{7}+\frac{\dots}{7}=\frac{15}{7}$

b. $\frac{3}{13}+\frac{\dots}{13}=\frac{23}{13}$

c. $\frac{\dots}{17}+\frac{5}{17}=\frac{13}{17}$

d. $\frac{5}{2}+\frac{\dots}{2}=\frac{19}{2}$

37 MODE EXPERT Julie a mangé les $\frac{3}{16}$ de la tarte, Tim en a mangé $\frac{2}{16}$ et Enzo les $\frac{5}{16}$.

Les affirmations suivantes sont-elles vraies ou fausses ?

1. Julie et Enzo ont mangé à eux deux la moitié de la tarte.

2. À eux trois, ils ont mangé toute la tarte.

3. Enzo a mangé autant de tarte que les deux autres enfants réunis.

▸ Pour **multiplier** une fraction par un nombre entier :

• on multiplie le numérateur par ce nombre entier ;

• on garde le numérateur.

• $3\times\frac{2}{5}=\frac{3\times 2}{5}=\frac{6}{5}$

38 Compléter.

a. $2\times\frac{7}{5}=\frac{\dots}{5}=\frac{\dots}{5}$

b. $3\times\frac{5}{8}=\frac{\dots}{\dots}=\frac{\dots}{\dots}$

c. $4\times\frac{2}{3}=\frac{\dots}{\dots}=\frac{\dots}{\dots}$

d. $\frac{2}{7}\times 6=\frac{\dots}{\dots}=\frac{\dots}{\dots}$

▸ Pour **calculer une fraction d'une quantité**, on multiplie la quantité par la fraction.

• On veut calculer $\frac{3}{5}$ d'une bouteille de 75 cL.

$\frac{3}{5}\times 75\text{ cL}=\frac{3\times 75}{5}\text{ cL}=\frac{225}{5}\text{ cL}=45\text{ cL}$

39 Léo a mangé les $\frac{2}{5}$ d'une plaque de chocolat qui pèse 150 g.

Quelle masse de chocolat a-t-il mangé ?

40 Mme Martin offre un bouquet de 24 fleurs à son mari. $\frac{1}{4}$ du bouquet est composé avec des dahlias, les $\frac{2}{3}$ du bouquet sont des roses, et le reste sont des delphiniums.

1. Calculer le nombre de dahlias du bouquet.

2. Calculer le nombre de roses.

3. Calculer le nombre de delphiniums.

Automatismes

41 Parcours ceinture jaune

1. $7{,}1 + 2{,}3 =$
2. $8{,}5 - 4{,}4 =$
3. $1{,}5 \times 5 \times 2 =$
4. $5{,}3 \times 10 =$
5. $8{,}63 \times 100 =$
6. $17{,}4 \div 10 =$
7. $3\,461{,}5 \div 100 =$
8. $7 + 5 \times 2 =$
9. $4 \times (3 + 5) =$
10. $15 - 7 + 2 =$
11. $15 \times 12 =$
12. $13 \times 7 + 13 \times 3 =$
13. $\frac{7}{5} + \frac{4}{5} =$
14. $2 \times \frac{4}{3} =$
15. $6 \times 0{,}1 =$

42 Parcours ceinture verte

1. $15{,}4 + 7{,}8 + 4{,}6 =$
2. $11{,}2 - 8{,}4 =$
3. $1{,}25 \times 6 \times 4 =$
4. $4{,}35 \times 10 =$
5. $18{,}7 \times 1\,000 =$
6. $7{,}854 \div 10 =$
7. $42{,}1 \div 100 =$
8. $15 + 17 \times 2 =$
9. $23 \times 12 =$
10. $53 \times 7 + 53 \times 3 =$
11. $(8 + 1) \times (3 + 5) =$
12. $35 - 19 - 3 + 2 =$
13. $\frac{14}{5} + \frac{29}{5} =$
14. $3 \times \frac{8}{7} =$
15. $16 \times 0{,}5 =$

43 Parcours ceinture noire

1. $5{,}43 + 7{,}14 + 4{,}21 =$
2. $20{,}24 - 8{,}3 =$
3. $12{,}5 \times 12 \times 4 =$
4. $4{,}38 \times 1\,000 =$
5. $4 \times 75{,}6 \times 25 =$
6. $8{,}943 \div 100 =$
7. $3{,}2 \div 1\,000 =$
8. $18 + 14 \times 3 + 19 =$
9. $(8 + 12) \times (43 - 15) =$
10. $57 - 19 + 8 - 12 =$
11. $42 \times 21 =$
12. $59 \times 12 - 59 \times 2 =$
13. $\frac{19}{3} + \frac{25}{3} + \frac{14}{3} =$
14. $5 \times \frac{12}{7} =$
15. $3{,}2 \times 0{,}1 =$
16. $8{,}6 \times 0{,}5 =$

Le labo Indigo

Entraine-toi à ton rythme sur les capacités 1 à 5 avec les exercices interactifs du Labo Indigo.

hachette-clic.fr/21li6003

Problèmes

ceinture jaune — ceinture verte — ceinture noire

44 Pile de livres
Calculer

Abdel a empilé 16 livres de 3,6 cm d'épaisseur chacun ; Zoé a empilé 13 livres de 4,4 cm d'épaisseur chacun.

▸ Qui a fait la plus haute pile ?

45 Ticket de caisse
Calculer

Compléter le ticket de caisse ci-dessous.

1	Paquet de riz	2,75 €
1	Sauce tomate	1,95 €
1	Melon	....
1	Fromage	3,00 €
	TOTAL	9,85 €

46 Dépenses
Calculer

La vendeuse a rendu 14,70 € à Diariatou qui lui avait donné deux billets de 20 €.

▸ Combien Diariatou a-t-elle dépensé ?

47 Circuit
Calculer

Un pilote rouge effectue 24 tours d'un circuit de 3,3 km ; un pilote bleu effectue 19 tours d'un circuit de 2,7 km.

▸ Quel est l'écart entre les distances parcourues par chacun des pilotes ?

48 Canettes
Calculer, Raisonner

Bastien se rend au supermarché pour acheter des bouteilles d'eau et hésite entre deux conditionnements :

- les six bouteilles de 33 cL à 2,82 € ;
- les huit bouteilles de 33 cL à 3,84 €.

▸ Que peut-on lui conseiller ?

49 Qui a raison ?
Raisonner, Calculer

Le professeur a donné ce problème à ses élèves :

Nicolas a acheté deux jeux vidéo à 15,90 € pièce, deux manettes de jeu à 29,90 € pièce et un casque à 19,90 €. Combien doit-il payer ?

1. Lequel de ces trois élèves a raison ? Justifier.

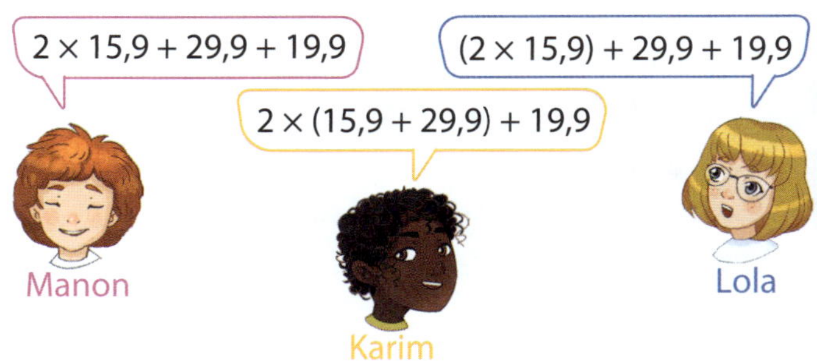

2. Donner un ordre de grandeur de la dépense de Nicolas.

50 Chocolat
Calculer

Carla a mangé 6 carrés d'une plaque de chocolat de 15 carrés et sa sœur Magda en a mangé 7.

▸ Quelle fraction de la tablette a été mangée par les deux sœurs ?

51 Triathlon
Représenter, Calculer

Le parcours d'un triathlon jeune a une longueur de 5,7 km. Les concurrents doivent effectuer un parcours à vélo de 4 000 m, nager sur une longueur de 200 m et le reste se fait en course à pied.

1. Compléter le schéma ci-dessous.

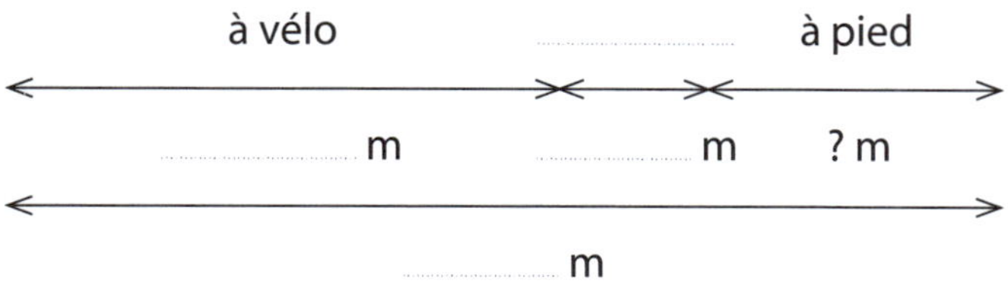

2. Quelle est la longueur du parcours à pied ?

52 Soupe de légumes
Calculer

Pour préparer une soupe, Axel achète au marché 1 kg de pommes de terre, 800 g de carottes, 500 g de tomates, 3 poireaux de 150 g chacun et 2 oignons de 70 g chacun.

▸ Quelle masse de légumes (en kg) va-t-il rapporter ?

53 Petit-déjeuner
Calculer

Au petit déjeuner, Rémi mange des céréales avec du lait. Il a versé dans son bol :

- les $\frac{2}{15}$ du paquet de 375 g de céréales ;
- le quart d'une bouteille d'un litre de lait.

▸ Quelle quantité de céréales et combien de cL de lait a-t-il versé dans son bol ?

54 Costume
Calculer, Raisonner

M. Dulac achète un pantalon, une chemise et une cravate. La cravate coute 13,50 €, la chemise coute le double et le pantalon le triple du prix de la cravate.

1. Calculer le prix de la chemise et celui du pantalon.

2. Calculer la dépense totale de M. Dulac.

55 Grillage
Calculer

Un jardinier veut clôturer son terrain représenté ci-dessous avec du grillage vendu à 15,90 € le mètre.

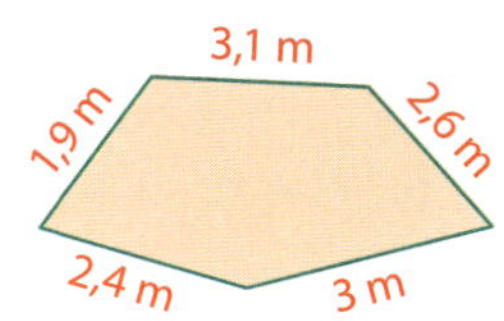

1. Quel est le périmètre de son terrain ?

2. Quel est le montant de sa dépense ?

56 Devinette
Chercher

Trouver deux nombres entiers dont la somme est 29 et dont le produit est 168.

57 Randonnée
Calculer

Il a plu pendant les $\frac{5}{6}$ de la randonnée de 3 h effectuée par Rachida.

▸ Combien de temps a-t-il plu ?

Problèmes

58 Tartelette
Calculer

Paul achète une baguette à 0,95 €, deux croissants à 1,05 € pièce, un sachet de bonbons à 2,50 € et une tartelette. Il donne 10 € à la boulangère qui lui rend 1,60 €.

▸ Quel est le prix de la tartelette ?

59 Achat informatique
Chercher, Calculer

Léo souhaite acheter un ordinateur à 287 € et une imprimante à 79,50 €. Le vendeur lui propose de verser une somme de 50 € à l'achat puis de répartir le reste sur les 3 mois suivants en versant la même somme tous les mois.

▸ Quel sera le montant de la somme payée chaque mois ?

60 Échanges
Raisonner, Calculer

Paul, Inigo et Mathis collectionnent des cartes de jeu. Paul en possède 83, Inigo en a 15 de plus que Paul et Mathis en a 23 de moins que Paul.

Paul et ses copains échangent ensuite leurs cartes :

- Paul donne 15 cartes à Inigo qui lui en donne 8.
- Il donne ensuite 19 de ses cartes à Mathis qui lui en donne 9.
- Inigo donne 10 cartes à Mathis qui lui en donne 4.

▸ Après tous ces échanges, combien chacun possède-t-il de cartes ?

61 Confiture
Calculer, Raisonner

Pour faire de la confiture, Alexandra a acheté 2,5 kg de myrtilles à 14,50 € le kg, 3,5 kg de mûres à 9,60 € le kilo et 6 kg de sucre à 1,35 € le kg.

1. Combien a-t-elle dépensé ?

2. Combien aurait-elle économisé en remplaçant 500 g de chaque sorte de fruits par du sucre ?

62 Course de haies
Représenter, Calculer

Le 400 m haies est une course où les concurrents doivent sauter 10 haies. La première se trouve à 45 mètres de la ligne de départ et la dernière à 40 mètres de la ligne d'arrivée. Entre ces deux haies, l'écartement qui sépare les autres haies est régulier.

1. Représenter cette situation par un schéma.

2. Calculer la distance séparant deux haies successives.

Tâche complexe

63 Thomas a 13 000 € pour acheter une voiture. Il veut pouvoir la garer dans son garage en ayant de la place autour et qu'elle ait le plus grand coffre possible.

Doc 1 Le garage de Thomas

Le garage a la forme d'un rectangle de 5,35 m de longueur et de 3,28 m de largeur.
Les espaces nécessaires pour circuler autour de la voiture sont indiqués sur le schéma.

Entrée garage

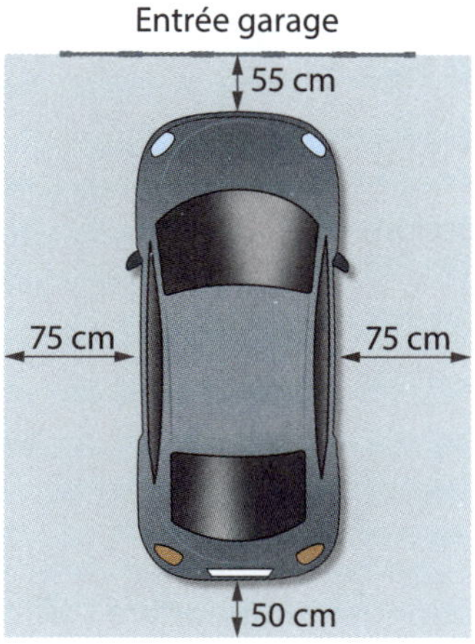

Doc 2 Modèles de voitures (dimensions en mm)

Renault Clio	**Prix TTC** : à partir de 13 700 € L × l × h = 4 090 × 1 732 × 1 432 **Volume du coffre** : 300 L
Peugeot 208	**Prix TTC** : à partir de 12 700 € L × l × h = 3 973 × 1 739 × 1 450 **Volume du coffre** : 285 L
Citroën C3	**Prix TTC** : à partir de 12 950 € L × l × h = 3 996 × 1 749 × 1 474 **Volume du coffre** : 300 L
Dacia Lodgy	**Prix TTC** : à partir de 9 900 € L × l × h = 4 498 × 1 751 × 1 680 **Volume du coffre** : 800 L

▸ Quelle voiture doit choisir Thomas ? Justifier la réponse.

Le jeu

Suites logiques

Suite 1 : 5,2 • 8,2 • 11,2 • ……

Suite 2 : 3,7 • 7,4 • 14,8 • ……

Suite 3 : 200 • 40 • 8 • ……

Dans chaque suite, les nombres sont obtenus en effectuant toujours une même opération.
Le premier qui trouve le 4e nombre de chaque suite invente à son tour une suite de nombres qu'il propose à ses camarades.

Le défi

Petite monnaie

Alice a 5,95 € dans son porte-monnaie.
Elle n'a que des pièces de 5 centimes, 10 centimes, 20 centimes, 50 centimes et il y a autant de pièces de chaque sorte.
Quel est le nombre de pièces de chaque sorte ?

Chapitre

4 Proportionnalité

1 Reconnaitre une situation de proportionnalité

Deux grandeurs sont **proportionnelles** si les valeurs de l'une s'obtiennent en multipliant les valeurs de l'autre par un même nombre, appelé **coefficient de proportionnalité**.

1 Noémie veut préparer de la pâte à crêpes ; elle trouve plusieurs recettes qui donnent les indications suivantes.

Nombre de crêpes	10	15	20
Quantité de lait (en cL)	40	60	80

La quantité de lait est-elle proportionnelle au nombre de crêpes ?

2 Un primeur affiche les prix suivants pour ses pommes de terre.

Masse (en kg)	1	2	3	5
Prix (en €)	2,10	4,20	6,30	10,20

Le prix à payer est-il proportionnel à la masse de pommes de terre achetées ?

3 À 3 ans, la fille de Gaëlle pesait 12 kg.
À 5 ans, elle pèse 18 kg.
Sa masse est-elle proportionnelle à son âge ?

Âge (en années)		
Masse (en kg)		

4 Une voiture a parcouru 30 km en 20 minutes, 45 km en 30 minutes et 90 km en une heure.
La distance parcourue est-elle proportionnelle au temps de parcours ?

Temps (en min)	20		
Distance (en km)	30		

×

5 Chez le papetier, on peut lire l'affiche ci-dessous.
Le prix à payer est-il proportionnel au nombre de ramettes achetées ?

6 MODE EXPERT La figure 2 est-elle un agrandissement de la figure 1 ?

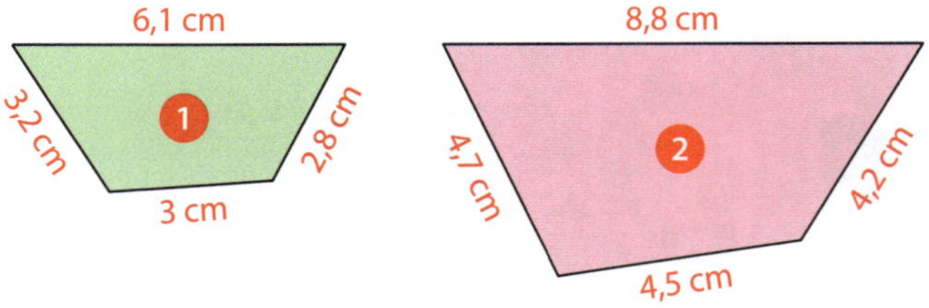

2 Calculer une quatrième proportionnelle

▸ Pour compléter un tableau de proportionnalité, on peut utiliser plusieurs méthodes.

- **Exemple 1** Pour obtenir les nombres d'une colonne, on peut ajouter les nombres de deux autres colonnes ; on peut aussi multiplier (ou diviser) les nombres d'une autre colonne par un même nombre.

× 3

4 (+)	12	16
5,1 (+)	15,3	20,4

× 3

7 En randonnée, Coline marche toujours à la même vitesse. En 3 h, elle parcourt 12,6 km.
Quelle distance parcourt-elle en 6 h ?

Temps de marche (en h)		
Distance parcourue (en km)		

8 Tim pèse ses billes de verre, toutes identiques.

÷ 3

Nombre de billes	15 (+)	9	24	8
Masse (en g)	36 (+)	21,6		

Calculer la masse de 24 billes et de 8 billes.

- **Exemple 2** On peut passer par l'unité.

÷ 8 × 3

8	1	3
4,4	0,55	1,65

÷ 8 × 3

9 Compléter le tableau de proportionnalité suivant.

Volume de peinture (en L)	5	1	7
Surface peinte (en m²)	32		

10 Martin a acheté trois pizzas pour 25,50 €.
Combien paiera-t-il s'il achète cinq pizzas ?

- **Exemple 3** On peut utiliser le coefficient de proportionnalité

10	7
6	4,2

× 0,6

11 Sur autoroute, Caro roule à 120 km/h.
Quelle distance parcourt-elle en 2 h ? En 3,5 h ?

Temps (en h)			
Distance parcourue (en km)			

×

12 Pour faire cinq trajets en voiture entre son domicile et son travail, Alexis consomme 38 L d'essence.
Combien consomme-t-il pour faire trois trajets ?

Nombre de trajets		
Consommation d'essence (en L)		

×

13 MODE EXPERT Dans quel pot la confiture est-elle la moins chère ?

Pot 1 : 125 g
1,20 €

Pot 2 : 250 g
2,30 €

Pot 3 : 335 g
3,10 €

3 Utiliser une échelle

▸ Dans une **représentation à l'échelle**, les longueurs représentées sont proportionnelles aux longueurs réelles ; l'échelle est le coefficient de proportionnalité.
▸ Si l'échelle est inférieure à 1, il s'agit d'une **réduction** ; si elle est supérieure à 1, c'est un **agrandissement**.

14 Louise a une maquette d'un voilier à l'échelle $\frac{1}{20}$.

1. L'échelle est inférieure à 1 ; sa maquette est donc une .... du voilier réel.

1 cm sur sa maquette correspond à .... cm sur le voilier en taille réelle.

2. Sa maquette mesure 42 cm de long et 9,5 cm de large.
Quelles sont les dimensions réelles du voilier ?

Distances maquette (en cm)			
Distances réelles (en cm)			

× ....

....

....

15 On veut représenter sur une feuille une cellule humaine de diamètre 0,01 mm à l'échelle 8 000.

1. Cette représentation est-elle une réduction ou un agrandissement de la cellule réelle ? Justifier.

....

....

....

2. Quelle sera le diamètre de la cellule sur la feuille ?

▸ L'échelle est égale au quotient $\frac{\text{longueur représentée}}{\text{longueur réelle}}$, où les longueurs sont exprimées dans **la même unité**.

16 Axel a une maquette du One World Trade Center, la plus haute tour de New York. Sa maquette mesure 5,41 cm, et la tour mesure 541 mètres en réalité.
Quelle est l'échelle de sa maquette ?

$\frac{\text{longueur représentée}}{\text{longueur réelle}} = \frac{\text{.......... cm}}{\text{.......... m}}$

$= \frac{\text{.......... cm}}{\text{.......... cm}} = \text{..........} = \frac{\text{..........}}{\text{..........}}$

....

....

17 En cours de SVT, Maël a représenté une fourmi.
Sa longueur réelle est de 6 mm ; celle dessinée sur son cahier de 12 cm.
Quelle est l'échelle de son agrandissement ?

....

....

....

....

....

18 MODE EXPERT On mesure des distances sur une carte routière :
- Bayonne-Paris : 38,5 cm ;
- Lille-Toulouse : 44,7 cm.

On sait que la distance réelle entre Bayonne et Paris est de 770 km.
Calculer l'échelle de cette carte routière et la distance réelle Lille-Toulouse (en km).

....

....

....

....

....

....

4 Appliquer un taux de pourcentage

▸ Un **pourcentage** est une proportion par rapport à 100. Il traduit une situation de proportionnalité.
• « 20 pour cent » se note 20 % et signifie $\frac{20}{100}$.

19 Dans un gâteau, il y a 9 % de sucre. Compléter.
- la proportion de sucre dans le gâteau est égale à $\frac{\ldots}{100}$;
- 100 g de gâteau contiennent .... g de sucre ;
- la masse de .... et la masse de .... sont proportionnelles, donc 200 g de gâteau contiennent .... g de sucre.

20 Relier les expressions qui signifient la même chose.

50 % •	• Le dixième
10 % •	• La totalité
75 % •	• La moitié
25 % •	• Les trois quarts
100 % •	• Le double
200 % •	• Le quart

21 Lors des élections des délégués de classe, Thomas a été élu avec 72 % des voix.
Sachant qu'il y a eu 25 votants, calculer le nombre d'élèves qui a voté pour Thomas.

Nombre de voix pour Thomas		
Nombre de votants	100	25

▸ Pour **calculer t % d'une quantité**, on multiplie cette quantité par $\frac{t}{100}$.

22 L'eau représente en moyenne 60 % de la masse du corps humain.
Combien d'eau contient un enfant de 38 kg ?

$38 \times \frac{\ldots}{100} = 38 \times 0{,}6 = \ldots$

23 Combien de grammes de matière grasse contient ce pot de fromage blanc ?

24 Au 1er janvier 2015, la population de l'Union européenne (UE) était estimée à environ 508 millions d'habitants. La population de l'Allemagne représentait environ 16 % de la population de l'UE.
Quelle était la population de l'Allemagne ?

25 Tim a une collection de 80 billes.
60 % sont bleues et les autres sont rouges.

1. Calculer le nombre de billes bleues.

2. Calculer le nombre de billes rouges.

26 MODE EXPERT Un pull en laine est vendu 49 €. Au début de la période des soldes, il bénéficie d'une remise de 15 % puis à la fin des soldes, le vendeur applique une remise supplémentaire de 10 %.
Quel est son prix après ces deux remises successives ?

5 Calculer avec des durées

La **durée** est le temps écoulé entre deux instants.
L'unité de référence pour mesurer une durée est la seconde (s).
Il en existe d'autres : la minute (min), l'heure (h).
1 min = 60 s ; 1 h = 60 min = 3 600 s

27 Relier les durées qui sont égales.

75 min •	• Trois quarts d'heure
60 min •	• Une demi-heure
45 min •	• Une heure
30 min •	• Une heure et quart

28 Compléter.

a. 24 min = 24 × …… s = …… s

b. 2 h = …… × …… min = …… min

c. 1 h 45 min = …… min + 45 min = …… min

d. 40 min 16 s = …… s + 16 s = …… s

Pour résoudre des problèmes de durées, on peut utiliser un schéma.

29 Quentin est arrivé à 14 h 50 chez son ami Gabriel ; il est resté jouer avec lui pendant 2 h 15 min.
Compléter le schéma suivant puis dire à quelle heure Quentin est parti de chez Gabriel.

+ 2 h → + 10 min → + 5 min →

14 h 50 — 16 h 50 — …… — ……

30 Un film débute à 20 h 35 et se termine à 22 h 10.
Quelle est la durée du film ?

+ 1 h → …… → …… →

20 h 35 — …… — 22 h — 22 h 10

31 Maeva prend le bus à 16 h 52 ; elle en descend à 17 h 21.
Combien de temps a duré le trajet en bus ?

…… → …… →

16 h 52 — 17 h — 17 h 21

Il existe d'autres unités de durées :
- 1 jour = 24 h ;
- 1 an = 365 jours (ou 366 si l'année est bissextile) ;
- 1 siècle = 100 ans.

32 Compléter.

a. 2 jours = …… h

b. 525 jours = 365 jours + …… jours = …… an …… jours

c. 11 000 ans = …… siècles

33 La planète Jupiter met environ 11 ans et 314 jours pour faire un tour autour du Soleil.
Calculer ce temps en jours, sans tenir compte des éventuelles années bissextiles.

34 MODE EXPERT Le 17 novembre 2016 à 20 h 20, Thomas Pesquet a décollé à bord d'un vaisseau spatial Soyouz.
Il est resté 196 jours 17 h 50 min dans l'espace.
Quel jour et à quelle heure est-il rentré ?

Automatismes

35 Parcours ceinture jaune

1. Le tableau suivant traduit-il une situation de proportionnalité ? ……

8	4	20
9	4,5	22,5

2. 1 kg de pommes coute 3,50 € ; combien coutent 4 kg ? ……

3. L'échelle $\frac{1}{150}$ correspond-elle à une situation de réduction ? ……

4. Une voiture roule à 60 km/h. Quelle distance parcourt-elle en 4 h ? ……

5. Calculer 50 % de 80. ……

6. Calculer 10 % de 130. ……

7. Exprimer 2 min 15 s en secondes. ……

36 Parcours ceinture verte

1. Le tableau suivant traduit-il une situation de proportionnalité ? ……

7	14	21	42
5,1	10,2	15,3	30,6

2. 6 gâteaux coutent 6,60 €. Combien coutent 7 gâteaux ? ……

3. Un plan est à l'échelle $\frac{1}{150}$. Cela signifie-t-il que 1 cm en réalité correspond à 150 cm sur le plan ? ……

4. Une voiture roule à 60 km/h. Quelle distance parcourt-elle en 2 h 30 min ? ……

5. Calculer 20 % de 70. ……

6. $\frac{40}{100} \times 80 =$ ……

7. Exprimer 7 h 58 min en minutes. ……

37 Parcours ceinture noire

1. Le tableau suivant traduit-il une situation de proportionnalité ? ……

4	6	10	20
7,2	10,8	18	36

2. 8 pièces de 1 € pèsent 60 g. Combien pèsent douze pièces ? ……

3. Si une échelle est inférieure à 1, cela correspond-il à une situation d'agrandissement ? ……

4. Une voiture roule à 60 km/h. Quelle distance parcourt-elle en 2 h 15 min ? ……

5. Calculer 20 % de 380. ……

6. $\frac{30}{100} \times 42 =$ ……

7. Exprimer 12 h 21 min en minutes. ……

Le labo Indigo

Entraine-toi à ton rythme sur les capacités 1 à 5 avec les exercices interactifs du Labo Indigo.

hachette-clic.fr/21li6004

Problèmes

ceinture jaune — ceinture verte — ceinture noire

38 Triangle

Calculer, Représenter

Construire une réduction de ce triangle rectangle à l'échelle 0,8.

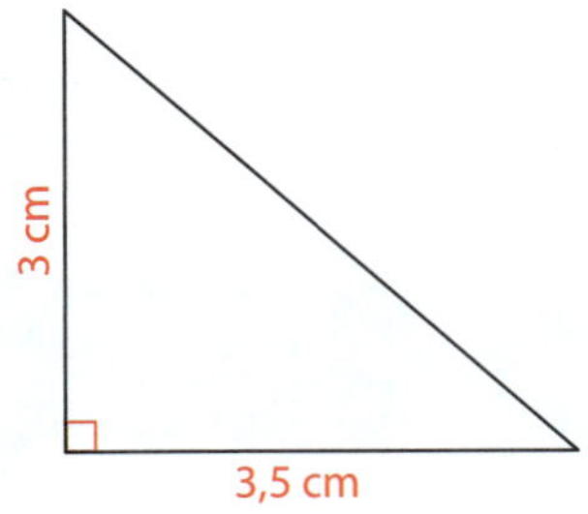

39 Pâte à canelés

Calculer

Temps de préparation : 20 min
Temps de repos : 1 h 30 min
Cuisson : 7 min à 300°C puis 55 min à 180°C
Laisser refroidir 5 min avant de démouler.

▸ Carla voudrait servir ses canelés à 16 h ; à quelle heure doit-elle commencer à préparer sa pâte ?

40 Partage

Calculer

Julie, Vanessa et Marie achètent ensemble un lot de 15 cahiers au prix de 10,65 €. Julie en prend 4, Vanessa 6 et Marie 5.

▸ À quel montant en euros s'élève la part de chacune ?

41 L'ile de la Réunion

Miguel a une carte sur laquelle l'ile de la Réunion mesure environ 27 cm de haut et 32 cm de large.

Sa carte est à l'échelle $\frac{1}{200\,000}$.

▸ Quelles sont les dimensions approximatives de l'ile de la Réunion ?

42 Continents

Chercher, Représenter

Le diagramme ci-dessous représente les superficies des continents.

1. Compléter le diagramme circulaire en associant chaque continent à un secteur angulaire.

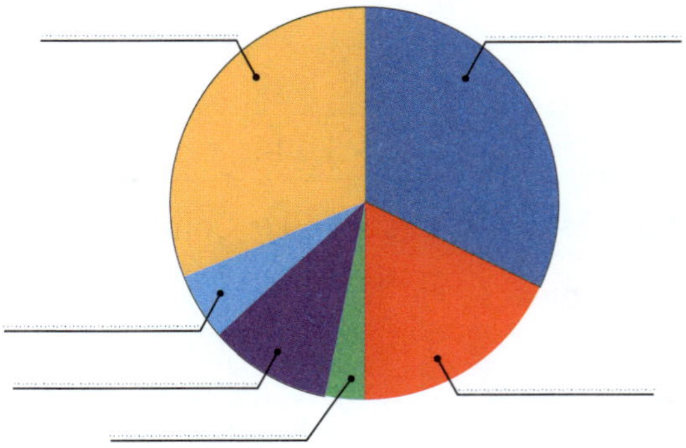

Afrique : 21 % ; Amérique : 28 % ; Antarctique : 9 % ; Asie : 30 % ; Europe : 7 % ; Océanie : 5 %

2. Sachant que la superficie totale des continents est 148 647 000 km^2, calculer la superficie de l'Europe.

43 Crêperie

Calculer

Compléter ce ticket de caisse.

Crêperie *Au beurre salé*	
Crêpe complète	9,50 €
Crêpe saumon	11,80 €
Crêpe beurre salé	3,70 €
Crêpe chocolat	3,45 €
Sous total :	....
+ TVA 20 % :	....
Total	....

44 Tonnerre

Calculer, Raisonner, Représenter

Dans l'air, le son (celui du tonnerre par exemple) se déplace à une vitesse d'environ 340 mètres par seconde.

1. Pendant un orage, Étienne regarde le ciel et voit un éclair. Il entend le coup de tonnerre 11 secondes plus tard.

À quelle distance d'Étienne s'est produit l'éclair ?

2. La foudre tombe à 5,1 km de la maison d'Étienne.

Combien de temps environ après avoir vu l'éclair, va-t-il entendre le coup de tonnerre ?

45 Bonbons

Raisonner, Calculer

▸ Quel est le prix du 3ᵉ sachet ?

46 Crêpes

Raisonner

Pour faire 15 crêpes, la recette de Martin utilise 250 g de farine, 50 cL de lait et 3 œufs. Dans sa cuisine, il trouve un litre de lait, une boite de 6 œufs et 150 g de farine.

▸ Combien de crêpes peut-il faire ?

47 Satellite

Calculer

En 24 h, un satellite a effectué 9 tours de la Terre toujours à la même vitesse.

▸ En combien de temps effectue-t-il 21 tours ?

Problèmes

48 Imprimante
Chercher, Calculer

Lucie doit imprimer 30 pages en noir et 24 pages en couleur avec son imprimante HK135.

Marco doit imprimer 21 pages en noir et 18 pages en couleur avec son imprimante GW203.

Imprimantes	GW203	HK135
Nombre de pages par minute – Noir – Couleur	 7 5	 12 8

▸ Quelle impression sera la plus longue : celle de Marco ou celle de Lucie ?

49 Tablette de chocolat
Raisonner, Calculer

Donner la quantité en milligrammes de sucre pour un carré de chocolat de cinq grammes.

50 Devoir maison
Calculer, Raisonner

80 % des 25 élèves de la classe ont rendu leur devoir à la maison le jour demandé.

85 % de ceux qui ont rendu le devoir à temps ont eu la moyenne.

▸ Parmi les élèves qui ont remis leur devoir à temps, combien ont obtenu la moyenne ?

51 Tour Eiffel

Roméo veut représenter la Tour Eiffel d'une hauteur de 324 m à l'échelle $\frac{1}{1\,200}$.

▸ Pourra-t-il la représenter sur une feuille A4 (210 mm × 297 mm) ? Si oui, dans quel format (horizontal ou vertical) ?

Tâche complexe

52 Léo, Mila, Téa et leurs parents sont en vacances sur l'ile de Ré. Ils décident de louer des vélos, tous du même type, pour aller se balader sur le chemin de la forêt. Ils prévoient de faire l'aller-retour et de s'arrêter 30 minutes au phare des Baleines. Ils se demandent quels vélos louer et quelle formule de location choisir pour que leur dépense soit la moins élevée.

Doc 1 Le chemin de la forêt

Échelle : $\frac{1}{100\ 000}$

Doc 2 Location de vélos

	Rapido 2 h max*	Tranquilo 2 h à 4 h max*	Zen 1 journée
VTC	3,50 € l'heure	2 € l'heure	11 € la journée
VAE	6,50 € l'heure	2,50 € l'heure	25 € la journée

*toute heure commencée est due entièrement

Doc 3 Vitesse moyenne

Le rythme de la promenade en famille est d'environ 14 km/h avec un VTC (vélo tout chemin) et de 20 km/h avec un VAE (vélo à assistance électrique).

▸ Quelle formule et quel type de vélos leur conseiller ?

Le jeu

Le maitre du temps

Un élève propose à un groupe de camarades un temps et une durée.
À tour de rôle, chaque élève ajoute la durée au temps annoncé par le camarade précédent. Dès qu'un élève se trompe, il est éliminé et le précédent donne un nouveau temps de départ et une nouvelle durée.
Ainsi de suite… jusqu'à ce qu'il ne reste plus que le gagnant, qui est élu Maitre du temps !

Le défi

Ça casse pas des briques !

Dix karatékas cassent dix briques en dix secondes.
Combien de briques cassent 100 karatékas en 100 secondes ?

Chapitre 5 Fractions

1 Connaitre la notion de fraction quotient

▸ Le **quotient** de a par b (avec $b \neq 0$) est le nombre qui, multiplié par b, donne a ; on a $\frac{a}{b} \times b = a$.
On le note $\frac{a}{b}$ ou $a \div b$.

- $\frac{8}{5}$ est le quotient de 8 par 5 : $\frac{8}{5} \times 5 = 8$.

1 Compléter.

a. $3 \times$ .... $= 10$

b. $8 \times$ .... $= 15$

c. $11 \times$ .... $= 2$

d. .... $\times 7 = 16$

e. $\frac{11}{147} \times$ .... $= 11$

f. $\frac{3}{31} \times 31 =$ ....

2 1. Quel est le nombre qui, multiplié par 9, donne 14 ?

....

2. Quel est le nombre qui, multiplié par 7, donne 2 ?

....

▸ Si a et b sont des entiers, on dit que $\frac{a}{b}$ est une fraction. a est le **numérateur**, b est le **dénominateur**.

- $\frac{2}{3}$ est une fraction de numérateur 2 et de dénominateur 3.

3 On dispose de 4 kg de confiture pour remplir équitablement 7 pots.

1. Exprimer la masse de confiture en kg dans chaque pot sous la forme d'une fraction. ....

2. Compléter : « Cette fraction a pour numérateur .... et pour dénominateur .... ».

4 Lors d'un diner, 7 personnes ont mangé chacune $\frac{3}{7}$ de pizza. Combien de pizzas se sont-elles partagées équitablement ?

....

▸ Un quotient n'est **pas toujours un nombre décimal**.

- La division de 4 par 3 ne s'arrête jamais.
  $\frac{4}{3}$ n'est donc pas un nombre décimal.
  1,33 est une **valeur approchée** au centième de $\frac{4}{3}$, ce n'est pas une valeur exacte.

5 $\frac{11}{4}$ et $\frac{5}{3}$ sont-ils des nombres décimaux ?

6 La frise ci-dessous est composée de carrés colorés identiques. Déterminer la valeur exacte en cm du côté du carré rose. Est-ce un nombre décimal ?

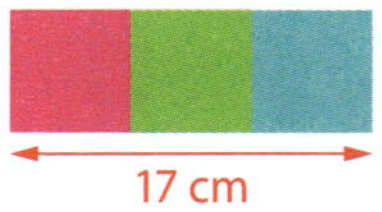

2 Repérer une fraction sur une demi-droite graduée

▸ Pour repérer la fraction $\frac{a}{b}$ sur une demi-droite graduée, on partage l'unité en b segments de même longueur, puis on reporte a fois cette longueur à partir de zéro.

- On veut repérer la fraction $\frac{8}{5}$. On partage donc l'unité en **5** segments de même longueur et on reporte **8** fois cette longueur à partir de zéro.

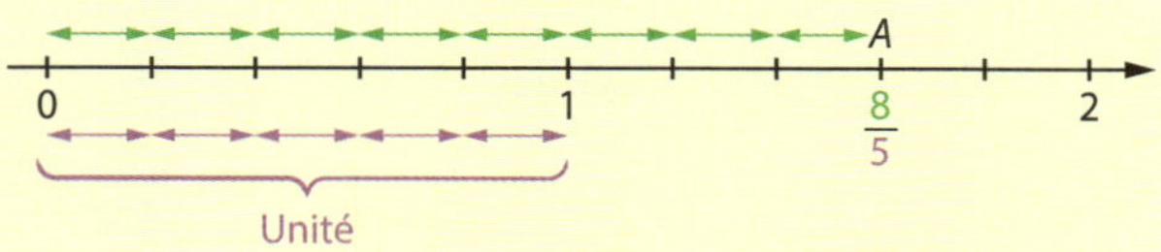

$$\frac{8}{5} = 8 \times \frac{1}{5}$$

L'**abscisse** du point A est $\frac{8}{5}$.

7 **1.** Indiquer sur la demi-droite graduée ci-dessous les abscisses des points A, B, C et D.

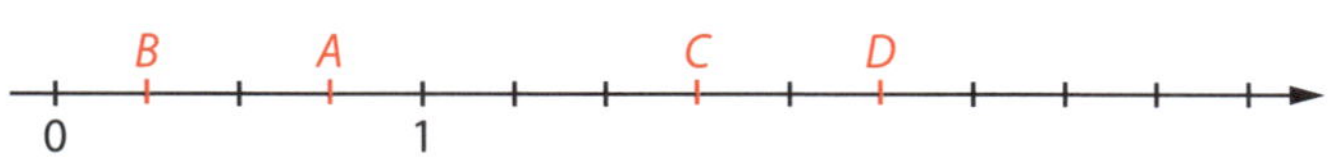

2. Placer sur la demi-droite graduée ci-dessus le point E d'abscisse $\frac{4}{4}$ et le point F d'abscisse $\frac{13}{4}$.

8 Indiquer sur la demi-droite graduée ci-dessous les abscisses des points A, B, C et D.

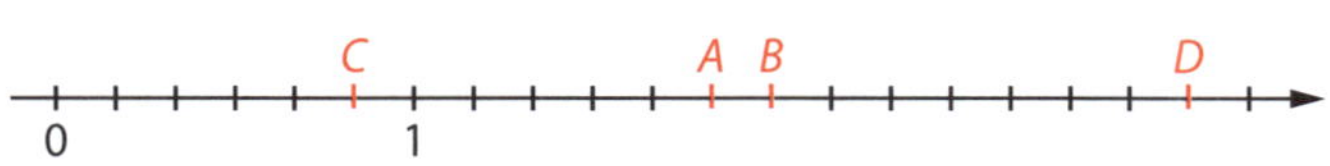

9 **1.** Placer les points de la demi-droite ci-dessous dont les abscisses sont des nombres entiers.

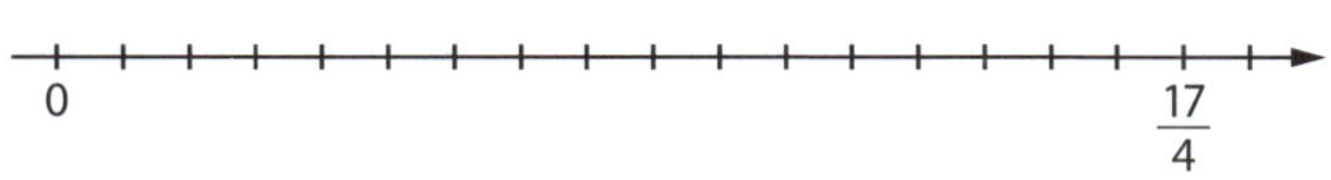

2. Compléter avec un entier et une fraction.

$\frac{17}{4} =$ .... + ...

10 Sur la demi-droite graduée ci-dessous, placer les points A d'abscisse 3, B d'abscisse $\frac{8}{6}$, C d'abscisse $\frac{1}{2}$ et D d'abscisse $\frac{2}{3}$.

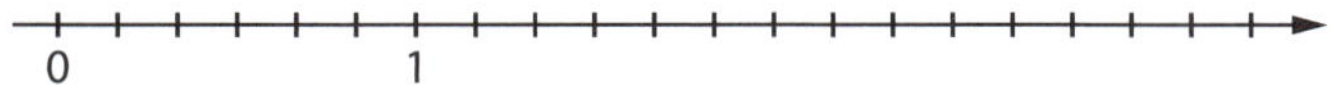

11 Sur la demi-droite graduée ci-dessous, placer les points A d'abscisse 1, B d'abscisse $\frac{5}{12}$, C d'abscisse $\frac{1}{2}$, D d'abscisse $\frac{17}{12}$ et E d'abscisse $\frac{1}{4}$.

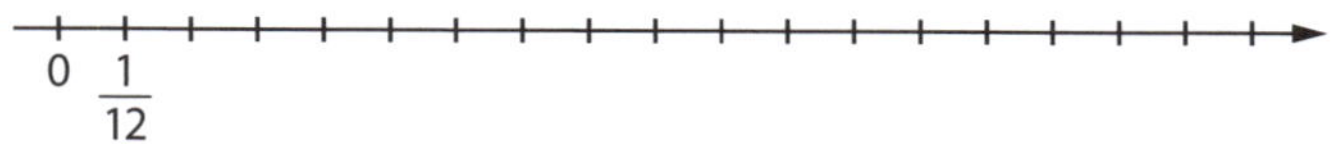

12 Choisir 4 cm comme unité sur la demi-droite graduée ci-dessous puis placer les nombres $\frac{3}{2}$, $\frac{3}{3}$, $\frac{3}{4}$ et $\frac{3}{8}$.

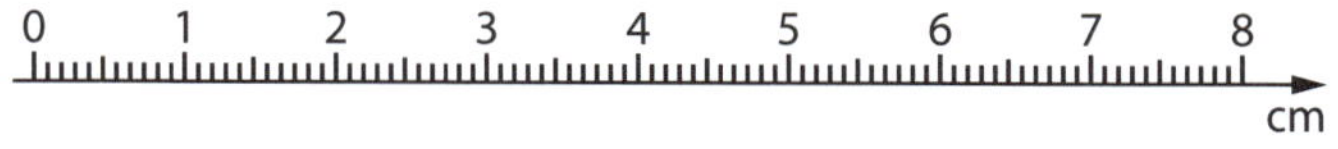

13 Sur la demi-droite graduée ci-dessous, placer le point A d'abscisse 5 et le point B d'abscisse $5 + \frac{1}{2}$.

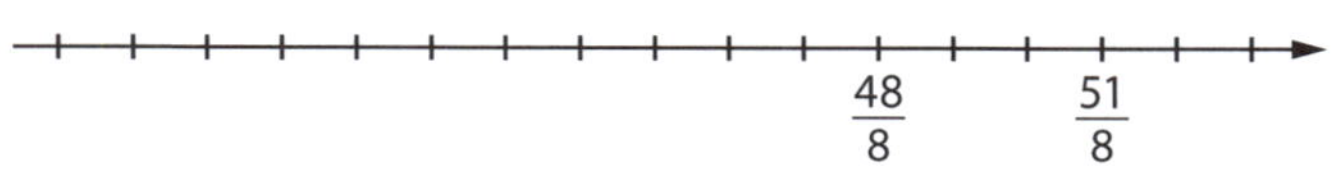

14 Sur la demi-droite graduée ci-dessous, choisir l'unité de manière astucieuse pour positionner précisément à l'aide des graduations les nombres $\frac{3}{4}$, $\frac{4}{3}$ et $\frac{1}{2}$.

15 MODE EXPERT Placer, si possible, les nombres suivants sur la demi-droite graduée ci-dessous.

$\frac{130}{10}$ • $\frac{1\,231}{100}$ • $\frac{1\,204}{100}$ • $\frac{122}{10}$ • $\frac{12\,029}{1\,000}$ • $\frac{1\,229}{100}$ • $\frac{12\,044}{1\,000}$

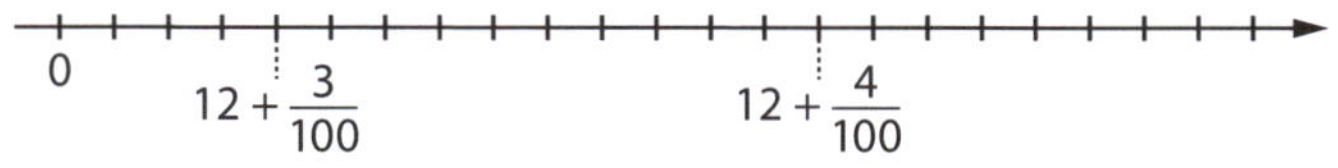

16 MODE EXPERT **1.** Placer le point D d'abscisse 8 sur la demi-droite graduée ci-dessous.

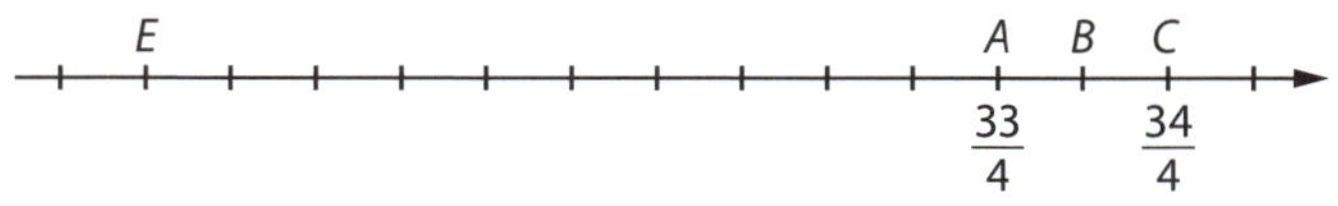

2. Donner l'abscisse de B sous forme d'une fraction.

....

3. Citer deux points distants d'une demi-unité.

....

3 Reconnaitre des fractions égales

On peut utiliser une demi-droite graduée pour établir une **égalité** entre deux fractions

- Placer $\frac{16}{10}$ et $\frac{8}{5}$ sur la demi-droite graduée ci-dessous.

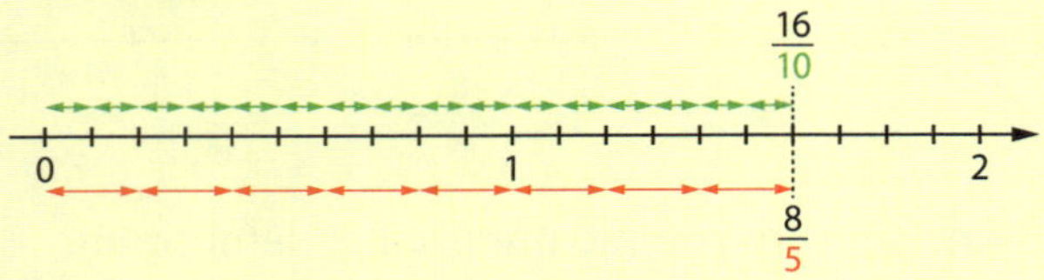

On en déduit que $\frac{16}{10} = \frac{8}{5}$.

17 1. Entourer tous les nombres qu'on peut écrire dans la case rouge.

$\frac{7}{10}$ $\frac{9}{10}$ $\frac{80}{100}$ $\frac{70}{100}$ $\frac{3}{10}$ $\frac{70}{10}$ $\frac{700}{1\,000}$

2. En déduire les fractions qui sont égales.

……………………………………………………

18 1. Placer les nombres suivants sur la demi-droite graduée ci-dessous.

$\frac{15}{8}$ $\frac{6}{4}$ $\frac{1}{2}$ $\frac{3}{4}$ $\frac{4}{8}$ $\frac{6}{8}$ $\frac{3}{2}$

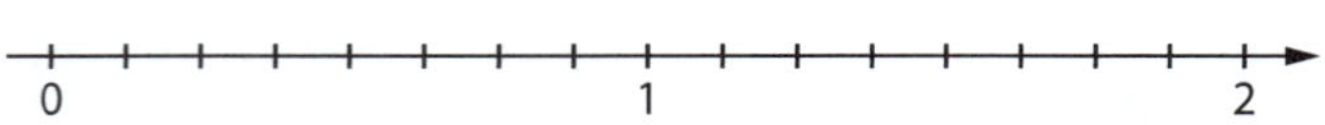

2. En déduire toutes les égalités possibles entre ces nombres.

……………………………………………………

Un quotient ne change pas si l'on multiplie ou si l'on divise son numérateur et son dénominateur par **un même nombre non nul**.

19 Compléter chaque égalité.

a. $\frac{2}{3} = \frac{2 \times \dots}{3 \times \dots} = \frac{8}{\dots}$ b. $\frac{3}{8} = \frac{3 \times \dots}{8 \times \dots} = \frac{15}{\dots}$

c. $\frac{6}{11} = \frac{6 \times \dots}{11 \times \dots} = \frac{18}{\dots}$ d. $\frac{5}{3} = \frac{5 \times \dots}{3 \times \dots} = \frac{35}{\dots}$

20 Compléter chaque égalité.

a. $\frac{5}{6} = \frac{\dots}{60}$ b. $\frac{4}{7} = \frac{\dots}{56}$ c. $\frac{15}{20} = \frac{\dots}{80}$

21 Compléter chaque égalité.

a. $\frac{80}{100} = \frac{80 \div \dots}{100 \div \dots} = \frac{20}{\dots}$ b. $\frac{45}{10} = \frac{45 \div \dots}{10 \div \dots} = \frac{9}{\dots}$

c. $\frac{24}{15} = \frac{24 \div \dots}{15 \div \dots} = \frac{8}{\dots}$ d. $\frac{30}{500} = \frac{30 \div \dots}{500 \div \dots} = \frac{3}{\dots}$

22 Compléter chaque égalité.

a. $\frac{36}{27} = \frac{\dots}{9}$ b. $\frac{44}{33} = \frac{\dots}{3}$ c. $\frac{42}{28} = \frac{\dots}{4}$

23 1. Écrire une fraction qui est égale à la fraction $\frac{25}{17}$ et dont le numérateur est 75.

……………………………………………………

2. Écrire une fraction qui est égale à la fraction $\frac{24}{1\,000}$ et dont le dénominateur est 250.

……………………………………………………

24 Compléter chaque égalité.

a. $\frac{3}{7} = \frac{\dots}{49} = \frac{63}{\dots}$ b. $\frac{14}{35} = \frac{\dots}{5} = \frac{\dots}{45}$

c. $\frac{\dots}{55} = \frac{8}{5} = \frac{72}{\dots}$ d. $\frac{39}{26} = \frac{\dots}{2} = \frac{120}{\dots}$

25 Parmi les fractions ci-dessous, entourer celles qui sont égales à $\frac{15}{45}$.

$\frac{1}{4}$ $\frac{3}{9}$ $\frac{3}{1}$ $\frac{45}{135}$ $\frac{1}{3}$ $\frac{1\,500}{450}$

26 Pour chaque égalité, compléter le ☐ par une opération et les …… par des nombres.

a. 50 % de 360 = 360 ☐ $\frac{1}{\dots}$ = ……

b. 25 % de 1 000 = 1 000 ☐ $\frac{1}{\dots}$ = ……

c. 10 % de 15 = 15 ☐ 10 = ……

27 MODE EXPERT Parmi les fractions ci-dessous, entourer celles qui sont égales à $\frac{120}{50}$.

$\frac{110}{40}$ $\frac{156}{65}$ $\frac{5}{12}$ $\frac{36}{15}$ $\frac{184}{90}$ $\frac{216}{90}$

4 Comparer des fractions

▸ Pour **comparer deux fractions**, on regarde si elles ont le **même dominateur** : si oui, la plus grande est celle qui a **le plus grand numérateur**.

28 Dans chaque cas, comparer les deux fractions :

a. $\frac{4}{5}$ …… $\frac{7}{5}$ b. $\frac{7}{3}$ …… $\frac{2}{3}$ c. $\frac{125}{17}$ …… $\frac{99}{17}$

29 Ranger les fractions suivantes dans l'ordre décroissant.

$\frac{98}{17}$ • $\frac{39}{17}$ • $\frac{109}{17}$ • $\frac{3}{17}$ • $\frac{901}{17}$ • $\frac{89}{17}$

……………………………………………

30 Ranger les nombres suivants dans l'ordre croissant.

$\frac{1\,809}{1\,022}$ • 0 • 1 • $\frac{189}{1\,022}$

……………………………………………

31 Ranger les nombres suivants dans l'ordre décroissant.

$\frac{90\,999}{20}$ • $\frac{909}{20}$ • $\frac{90\,909}{20}$ • $\frac{9\,909}{20}$ • $\frac{9\,009}{20}$ • $\frac{9\,099}{20}$

……………………………………………

▸ On peut **encadrer une fraction** à l'unité, au dixième, au centième…

- $\frac{5}{3} \approx 1{,}6666$

  Encadrement de $\frac{5}{3}$ à l'unité : $1 < \frac{5}{3} < 2$

  Encadrement de $\frac{5}{3}$ au dixième : $1{,}6 < \frac{5}{3} < 1{,}7$

32 Compléter pour obtenir un encadrement à l'unité de chacun des nombres suivants.

a. …… $< \frac{1}{4} <$ …… b. …… $< \frac{5}{2} <$ ……

c. …… $< \frac{299}{10} <$ …… d. …… $< \frac{7}{4} <$ ……

33 Compléter pour obtenir un encadrement au dixième de chacun des nombres suivants.

a. …… $< \frac{1}{3} <$ …… b. …… $< \frac{3}{4} <$ ……

c. …… $< \frac{321}{100} <$ …… d. …… $< \frac{2\,959}{1\,000} <$ ……

34 À l'aide d'une calculatrice, compléter pour obtenir un encadrement au centième de chacun des nombres suivants.

a. …… $< \frac{30}{7} <$ …… b. …… $< \frac{312}{19} <$ ……

c. …… $< \frac{4}{9} <$ …… d. …… $< \frac{459}{230} <$ ……

35 1. Compléter.

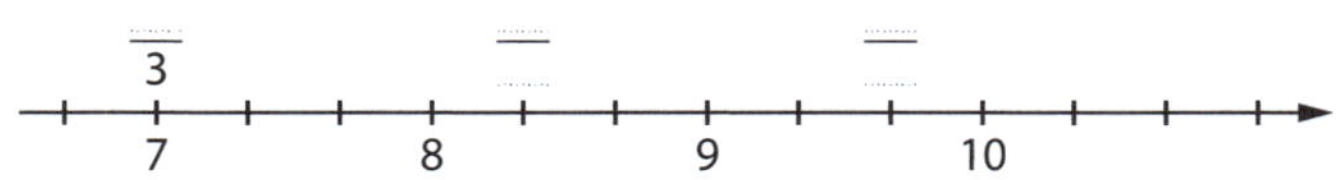

2. En déduire un encadrement à l'unité de $\frac{29}{3}$.

…… $< \frac{29}{3} <$ ……

▸ Pour encadrer une fraction **par deux entiers consécutifs**, on peut utiliser la division euclidienne.

- On considère la fraction $\frac{138}{19}$.

  $138 = 19 \times 7 + 5$. Le quotient de la division euclidienne de 138 par 19 est donc 7.

  L'encadrement à l'unité de $\frac{138}{19}$ est donc :

  $7 < \frac{138}{19} < 8$.

36 En effectuant des divisions euclidiennes, donner un encadrement à l'unité de chacune des fractions suivantes.

a. $\frac{235}{9}$ b. $\frac{377}{11}$

c. $\frac{1\,077}{25}$ d. $\frac{243}{12}$

……………………………………………

……………………………………………

……………………………………………

……………………………………………

37 MODE EXPERT Sans utiliser la calculatrice, entourer :
- en rouge les fractions inférieures à 1 ;
- en bleu les fractions comprises entre 2 et 3 ;
- en vert les fractions supérieures à 3.

$\frac{26}{3}$ $\frac{1\,088}{1\,089}$ $\frac{91}{45}$ $\frac{145}{10}$ $\frac{70}{9}$ $\frac{151}{50}$ $\frac{38}{103}$ $\frac{511}{250}$

Automatismes

38 Parcours ceinture jaune

1. Compléter.

- $3 \times \dfrac{7}{3} = \ldots$
- $9 \times \dfrac{7}{\ldots} = 7$
- $11 \times \dfrac{\ldots}{11} = 19$
- $28 \times 0{,}5 = 28 \times \dfrac{\ldots}{\ldots} = \ldots$
- $40 \times \dfrac{50}{100} = 40 \times \dfrac{\ldots}{\ldots} = \ldots$

2. $\dfrac{1}{3}$ a-t-il une écriture décimale exacte ? ……

3. Placer le nombre $\dfrac{3}{2}$ sur la demi-droite graduée.

4. Placer le nombre $\dfrac{7}{3}$ sur la demi-droite graduée.

5. Compléter.

- $\dfrac{3}{4} = \dfrac{15}{\ldots}$
- $\dfrac{1}{4} = \dfrac{\ldots}{100}$

6. Compléter avec $<$ ou $>$.

- $\dfrac{17}{7}$ …… $\dfrac{21}{7}$
- 1 …… $\dfrac{7}{8}$

39 Parcours ceinture verte

1. Compléter.

- $9 \times \dfrac{22}{9} = \ldots$
- $39 \times \dfrac{11}{\ldots} = 11$
- $12 \times 0{,}3 = 12 \times \dfrac{3}{\ldots} = \ldots$
- $52 \times 0{,}01 = 52 \times \dfrac{\ldots}{\ldots} = \ldots$
- $80 \times 0{,}25 = 80 \times \dfrac{\ldots}{\ldots} = \ldots$

2. $\dfrac{2}{3}$ a-t-il une écriture décimale exacte ? ……

3. Placer le nombre $\dfrac{4}{3}$ sur la demi-droite graduée.

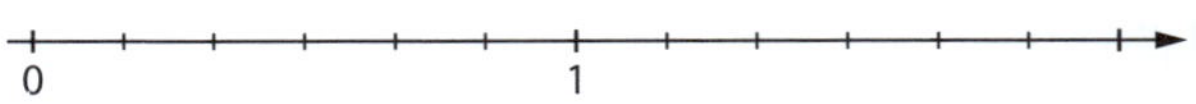

4. Compléter.

- $\dfrac{24}{16} = \dfrac{\ldots}{2} = \ldots$
- $\dfrac{14}{21} = \dfrac{2}{\ldots}$

5. Compléter avec $<$ ou $>$.

- $\dfrac{1}{2}$ …… $\dfrac{3}{4}$
- $1 + \dfrac{6}{8}$ …… $\dfrac{13}{8}$

40 Parcours ceinture noire

1. Compléter.

- $\dfrac{5}{21} \times 21 = \ldots$
- $37 \times \dfrac{\ldots}{\ldots} = 99$
- $0{,}045 \times \dfrac{1}{10} = \ldots$
- $255 \times \dfrac{20}{100} = 255 \times \dfrac{1}{\ldots} = \ldots$
- $8 \times \dfrac{75}{100} = 8 \times \dfrac{\ldots}{4} = \ldots$

2. Placer le nombre $\dfrac{5}{3}$ sur la demi-droite graduée.

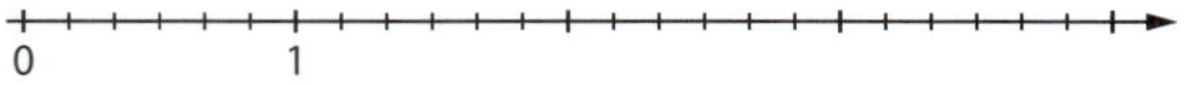

3. Placer le nombre $3 + \dfrac{1}{4}$ sur la demi-droite graduée.

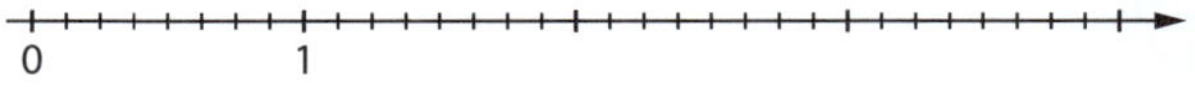

4. Compléter.

- $\dfrac{49}{21} = \dfrac{7}{\ldots}$
- $\dfrac{39}{57} = \dfrac{13}{\ldots}$
- $\dfrac{121}{33} = \dfrac{\ldots}{3}$

5. Donner un encadrement à l'unité de $\dfrac{43}{7}$.

……

Le labo Indigo

Entraine-toi à ton rythme sur les capacités 1 à 4 avec les exercices interactifs du Labo Indigo.

hachette-clic.fr/21li6005

Problèmes

ceinture jaune · ceinture verte · ceinture noire

41 De belles perles
Calculer

Kevin crée des pendentifs avec des perles. Il aligne très précisément 3 perles de Tahiti de la même grosseur l'une contre l'autre. L'ensemble mesure alors 5 cm de long.

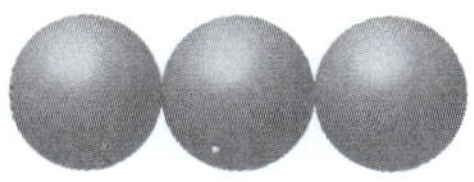

▸ Quelle est, en cm, la valeur exacte du diamètre de chaque perle ? Donner un arrondi au dixième.

42 Des BD
Calculer

Lucas et Mehdi, rangent chacun leur bibliothèque. Ils s'intéressent à la proportion de BD parmi leurs livres respectifs, exprimée sous forme de fraction. Lucas remarque que trois quarts de ses livres sont des BD.

Mehdi, qui possède 18 BD sur un total de 24 livres, a donc une proportion de BD égale à $\frac{18}{24}$. Il affirme que sa bibliothèque contient aussi trois quarts de BD.

▸ Mehdi a-t-il raison ? Justifier.

43 Matières grasses
Calculer, Communiquer

L'étiquette de chacun des trois pots de fromage blanc ci-dessous indique la proportion de matières grasses.

Pot n° 1
10 %
de matières grasses

Pot n° 2
Proportion de matières grasses : $\frac{1}{10}$

Pot n° 3
$\frac{\text{22 g de matières grasses}}{\text{200 g de fromage blanc}}$

▸ Dans quel pot la proportion de matières grasses est-elle la plus importante ? Justifier

44 Trail
Calculer, Représenter

Karima, Sarah et Maïa ont participé à la même course en pleine nature appelée trail. Elles ont beaucoup couru mais, parfois, elles ont aussi dû marcher. Karima a couru sur les $\frac{14}{15}$ du trajet, Sarah a fait les $\frac{2}{3}$ du parcours à la course et Maïa a parcouru les $\frac{11}{15}$ de la distance totale en courant.

1. Karima et Sarah ont-elles parcouru la même distance en courant ?

2. Comparer les fractions du trajet total que Maïa et Sarah ont chacune effectuées en courant.

45 Durées
Représenter, Calculer

Dans chaque cas, compléter pour exprimer la durée en fraction d'heure.

a. 45 min = $\frac{3}{\dots}$ h b. 10 min = $\frac{\dots}{6}$ h c. 40 min = $\frac{\dots}{3}$ h

46 Les élections
Représenter, Calculer

Lors d'une élection, la proportion de voix obtenue par Monsieur X dans le village A est de 25 %. Dans la ville B, il a obtenu 7 042 voix sur 28 000 votants ce qui fait une proportion de $\frac{7\,042}{28\,000}$.

▸ Dans quel ville Monsieur X a-t-il obtenu la plus grande proportion de voix ?

Problèmes

47 De la chimie
Représenter, Calculer

Deux chimistes Peio et Maria travaillent avec des éprouvettes identiques. Peio a vidé $\frac{13}{9}$ cL d'un réactif vert dans l'éprouvette A et Maria a versé $\frac{4}{3}$ cL d'un réactif bleu dans l'éprouvette B.

1. Représenter en couleur le niveau de liquide atteint dans chaque éprouvette A, B et C.

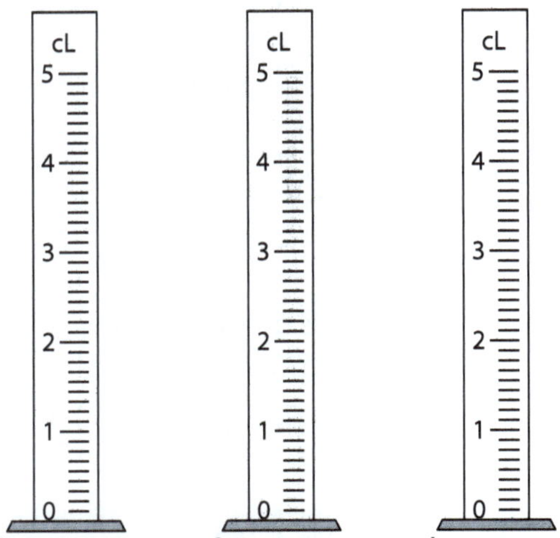

Éprouvette A Éprouvette B Éprouvette C

2. Quelle est, parmi les deux éprouvettes A et B, celle dont le niveau est le plus haut ? Comparer alors $\frac{13}{9}$ et $\frac{4}{3}$.

3. Maria verse trois fois la dose de réactif bleu de l'éprouvette B dans l'éprouvette C. Représenter le niveau de réactif bleu atteint dans l'éprouvette C. Justifier.

48 La ligne blanche
Modéliser, Calculer

La ligne blanche centrale d'une route étroite est représentée ci-dessous.

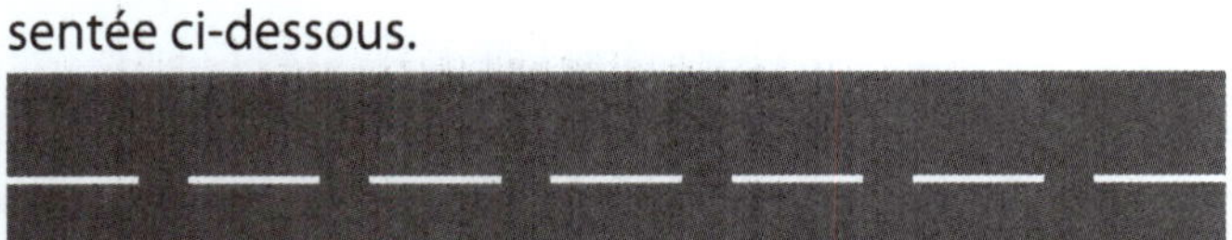

Sur 29 mètres de long, on compte exactement 7 traits pleins de 3 mètres de long chacun, espacés régulièrement.

▶ Quelle est la distance entre deux traits pleins ? Donner la valeur exacte puis l'arrondi au centimètre.

49 Roland Garros
Chercher, Calculer, Modéliser

Le tableau ci-dessous résume les statistiques pour le match « simple messieurs » de huitième de finale du tournoi de Roland Garros 2020.

1. Pour chaque critère étudié, à l'aide d'une calculatrice, comparer les proportions données sous forme de fractions puis entourer la meilleure.

Djokovic	Catégorie	Khachanov
$\frac{57}{89}$	Premiers services réussis	$\frac{77}{111}$
$\frac{40}{57}$	Points gagnés sur premiers services	$\frac{42}{77}$
$\frac{19}{32}$	Points gagnés sur deuxièmes services	$\frac{16}{34}$
$\frac{23}{35}$	Points gagnés au filet	$\frac{15}{27}$
$\frac{6}{15}$	Balles de break gagnées	$\frac{2}{9}$
$\frac{53}{111}$	Retours gagnants	$\frac{30}{89}$

2. Djokovic a-t-il gagné plus ou moins d'une fois sur deux le point lors de ses deuxièmes services ?

3. Khachanov a-t-il réussi plus de $\frac{2}{3}$ de ses premiers services ?

Tâche complexe

50 Magda possède un jardin rectangulaire dans lequel se trouve une cabane carrée. Elle envisage d'y ajouter une piscine. Sur le plan du jardin ci-dessous, un segment indique l'unité de longueur.

Doc 1 Plan du jardin

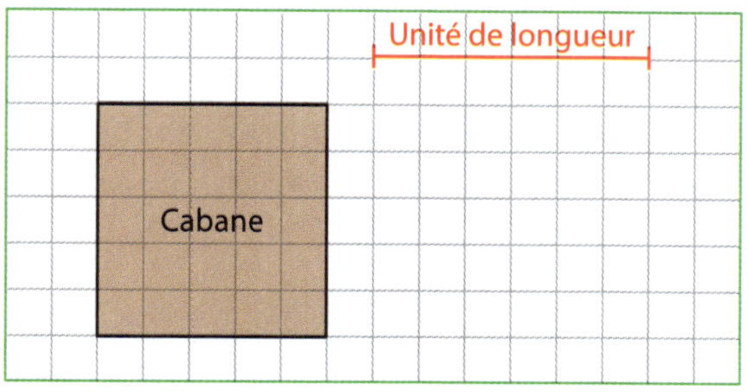

Doc 2 Modèle choisi : piscine carrée

Sur le plan du jardin de Magda, chaque côté de la piscine aura pour longueur $\frac{3}{4}$ d'unité.

▸ Déterminer les dimensions exactes du jardin et de la cabane sur le plan, exprimées en unités de longueur, puis représenter la piscine sur le document 1.

....

....

....

....

....

Le jeu

Domino

À deux, placer le plus rapidement possible les six dominos sachant que pour que deux morceaux de dominos se touchent, ils doivent porter des nombres égaux.
Construire ces dominos en remplaçant le « ? » par 7 (au crayon à papier) et faire une partie, puis en faire une autre en remplaçant le « ? » par 9.

3 | $\frac{?}{2}$	$\frac{45}{100}$ | $\frac{35}{100}$
$\frac{14}{18}$ | $\frac{21}{?}$	$\frac{7}{9}$ | $\frac{?}{21}$
$\frac{1}{3}$ | $7 \times \frac{1}{?}$	$\frac{1}{9} \times 7$ | $\frac{120}{40}$

Le défi

Course d'orientation

Pour gagner la grande course d'orientation, Mathias doit localiser une balise située à moins de 10 kilomètres. Pour deviner le nombre entier de kilomètres qui le sépare de cette balise, il dispose d'un indice sur la longueur du trajet : « Tu parcours d'abord la moitié des kilomètres du trajet plus un demi-kilomètre. Puis tu continues sur la moitié des kilomètres restants plus un demi-kilomètre. Enfin, si tu avances encore de la moitié de la distance restante plus un demi-kilomètre, tu trouveras la balise. »
Quelle est la distance qui sépare Mathias de la balise ?

....

Chapitre 6

Représentation et traitement de données

1 Exploiter un tableau

▸ Un **tableau** permet de lire facilement des données qui sont regroupées selon un ou plusieurs **critères**.
▸ Un tableau à une seule entrée contient des données selon un seul critère, présenté soit en ligne, soit en colonne.

1 Un centre de loisirs accueille des enfants entre 6 et 9 ans. On donne leur répartition par âge.

Nombre d'enfants de 6 ans	5
Nombre d'enfants de 7 ans	10
Nombre d'enfants de 8 ans	8
Nombre d'enfants de 9 ans	9

1. Combien y a-t-il d'enfants de 7 ans ?

2. Combien y a-t-il d'enfants de moins de 8 ans ?

3. Combien d'enfants sont accueillis dans ce centre de loisirs ?

▸ Un **tableau à double entrée** permet de présenter des données selon deux critères, l'un présenté en lignes, l'autre en colonnes.

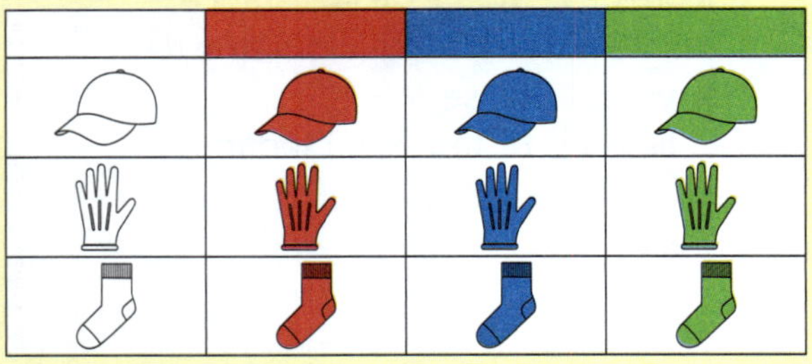

2 Quelques données concernant les élèves du collège Georges Brassens sont présentées dans le tableau suivant.

	Externes	Demi-pensionnaires
Filles	79	128
Garçons	87	112

1. Combien y a-t-il de garçons demi-pensionnaires dans ce collège ?

2. Combien y a-t-il de garçons dans ce collège ?

3. Combien y a-t-il de demi-pensionnaires ?

4. Combien y a-t-il d'élèves dans ce collège ?

3 MODE EXPERT Un restaurateur a réalisé le tableau suivant pour visualiser son stock de desserts.

	Chocolat	Caramel	Café
Éclairs	15	8	5
Crèmes dessert	15	10	16
Glaces	17	8	3

1. Combien y a-t-il de desserts au chocolat ?

2. Quel est le nombre total de desserts ?

3. Combien faudrait-il ajouter de desserts au chocolat pour qu'ils représentent la moitié des desserts ?

2 Exploiter un diagramme

▸ Un **diagramme en bâtons** (ou en barres) permet de comparer visuellement des données. Les **hauteurs des bâtons** sont proportionnelles aux nombres qu'elles représentent.

4 On a représenté le nombre de membres d'un club de sport selon la tranche d'âge.

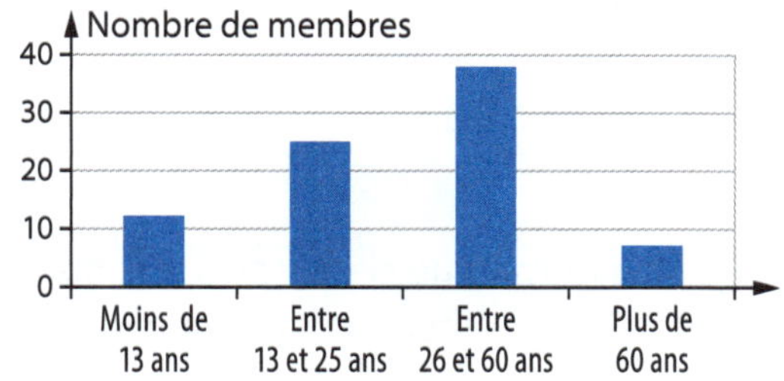

1. Dans quelle tranche d'âge le nombre de membres est-il le plus faible ?

....

2. Peut-on dire qu'il y a environ trois fois plus de personnes dont l'âge est compris entre 26 et 60 ans que de personnes de moins de 13 ans ?

....

....

5 On a réalisé un sondage sur la présence d'animaux de compagnie dans les familles des 6e A.

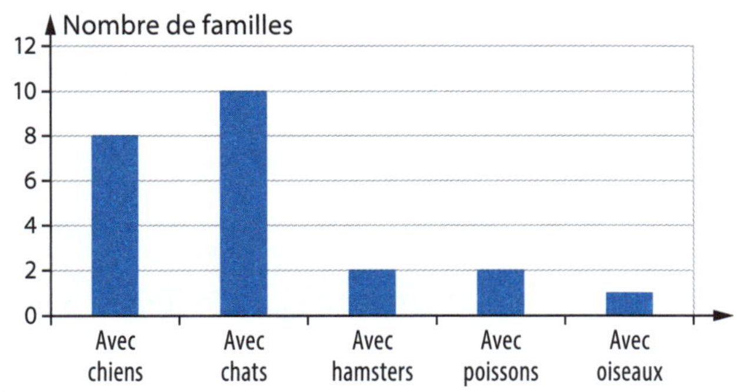

1. Que représente ce diagramme ?

....

....

....

2. Quelle est l'espèce d'animal de compagnie la plus répandue parmi ces familles ? Justifier.

....

....

....

▸ Un **diagramme circulaire** permet de visualiser une répartition. Les mesures des angles sont proportionnelles aux nombres qu'elles représentent.

6 Les régimes scolaires des élèves d'un établissement scolaire sont répartis comme indiqué ci-dessous.

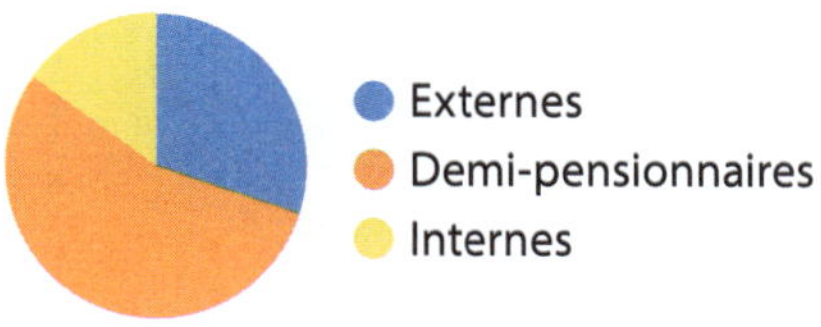

1. Quel est le régime scolaire choisi majoritairement ?

....

....

2. Les externes représentent-ils plus d'un quart des élèves ? Justifier.

....

....

7 MODE EXPERT La répartition de la population française en 2017 selon les tranches d'âge est représentée ci-dessous.

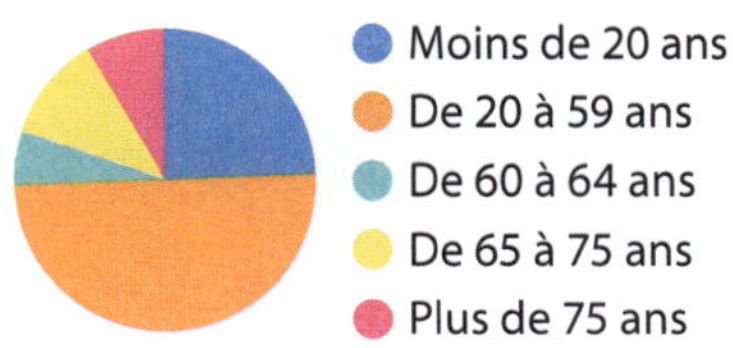

Déterminer une valeur approchée du pourcentage de la population que représentent :

a. les « 60 ans et plus » ;

....

....

....

....

....

b. les « 65-75 ans ».

....

....

....

....

3 Exploiter un graphique cartésien

Un **graphique cartésien** permet d'observer une **évolution**. La grandeur indiquée sur **l'axe vertical (axe des ordonnées)** évolue en fonction de celle exprimée sur **l'axe horizontal (axe des abscisses)**.

8 On donne la courbe de croissance de Selim entre 0 et 10 ans.

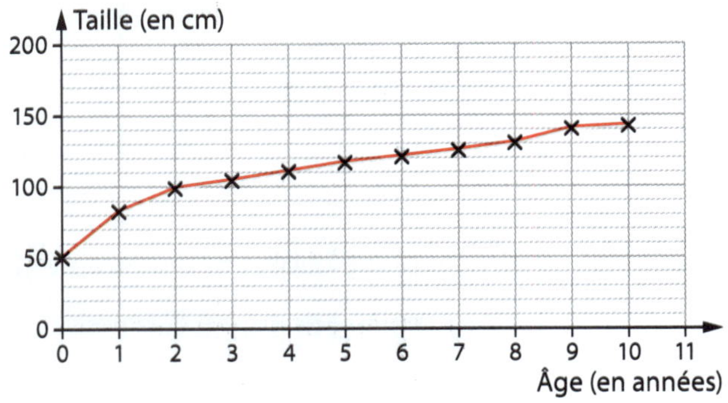

1. Que représentent les nombres marqués sur l'axe des abscisses ?

....

2. Que représentent les nombres marqués sur l'axe des ordonnées ?

....

3. Quelle était la taille de Selim à 8 ans ?

....

4. À quel âge Selim mesurait-il 110 cm ?

....

9 Les mesures suivantes ont été enregistrées lors de la journée du 15 octobre 2020.

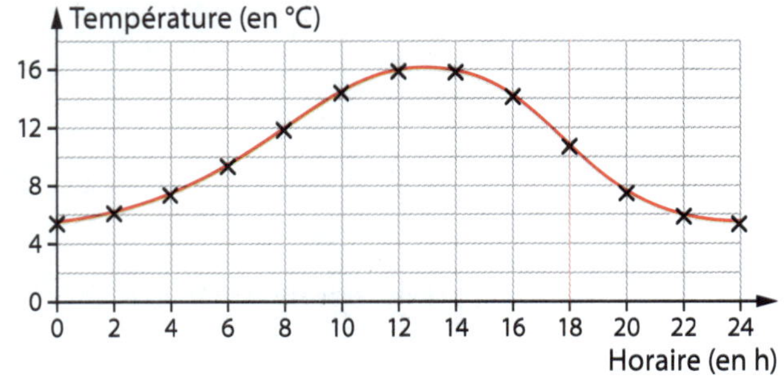

1. Compléter la phrase.

Le .... ci-dessus représente l'évolution de .... en fonction ....

2. Quelle température a-t-on enregistrée à 8 h ?

....

3. À quelles heures de la journée a-t-il fait 6 °C ?

....

4. Que peut-on dire concernant l'évolution de la température sur la journée complète de 0 h à minuit ?

....

....

10 MODE EXPERT Sur le graphique ci-dessous, les courbes rouge et bleue représentent la hauteur d'eau engendrée par la marée le 17 octobre respectivement à Dieppe et à La Rochelle.

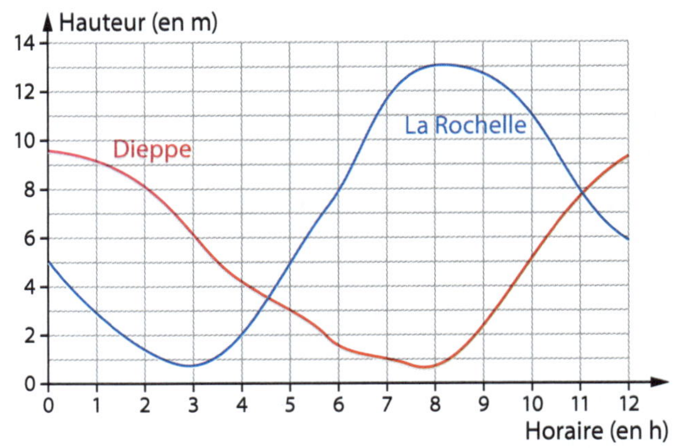

1. Lors de cette matinée du 17 octobre, à quelle heure la marée était-elle basse à Dieppe ? Et à La Rochelle ? (arrondir à l'heure près)

....

....

2. À quels horaires la hauteur de la mer était de 5 m à La Rochelle ? Et à Dieppe ?

....

....

3. Quelle était la hauteur de l'eau à La Rochelle lors de la marée haute (arrondir au mètre près) ?

....

4. À quel(s) moment(s) de la matinée la hauteur de l'eau à Dieppe a été la même qu'à La Rochelle ?

....

....

4 Produire un tableau

▸ Pour **construire un tableau**, on identifie le ou les critères permettant d'organiser les données selon une seule entrée ou selon deux entrées (en ligne et en colonne).

11 Pour un exposé, le professeur de SVT demande à chaque élève de choisir un animal. Les choix sont les suivants : chat, chien, carpe, mésange, chat, vache, guêpe, rat, abeille, poisson rouge, rossignol, vache, lion, frelon, corbeau, hamster, merle, souris, chat, abeille, cheval, moustique, truite.
Construire un tableau indiquant le nombre de mammifères, d'insectes, d'oiseaux et de poissons choisis par les élèves.

Nombre de mammifères	
Nombre d'insectes	
Nombre d'oiseaux	
Nombre de poissons	

12 Un cours de danse accueille les enfants à partir de sept ans. Il y a 30 enfants inscrits, tous âgés de moins de onze ans. Parmi les 15 enfants qui ont moins de neuf ans, 6 ont huit ans. On compte 11 participants âgés de dix ans. Compléter le tableau récapitulant le nombre d'enfants inscrits à ce cours selon leur âge.

Nombre d'enfants de 7 ans	
Nombre d'enfants de 8 ans	
Nombre d'enfants de 9 ans	
Nombre d'enfants de 10 ans	
Total	

13 Compléter le tableau sachant qu'en 2018, parmi les 41 membres d'un club de course à pied :

- 2 sportifs ont couru le marathon de New-York mais pas celui de Paris ;
- 3 sportifs ont couru le marathon de Paris et celui de New-York ;
- 14 sportifs ont couru le marathon de Paris mais pas celui de New-York.

		New-York	
		oui	non
Paris	oui		
	non		

14 Myriam a acheté 240 décorations lumineuses en forme de boules ou d'étoiles, de couleur rouge, bleue ou jaune. Elle dispose de 150 boules dont un tiers est bleu, de 25 étoiles rouges et de 30 étoiles bleues. 115 décorations lumineuses sont jaunes.
Compléter le tableau ci-dessous.

	Boule	Étoile	Total
Bleue			
Rouge			
Jaune			
Total			

15 Dans un collège, l'espagnol, le russe et le chinois sont proposés en LV2. En 6ᵉ A, il y a 28 élèves. 12 ont choisi l'espagnol, 7 le russe et les autres le chinois. En 6ᵉ B, 11 élèves ont choisi l'espagnol et 4 élèves le russe. Dans ces deux classes, au total, 19 élèves ont choisi le chinois.
Présenter ces données dans un tableau à double entrée.

16 MODE EXPERT Le personnel d'une entreprise compte 125 employés. Chacun doit choisir une seule période de congés en juin, en juillet ou en aout. 22 femmes seront en congés en juin et 15 en aout. 12 hommes seront en congés en juin, 36 en juillet et 20 % des hommes prendront leurs vacances en aout.
64 personnes seront en vacances en juillet.
Combien d'employés seront en congés en aout ?
On pourra s'aider d'un tableau à double entrée.

5 Produire un diagramme

▶ Sur un **diagramme en bâtons**, les hauteurs des bâtons sont proportionnelles aux nombres qu'elles représentent. La graduation choisie sur l'axe vertical doit être régulière et adaptée aux données.

17 L'Insee a recensé le nombre d'enfants dans chaque famille en France en 2010.

Nombre d'enfants	Nombre de familles (en milliers)
0	6 000
1	3 700
2	3 300
3	1 300
4 et plus	500

1. Représenter ces données à l'aide d'un diagramme en bâtons.

2. Le premier bâton est combien de fois plus haut que le dernier ? Justifier.

▶ Sur un **diagramme circulaire**, les mesures des angles sont proportionnelles aux nombres qu'elles représentent. La somme des mesures des angles est égale à **360°**.

18 Les deux premières lignes du tableau ci-dessous indiquent le nombre de visiteurs d'un musée selon le créneau horaire durant une journée.

1. Compléter le tableau.

Tranche horaire	8 h - 10 h	10 h - 12 h	14 h - 16 h	16 h - 18 h	Total
Visiteurs	8	40	30	12	
Angle en °					

2. Représenter la répartition du nombre de visiteurs dans la journée à l'aide d'un diagramme circulaire.

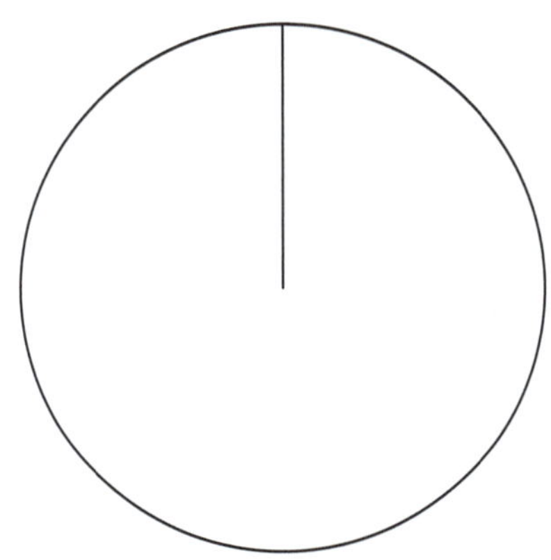

▶ Un **diagramme semi-circulaire** se construit à partir d'un demi-disque. La somme des mesures des angles est donc égale à **180°**.

19 MODE EXPERT Dans une ferme, il y a 18 poules, 12 canards et 6 vaches. On veut représenter la répartition des différents types d'animaux sur un diagramme semi-circulaire.
Déterminer mentalement la mesure de chacun des trois secteurs angulaires puis compléter le diagramme semi-circulaire ci-dessous.

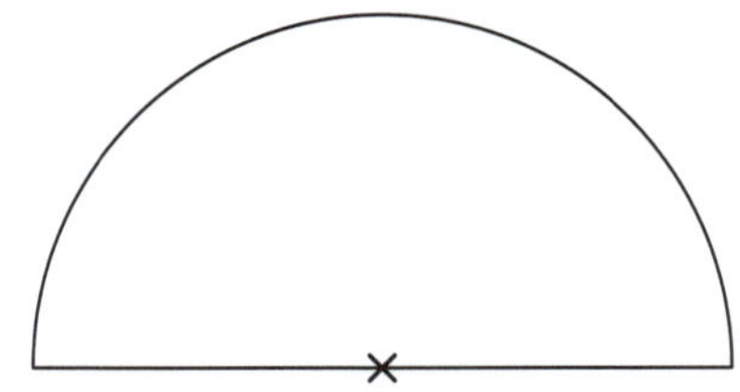

6 Produire un graphique cartésien

▸ On peut représenter une **grandeur B** en fonction d'une **grandeur A** avec un **graphique cartésien**.

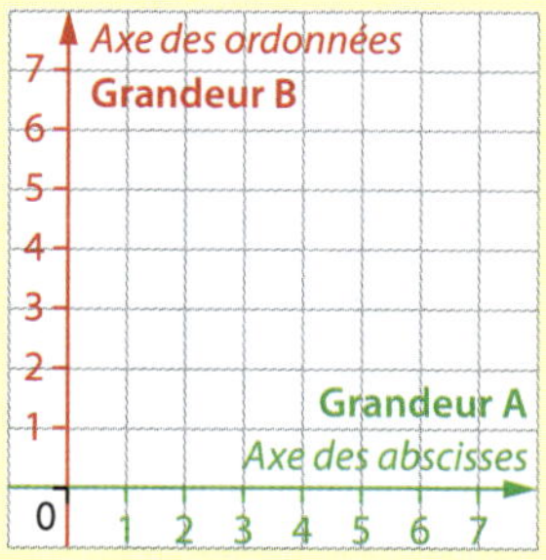

20 Anissa a fait une balade en vélo. Le tableau suivant donne la distance qu'elle a parcourue en fonction du temps écoulé depuis son départ.

Temps écoulé depuis le départ en minutes	5	15	60	70	120
Distance en km	1	4	10	10	15

1. Pour représenter cette situation à l'aide d'un graphique cartésien, quelle grandeur doit-on inscrire :

a. sur l'axe des abscisses ? ....

....

b. sur l'axe des ordonnées ? ....

2. Compléter le graphique ci-dessous.

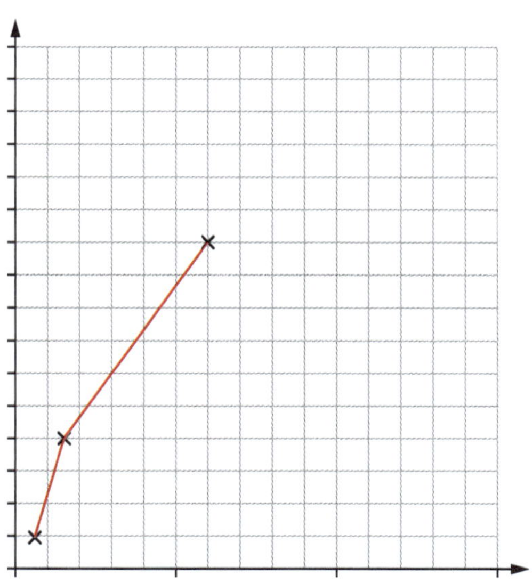

3. Combien de temps après son départ Anissa a-t-elle fait une pause et combien de temps cette pause a-t-elle duré ?

....

....

....

21 À partir du tableau ci-après, on veut étudier l'évolution du nombre de clients comptabilisé dans un supermarché du premier jour au dernier jour de la semaine du 20 décembre 2020.

Jour	1	2	3	4	5	6 (Noël)	7
Clients	950	600	750	900	1 100	0	350

Représenter le nombre de clients en fonction du jour de la semaine à l'aide d'un graphique.

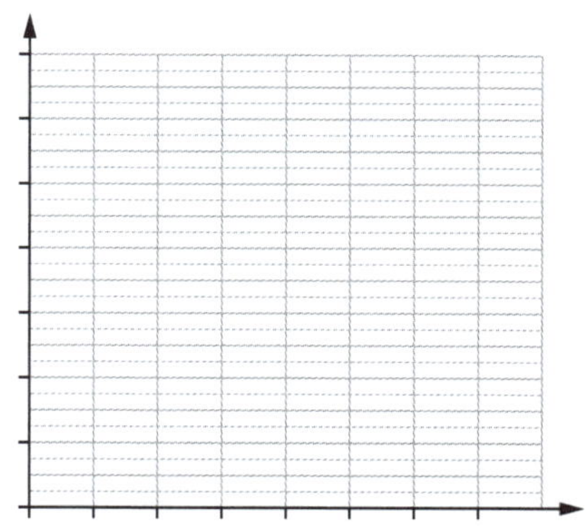

22 **MODE EXPERT** Pour tester un nouvel engrais, Léo plante des rosiers et ne met de l'engrais qu'à la moitié d'entre eux. Il mesure ensuite chaque semaine la taille moyenne des rosiers.

Temps (en semaines)	0	1	2	3	4	5	6
Taille avec engrais (en cm)	0	12	18	22	25	27	28
Taille sans engrais (en cm)	0	4	8	14	19	22	24

Construire sur un même graphique les courbes représentant la taille moyenne des rosiers avec ou sans engrais en fonction du temps.

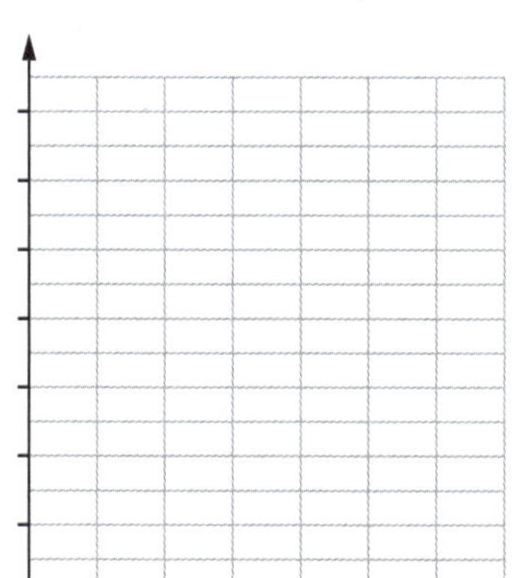

Automatismes

23 Parcours ceinture jaune

1.

	Filles	Garçons
Bus n°1	24	16
Bus n° 2	18	22

Combien y a-t-il de filles dans le bus n°2 ? ....

Combien y a-t-il de garçons ? ....

2. Compléter la phrase.
La part de Tom est .... fois plus grande que celle de Sam.

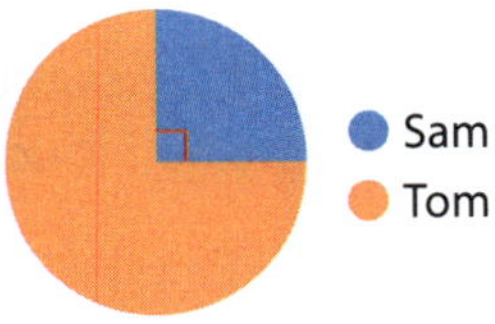

3. Le graphique suivant donne la répartition des animaux dans un zoo.

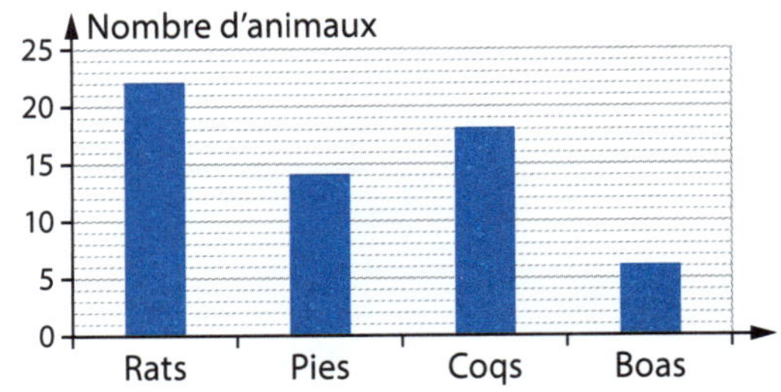

Combien y a-t-il d'animaux ? ....

24 Parcours ceinture verte

1. Voici les couleurs des voitures d'un parking.

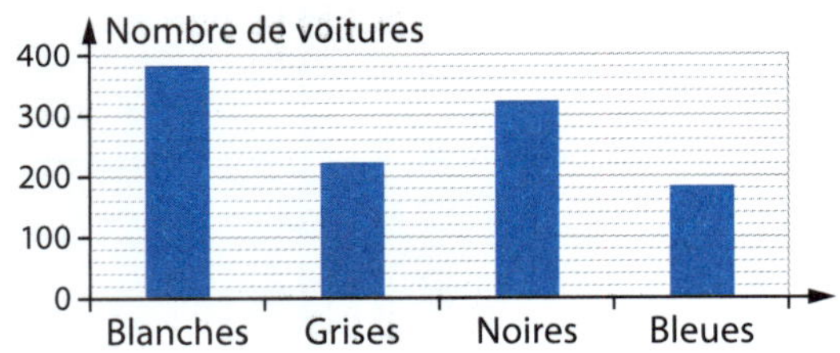

Combien y a-t-il de voitures ? ....

2. 90 élèves participent à un voyage scolaire et montent à bord de deux wagons d'un train. Compléter le tableau.

	Filles	Garçons
Wagon n° 1	23	
Wagon n°2	16	17

Combien de garçons participent au voyage scolaire ? ....

25 Parcours ceinture noire

1. Dans un jeu, il y a 12 figures parmi lesquelles un cercle rouge et 8 carrés. Il y a autant de carrés rouges que de cercles bleus.
Compléter le tableau.

	Carré	Cercle
Rouge		
Bleu		
Total		

2. Quelle est la part de Tom ?

....

Quelle est la mesure de l'angle jaune ? ....

Le labo Indigo

Entraine-toi à ton rythme sur les capacités 1 à 6 avec les exercices interactifs du Labo Indigo.

hachette-clic.fr/21li6006

Problèmes

ceinture jaune — ceinture verte — ceinture noire

26 Différents milieux de vie

Chercher, Communiquer

En SVT, un élève a réalisé des mesures dans différents milieux de vie et les a inscrites dans le tableau suivant.

	Humidité	Éclairement (Lux)	Température (en °C)	Êtres vivants présents
Milieu 1	20 %	50 000	30	Lézards
Milieu 2	90 %	120	15	Limaces
Milieu 3	60 %	3 000	18	Champignons

1. Dans le milieu où la température est la plus élevée, que peut-on dire de l'éclairement et de l'humidité ? Comparer aux autres milieux.

2. Citer un organisme qui vit dans le milieu le plus humide.

3. Quels sont les organismes qui vivent dans un milieu où l'humidité dépasse les 50 % ?

27 À la maternité

Représenter, Calculer

Voici le nombre de bébés nés dans une maternité lors des deux dernières semaines selon leur taille en cm.

Taille	45	46	47	48	49	50	51	52	53
Nombre	2	3	2	5	8	6	4	4	2

1. Représenter ces données à l'aide d'un diagramme en bâtons.

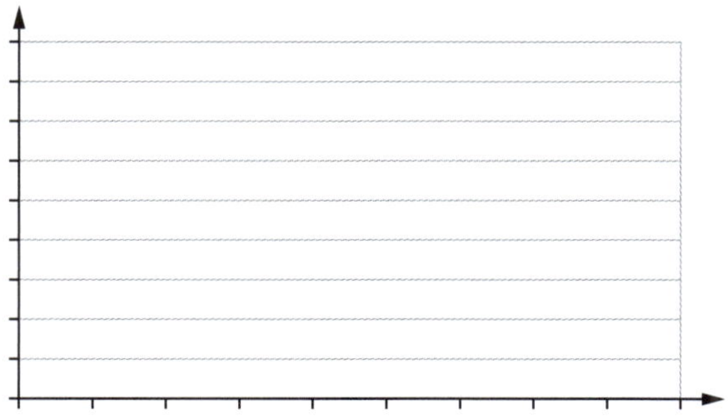

2. Combien de bébés sont nés durant ces deux semaines dans cette maternité ?

28 Sondage

Représenter, Communiquer

Alice a réalisé un sondage téléphonique sur les pratiques sportives auprès de 800 personnes. Elle a noté à plusieurs reprises le pourcentage (arrondi à l'unité) de femmes interrogées en fonction du nombre de personnes contactées.

Nombre de personnes contactées	50	100	200	300	400	500	600	700	800
Pourcentage de femmes	40 %	48 %	54 %	47 %	46 %	48 %	49 %	49 %	50 %

1. Représenter à l'aide d'un graphique cartésien le pourcentage de femmes interrogées en fonction du nombre de personnes contactées.

2. Décrire l'évolution du pourcentage de femmes.

3. Que peut-on dire concernant la part de femmes lorsque plus de 500 personnes ont été contactées ?

Problèmes

29 Collection de figurines
Représenter, Raisonner

Samuel collectionne les figurines de chats et de chiens. Voici toutes les figurines qu'il possède.

1. Construire un tableau à double entrée indiquant le nombre de figurines selon l'animal représenté et la couleur.

2. Combien y a-t-il de figurines noires ?

3. Samuel affirme que plus de 25 % de ces figurines sont des chiens noirs. A-t-il raison ? Justifier.

30 Population
Chercher, Communiquer

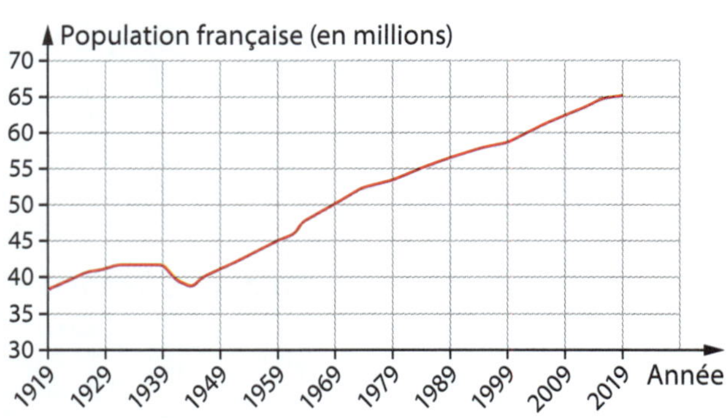

1. Que représente le graphique ci-dessus ?

2. En quelle année la population a-t-elle atteint 50 000 000 d'habitants ?

3. La population a-t-elle toujours augmenté ?

31 Composition de l'air
Raisonner, Calculer

L'air est un mélange gazeux constitué de 78 % de diazote, de 21 % dioxygène. Le reste est composé d'autres gaz (dioxyde de carbone, vapeur d'eau, hélium, etc.).

1. Parmi les deux diagrammes circulaires ci-dessous, quel est celui qui représente la composition de l'air ? Justifier puis légender ce diagramme.

Diagramme n° 1

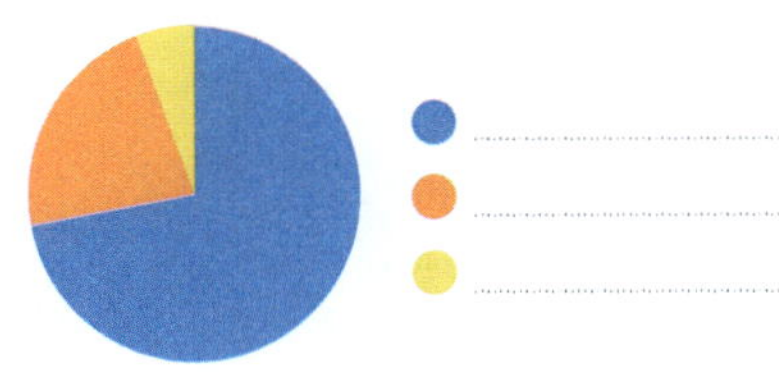

Diagramme n°2

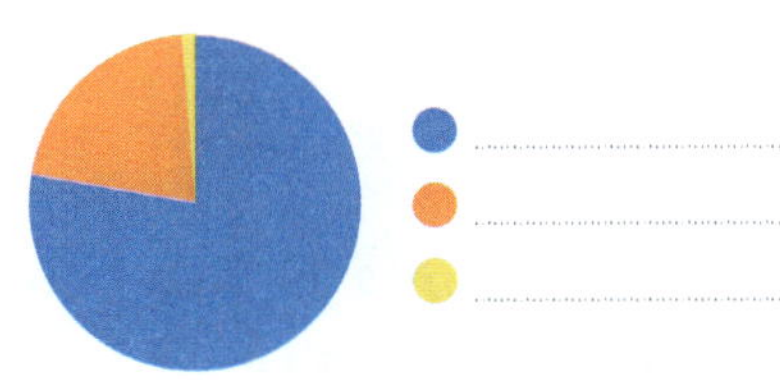

2. Calculer la mesure de l'angle orange sur le diagramme représentant la mesure de l'air.
Arrondir au degré près.

32 Panneaux solaires

Calculer, Représenter, Raisonner

L'inclinaison des panneaux solaires influe sur leur performance. Lorsqu'un panneau solaire forme un angle de 90° avec les rayons du soleil, il reçoit un éclairement maximal et la conversion d'énergie est alors optimale.

L'étude d'un modèle précis a permis de réaliser le tableau ci-dessous.

1. Compléter la dernière ligne.

Angle d'orientation	0°	30°	60°	90°
Pourcentage de l'éclairement maximal	0 %	35 %	90 %	100 %
Éclairement en lux				4 000

Angle d'orientation	120°	150°	180°
Pourcentage de l'éclairement maximal	90 %	35 %	0 %
Éclairement en lux			

2. Représenter sur un graphique cartésien l'éclairement en fonction de l'angle d'orientation.

3. Comment doit-on positionner ce modèle de panneau solaire par rapport aux rayons du soleil pour obtenir un éclairement supérieur ou égal à 90 % de la valeur maximale ?

33 Graphiques cohérents

Représenter, Raisonner

1. Fanny a représenté la hauteur d'un arbre en fonction des années écoulées depuis qu'il a été planté. Laquelle des deux courbes suivantes peut être celle de Fanny ? Justifier.

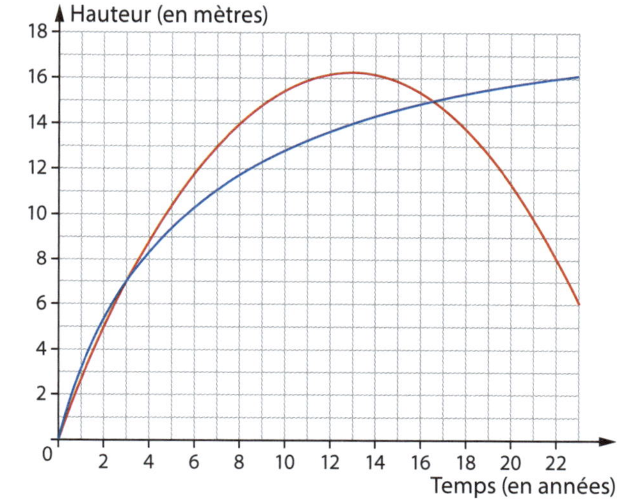

2. Une voiture roule à 130 km/h sur autoroute. Des travaux sont annoncés. La voiture ralentit et stabilise sa vitesse à 90 km/h.

Tracer ci-dessous à main levée une courbe qui pourrait représenter la vitesse de cette voiture en fonction du temps.

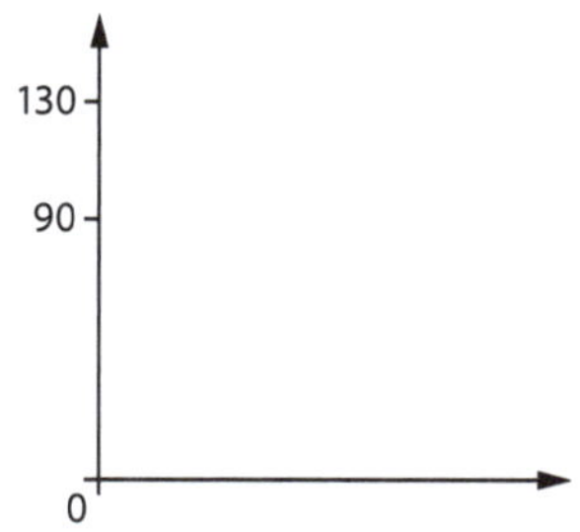

Problèmes

34 Solde naturel
Calculer, Communiquer

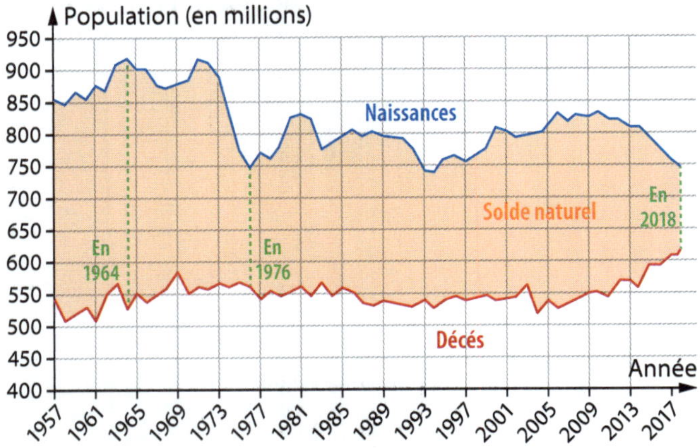

1. D'après le graphique ci-dessus, comment appelle-t-on la différence entre le nombre de naissances et le nombre de décès ?

2. Donner un ordre de grandeur du solde naturel en 1964, en 1976 et en 2018. Quelle est son évolution sur ces trois années ?

35 Concours de sculptures
Calculer, Représenter

Lors du concours de sculptures, chaque élève de sixième a voté pour une des quatre sculptures finalistes. Voici la répartition des votes.

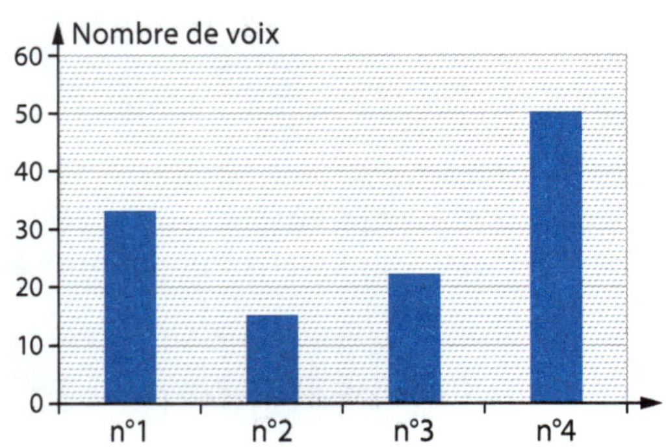

1. Quel est le nombre d'élèves qui ont voté ?

2. Construire un diagramme circulaire permettant de visualiser la répartition des votes.

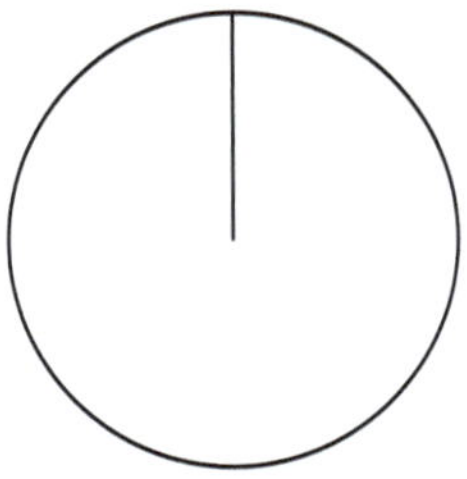

36 De la chimie
Raisonner, Calculer, Représenter

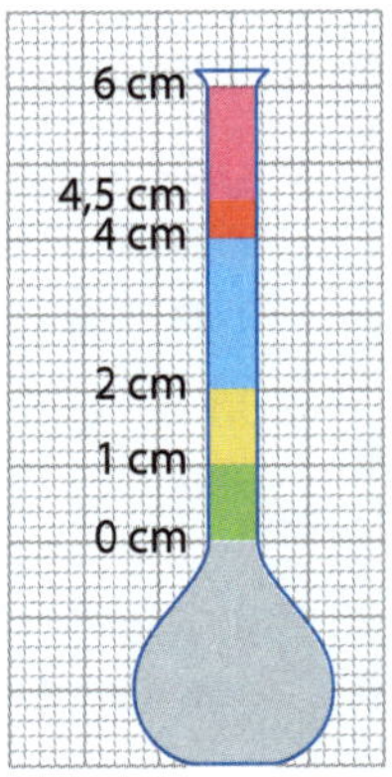

Dans une fiole, on introduit des réactifs colorés non solubles. Une grande quantité de réactif gris est versée en premier. Puis, on complète la partie restante à l'aide de réactifs vert, jaune, bleu, rouge et rose comme indiqué ci-contre.

On a commencé ci-après le diagramme circulaire représentant la répartition des quantités de réactifs dans cette fiole.

Compléter ce diagramme en justifiant les calculs.

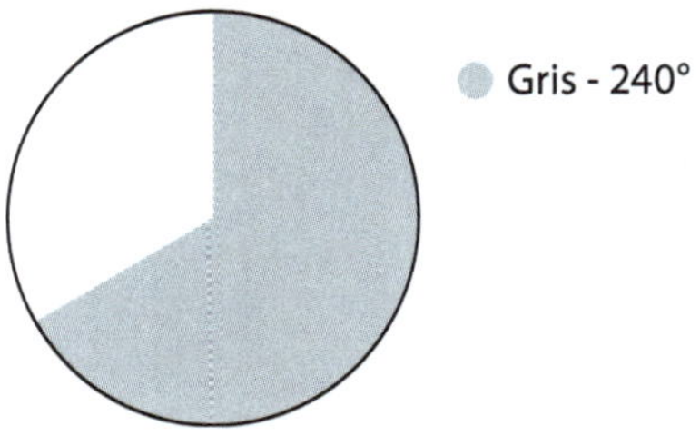

Tâche complexe

37 Un voyageur analyse trois documents concernant deux forêts tropicales A et B. Il souhaite visiter celle qui renferme le plus grand nombre de perroquets rouges.

Doc 1 **Répartition des espèces de perroquets dans la forêt A**

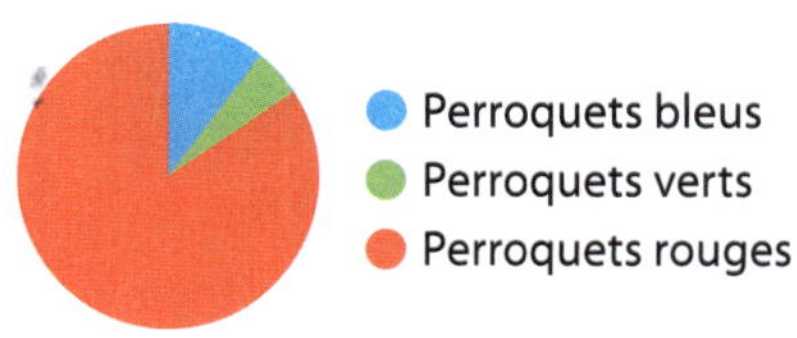

Doc 2 **Nombre de perroquets rouges dans la forêt A**

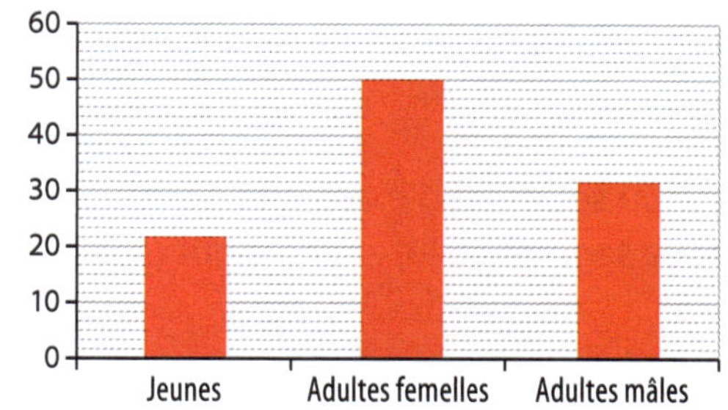

Doc 3 **Répartion des espèces parmi les 800 perroquets présents dans la forêt B**

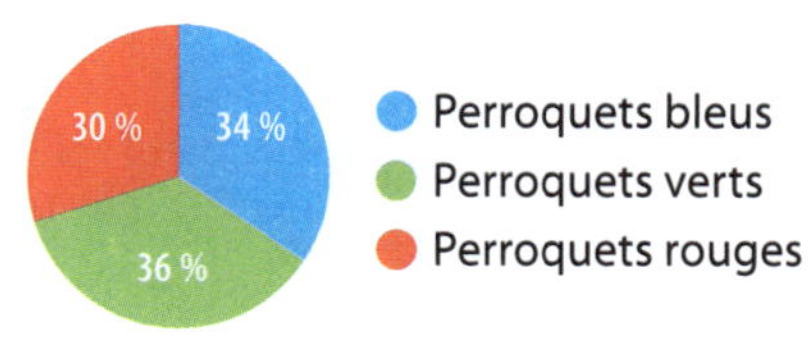

- Quelle forêt le voyageur devra-t-il choisir ?

Le jeu

Code secret

Ce jeu se joue à deux. Le « Codificateur » choisit 3 disques de couleurs (bleu, rouge, vert ou noir) dans un certain ordre. Le « Décodeur » doit deviner les couleurs et les emplacements des disques. Pour cela, il fait des propositions et le « Codificateur » y répond en complétant le tableau suivant.

Propositions	Nombre de disques colorés bien positionnés	Nombre de disques colorés mal positionnés
● ● ● (bleu, rouge, vert)		

Lorsque le code est découvert, celui qui était « Codificateur » devient « Décodeur » et inversement.

Le défi

Fleurs parmi les fleurs

Trois copines, Rose, Marguerite et Violette ont chacune cueilli une fleur différente et les trois sortes de fleurs correspondent à leurs trois prénoms. Mais aucune n'a la fleur désignée par son propre prénom. Marguerite constate qu'une de ses copines a cueilli une violette. Qui a cueilli quoi ?

Chapitre **7**

Distance et cercle

1 Tracer et mesurer un segment

▶ La **distance entre deux points** *A* et *B* est la longueur du segment d'extrémités *A* et *B*.
On note ce segment [*AB*] et sa longueur *AB*.

1

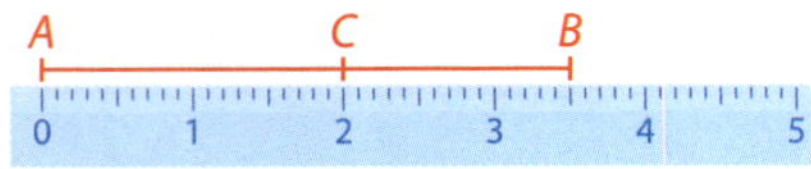

Compléter les égalités suivantes.

AB = ... cm ; .... = 2 cm ; *BC* = ... cm.

2 Mesurer les longueurs des segments suivants.

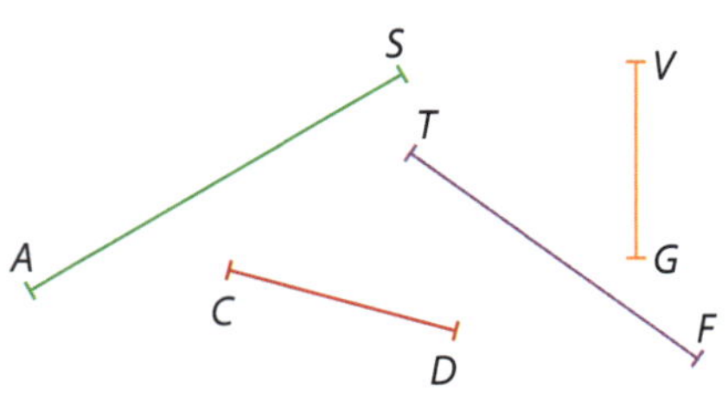

....

....

▶ Le **milieu d'un segment** est le point de ce segment qui est à la même distance de ses extrémités.
On peut coder des longueurs égales avec un même symbole.
Le symbole ∈ signifie « appartient à ».
Le symbole ∉ signifie « n'appartient pas à ».

3

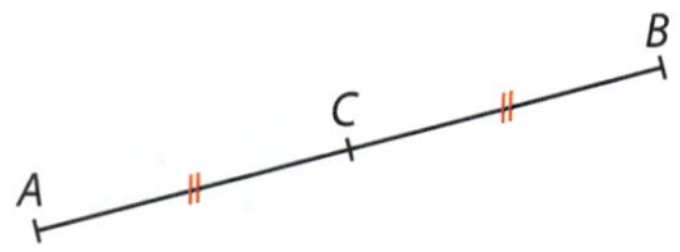

Compléter :

a. Les points *A* et *B* sont les ....
du segment ....

b. Le point *C* est le .... du segment ....

c. *C* ∈ ....

d. Les longueurs des segments .... et .... sont égales ; on a donc : .... = ... = ... ÷ 2
et *AB* = 2 × .... = 2 × ....

4 1. Sur la figure ci-contre :

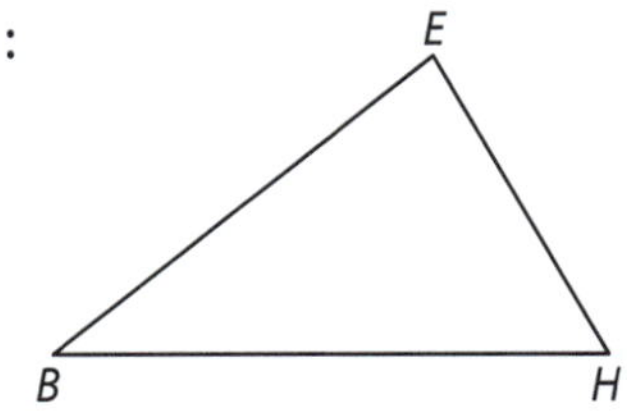

a. placer *I*, le milieu du segment [*EB*], *J*, le milieu du segment [*EH*] et *K*, le milieu du segment [*BH*] ;

b. coder les longueurs égales ;

c. tracer les segments [*BJ*], [*HI*] et [*EK*].

2. Compléter avec les symboles ∈ ou ∉.

I .... [*BE*]		*H* .... [*EJ*]	
B .... [*HK*]		*K* .... [*BH*]	

5 1. Tracer les segments [*PM*], [*MR*], [*RB*] et [*BP*].

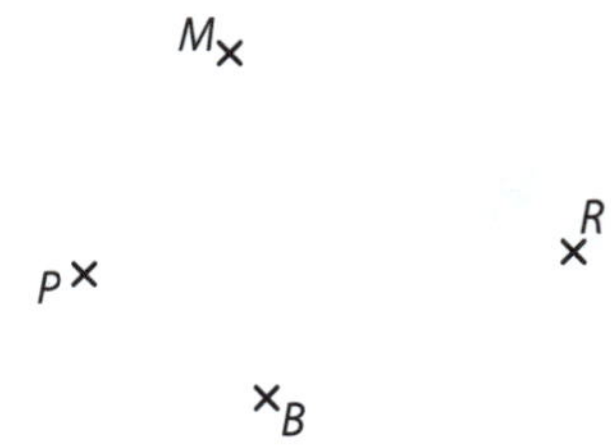

2. Construire les milieux respectifs *A*, *E*, *L* et *N* de ces quatre segments et coder les longueurs égales.

3. Mesurer les longueurs *AE*, *EL*, *LN* et *NA*.
Que peut-on remarquer ?

....

....

6 **MODE EXPERT** Dans la figure ci-dessous, nommer les huit points *A*, *B*, *I*, *K*, *L*, *O*, *S* et *V* de façon à ce que :

- *L* soit le milieu de [*SK*] ;
- *A* soit le milieu de [*OS*] ;
- *I* soit le milieu de [*VK*] ;
- *B* soit le milieu de [*VS*] ;
- *L* soit le milieu de [*VA*].

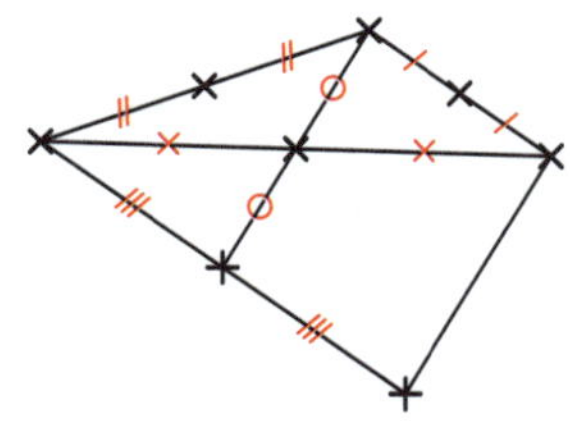

2 Convertir des longueurs

▸ Pour **convertir des unités de longueur**, on effectue des multiplications ou des divisions par 10. On peut s'aider du tableau suivant.

Multiples de l'unité			Unité	Sous-multiples de l'unité		
km	hm	dam	m	dm	cm	mm
1 km = 10 hm	1 hm = 10 dam = 0,1 km	1 dam = 10 m = 0,1 hm	1 m = 10 dm = 0,1 dam	1 dm = 10 cm = 0,1 m	1 cm = 10 mm = 0,1 dm	1 mm = 0,1 cm

7 Compléter par les unités de longueur qui conviennent.

a. 5,89 m = 5 .... + 8 .... + 9 ....

b. 28,43 dam = 2 .... + 8 .... + 4 .... + 3 ....

c. 45,12 hm = 4 .... + 5 .... + 1 .... + 2 ....

d. 579,1 m = 5 .... + 7 .... + 9 .... + 1 ....

8 Compléter les égalités suivantes.

a. 56 dam = 56 × .... m = ... m

b. 8,5 km = 8,5 × .... m = ... m

c. 48 dm = 48 ÷ .... m = ... m

d. 89 cm = 89 ÷ .... m = ... m

9 Relier les longueurs égales.

54 m •	• 5,4 cm
0,54 km •	• 54 000 mm
54 mm •	• 540 m
0,054 hm •	• 54 dm

10 Compléter les égalités suivantes.

a. 82 m = ... dm b. 2,1 m = ... cm

c. 45 mm = ... dm d. 34,2 km = ... m

11 Compléter par l'unité de longueur qui convient

a. 7,8 dm = 78 ....

b. 18,2 m = 0,182 ....

c. 3,45 dam = 345 ....

d. 387 mm = 0,387 ....

▸ Pour **comparer des longueurs**, on les convertit dans la même unité.

12 1. Convertir les longueurs suivantes en m.

a. 18 763 mm = ... b. 3,5 dam = ...

c. 7,58 hm = ... d. 185 cm = ...

e. 48,9 dm = ... f. 0,33 km = ...

2. Ranger ces longueurs par ordre décroissant.

....

....

13 On dispose de trois rubans de longueurs différentes : 575 mm • 0,589 m • 59,8 cm.
Quel est le ruban le plus long ? Le plus court ?

....

....

....

14 Voici les longueurs de quelques ponts français.

Nom	Longueur
Pont d'Aquitaine	17 670 dm
Viaduc de Millau	2 460 m
Pont de l'île de Ré	29,27 hm
Pont de Saint-Nazaire	335,6 dam

1. Convertir toutes les longueurs en km.

17 670 dm = ... 2 460 m = ...

29,27 hm = ... 335,6 dam = ...

2. Lequel de ces ponts est le plus long ?

....

15 MODE EXPERT En suivant des flèches, trouver un chemin permettant de rejoindre la sortie ; on ne peut monter que vers une longueur supérieure ou descendre vers une longueur inférieure.

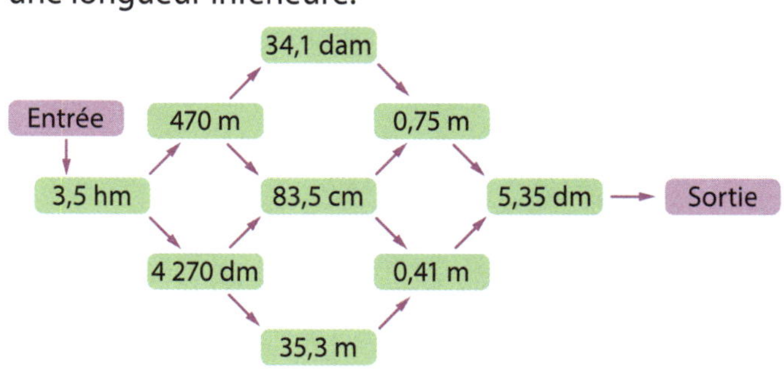

3 Construire et utiliser un cercle

▸ Le **cercle** de **centre O** et de **rayon r** est l'ensemble des points situés à la même distance *r* du point *O*.

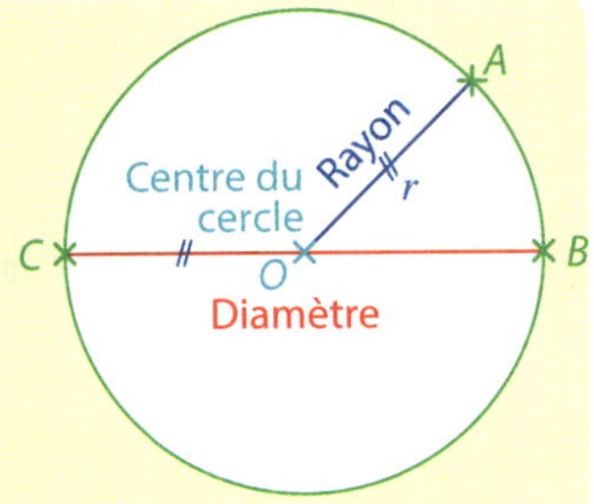

16 On considère le cercle de centre *O* et de rayon 1,5 cm ci-contre. *A*, *C* et *D* sont des points du cercle, et les points *A*, *O* et *C* sont alignés.
Compléter.

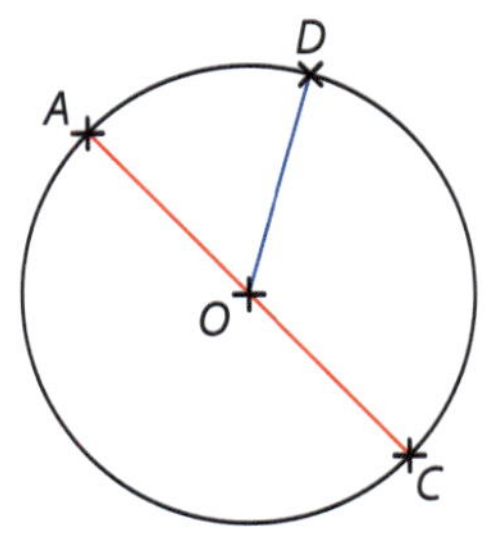

a. Les segments [*OA*], [*O*...] et [*O*...] sont des .... du cercle ;
on a *OA* = *O*... = *O*... = ... cm.

b. Le segment [*AC*] est un .... du cercle ;
on a *AC* = ... × *OA* = ... × .... cm = ... cm.

17 1. Construire le cercle $\mathscr{C}_1$ de centre *A* et de rayon 1,5 cm, puis le cercle $\mathscr{C}_2$ de centre *B* et de rayon 2 cm.

2. Construire le cercle $\mathscr{C}_3$ de diamètre [*AB*].

18 Dans la figure ci-dessous, on a tracé un cercle $\mathscr{C}_1$ de centre *A* et un cercle $\mathscr{C}_2$ de centre *C*.
Les points *B*, *E*, *F* et *G* appartiennent au cercle $\mathscr{C}_1$; les points *D*, *F* et *H* appartiennent au cercle $\mathscr{C}_2$.

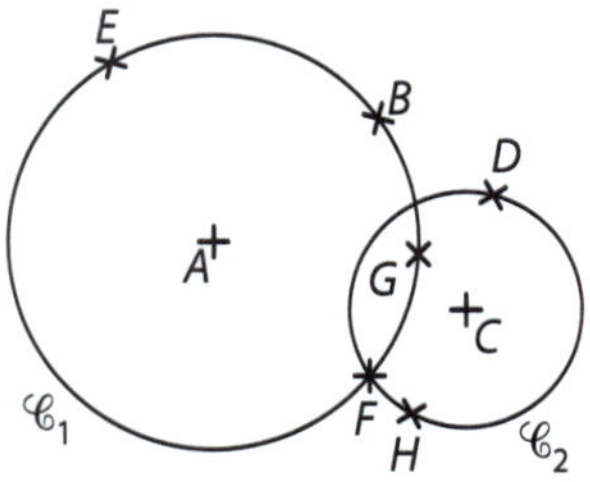

1. Compléter avec les symboles ∈ ou ∉.

E ... $\mathscr{C}_1$; *G* ... $\mathscr{C}_2$; *C* ... $\mathscr{C}_2$; *F* ... $\mathscr{C}_1$; *A* ... $\mathscr{C}_1$; *H* ... $\mathscr{C}_2$.

2. Entourer les égalités de longueurs qui sont correctes.

AB = *AE*	*CG* = *CD*	*CH* = *CF*
AE = *AC*	*CF* = *CD*	*AD* = *AE*
CG = *CH*	*AG* = *AF*	*AB* = *AF*

3. Sur la figure, tracer et coder tous les segments de même longueur.

▸ *O* désigne un point et *r* un nombre positif.
Le **disque** de **centre O** et de **rayon r** est l'ensemble des points situés à une distance du point *O* inférieure ou égale à *r*.

19 1. Tracer un segment [*SV*] de longueur 1,5 cm.

2. Hachurer en bleu la surface où se trouvent tous les points situés à moins de 1 cm du point *S*.

3. Hachurer en rouge la surface où se trouvent tous les points situés à moins de 2 cm du point *V*.

4. Existe-t-il des points situés à la fois à moins de 1 cm de *S* et à moins de 2 cm de *V* ?

....

....

20 MODE EXPERT Maxime habite à 1,5 km du collège, à plus de 3 km de chez Sammy et à moins de 2 km de chez Tom. Représenter en bleu les endroits où pourrait habiter Maxime (1 km correspond à 1 cm).

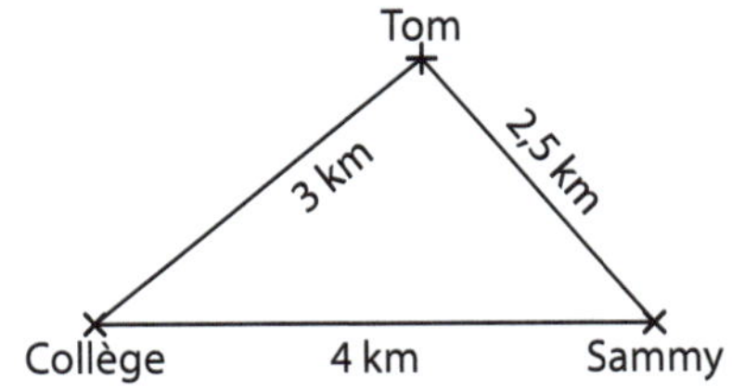

4 Calculer la longueur d'un cercle

▸ La **longueur** L (ou **circonférence**) **d'un cercle** de diamètre D est égale au produit de son diamètre par le nombre π. Elle est donc proportionnelle à son diamètre D (et à son rayon r) :

$$L = D \times \pi \text{ ou } L = 2 \times r \times \pi.$$

21 Entourer les expressions qui permettent de calculer la longueur d'un cercle de diamètre 5.

$2 \times 5 \times \pi$ $\qquad$ $\pi \times 5$ $\qquad$ $5 + \pi$ $\qquad$ $5 \times \pi$ $\qquad$ $10 \times \pi$

22 Entourer les expressions qui permettent de calculer la longueur d'un cercle de rayon 4.

$2 \times \pi \times 4$ $\qquad$ $8 \times \pi$ $\qquad$ $4 \times \pi$ $\qquad$ $2 \times 4 \times \pi$

23 Dans la figure ci-dessous, $\mathscr{C}_1$ est le cercle de centre A passant par B, $\mathscr{C}_2$ est le cercle de centre C passant par A et $\mathscr{C}_3$ est le cercle de centre B passant par C.

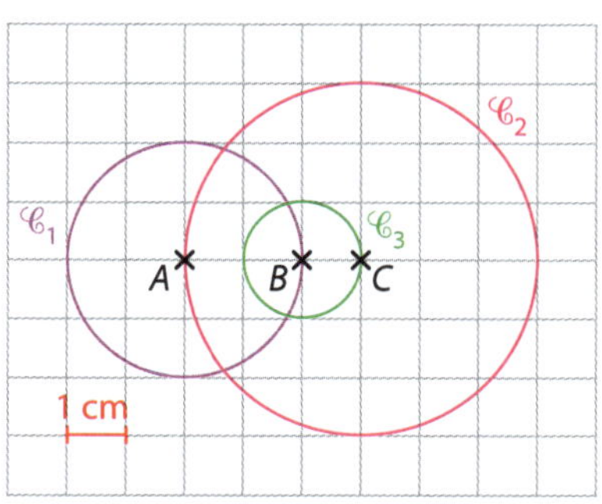

Donner l'expression qui permet de calculer la longueur de chacun de ces cercles en centimètres.

Longueur de $\mathscr{C}_1$: .... Longueur de $\mathscr{C}_2$: ....

Longueur de $\mathscr{C}_3$: ....

▸ Le **nombre π (pi)** n'est pas un nombre décimal, il possède une infinité de chiffres après la virgule. $\pi \approx 3{,}141\,592\,653\,589\ldots$

24 Calculer les longueurs suivantes (on prendra 3,14 comme valeur approchée de π).

a. La longueur d'un cercle de diamètre 15 m.

b. La longueur d'un cercle de rayon 6 cm.

25 En utilisant des ordres de grandeur, relier chaque cercle à la valeur approchée de sa longueur.

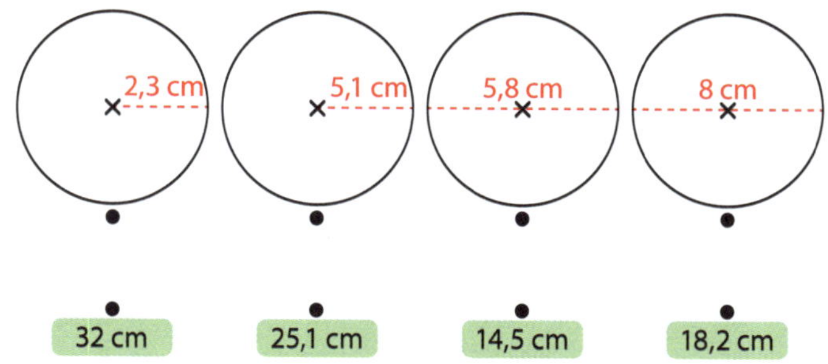

26 On utilise la touche π de la calculatrice.

1. Calculer la longueur d'un demi-cercle de rayon 13 mm ; donner une valeur approchée au mm.

2. Calculer la longueur d'un quart de cercle de diamètre 70 dm ; donner une valeur approchée au dm.

27 **MODE EXPERT** Une fourmi parcourt le chemin vert, une autre le chemin rose. Laquelle des deux a parcouru la plus grande distance ?

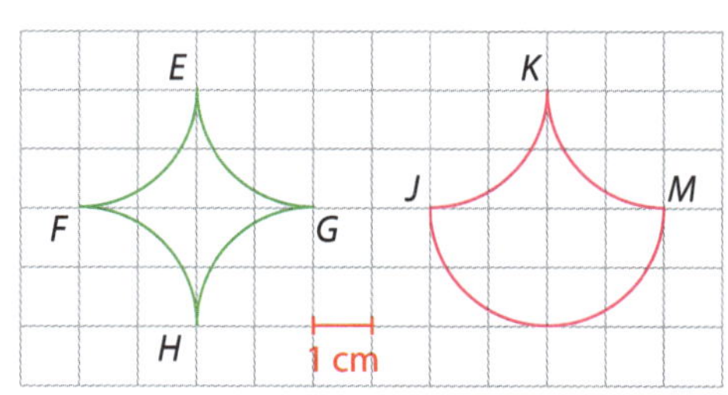

5 Construire et utiliser un triangle

- Un **polygone** est une figure fermée dont les côtés sont des segments.
- Un **triangle** est un polygone à trois côtés.

28 1. Tracer le cercle de centre *M* et de rayon 3 cm puis le cercle de centre *P* et de rayon 2 cm ; ces deux cercles se coupent en *L* et en *E*.

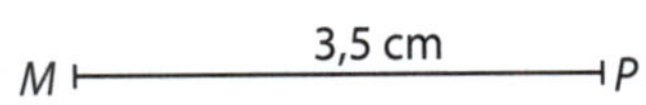

2. Quelles sont les longueurs des côtés du triangle *MLP* ? Et celles du triangle *MEP* ?

....

....

29 1. À l'aide du compas, construire un point *L* situé à 4 cm du point *I* et à 3 cm du point *T*.

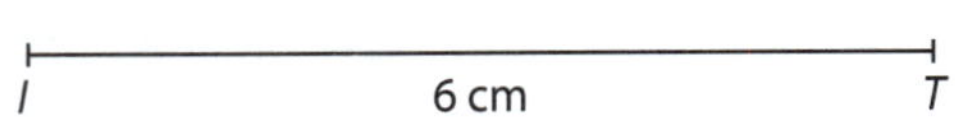

2. Tracer les segments [*LI*] et [*LT*].

30 Construire un triangle *BOL* tel que *BL* = 6 cm, *BO* = 4 cm et *OL* = 5 cm.

- Un **triangle isocèle** est un triangle qui a deux côtés de même longueur.
- Un **triangle équilatéral** est un triangle qui a trois côtés de même longueur.

31

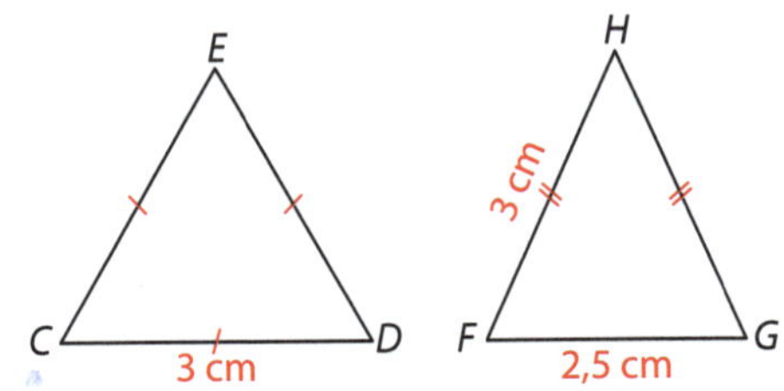

Compléter.

1. *DEC* est un triangle ....
2. *GFH* est un triangle ....
3. Pour tracer le triangle *DEC*, on a tracé deux cercles de centres .... et ...., et de rayon .... cm.
Pour tracer le triangle *FGH*, on a tracé deux cercles de centres .... et ...., et de rayon .... cm.

32 1. Construire un triangle équilatéral *ABC* de côté 4 cm et coder la figure.

2. Construire un triangle *MER* isocèle en *E* tel que *ME* = 3,5 cm et *MR* = 5 cm et coder la figure.

33 MODE EXPERT *BAT* est un triangle isocèle en *A*. La somme des longueurs de ses trois côtés est égale à 15 m. On sait que *BT* = 65 dm.
Quelles sont les mesures des longueurs *BA* et *AT* ?

....

6 Construire et utiliser un losange

- Un **quadrilatère** est un polygone à quatre côtés.
- Un **losange** est un quadrilatère dont les quatre côtés ont la même longueur.

34 **1.** Tracer les cercles de centres *B* et *E* de même rayon 2 cm ; ils se coupent en *G* et en *H*.

2. Tracer le quadrilatère *BGEH*.

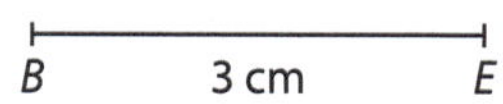

3. Compléter.

BG = …… cm ; *EG* = …… cm ; *HB* = …… cm ; *HE* = …… cm

Le triangle *BEG* est …………………… ; le triangle *BHE* est …………………… ; le quadrilatère *BGEH* a …………… côtés de même longueur : c'est donc un …………………… .

35 **1.** Construire un segment [*JE*] de longueur 4 cm.

2. Tracer deux triangles distincts *JME* et *JDE* tels que :
- *JME* soit isocèle en *M* et *JM* = 3 cm ;
- *JDE* soit isocèle en *D* et *JD* = 3 cm.

3. Quelle est la nature du quadrilatère *JMED* ? Pourquoi ?

……………………………………………………

……………………………………………………

36 Construire un losange *MARS* de côté 3,5 cm.

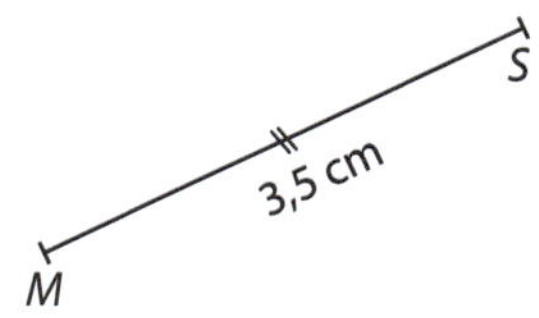

37 On souhaite construire un losange *OURS* tel que *OU* = 3,2 cm et *OR* = 4,1 cm.

1. Réaliser une figure à main levée.

2. Citer trois noms possibles de ce losange.

……………………………………………………

3. Réaliser la figure en vraie grandeur.

38 MODE EXPERT Combien mesure le côté d'un losange dont la somme des longueurs des côtés est égale au double de celle des côtés d'un triangle équilatéral de côté 2,5 cm ?

……………………………………………………

……………………………………………………

……………………………………………………

Automatismes

39 Parcours ceinture jaune

1. 12 m = …………………… cm
2. 3,5 dm = …………………… m
3. Un segment reliant le centre d'un cercle à un point de ce cercle s'appelle …………………… .
4. Un quadrilatère ayant tous ses côtés de même longueur est …………………… .
5. La longueur d'un cercle de diamètre 10 cm vaut environ …………………… .
6. On considère la figure ci-dessous.
   - *C* est-il le milieu du segment [*AB*] ? ……………………
   - *C* appartient-il à [*DF*] ? ……………………
   - *BAD* est-il un triangle isocèle en *D* ? ……………………

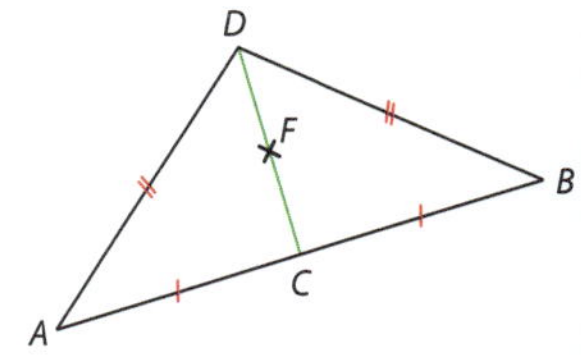

40 Parcours ceinture verte

1. 4,12 m = …………………… mm
2. 8,9 dm = …………………… hm
3. Un triangle ayant deux côtés de même longueur est …………………… .
4. Un segment reliant deux points du cercle diamétralement opposés est …………………… .
5. La longueur d'un cercle de rayon 5 m vaut environ …………………… .
6. On considère la figure ci-dessous.
   - *F* est-il le milieu du segment [*DC*] ? ……………………
   - A-t-on $B \in [AB]$? ……………………
   - *BAD* est-il un triangle isocèle en *A* ? ……………………

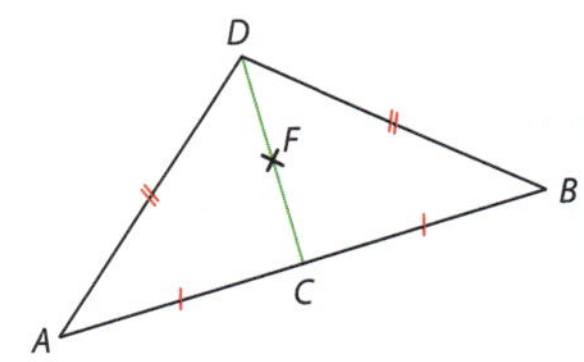

41 Parcours ceinture noire

1. 5,35 dam = …………………… cm

2. 14,75 dm = …………………… hm

3. Le triangle *VER* est isocèle en *V*.
A-t-on $VE = VR$? ……………………

4. On considère un cercle $\mathscr{C}$ de centre *A* et de diamètre [*GH*] tel que $GH = 3$ cm.
- A-t-on $AG = 6$ cm ? ……………………
- Le rayon mesure-t-il 1,5 cm ? ……………………
- A-t-on $A \in \mathscr{C}$? ……………………
- Si on relie deux points de ce cercle, le segment tracé mesure-il obligatoirement 3 cm ? ……………………
- La longueur de ce cercle mesure environ ……………………

Le labo Indigo

Entraine-toi à ton rythme sur les capacités 1 à 6 avec les exercices interactifs du Labo Indigo.

hachette-clic.fr/21li6007

Problèmes

ceinture jaune — ceinture verte — ceinture noire

42 Analyse d'une figure

Communiquer

1. Les étapes de construction de cette figure ont été mélangées.

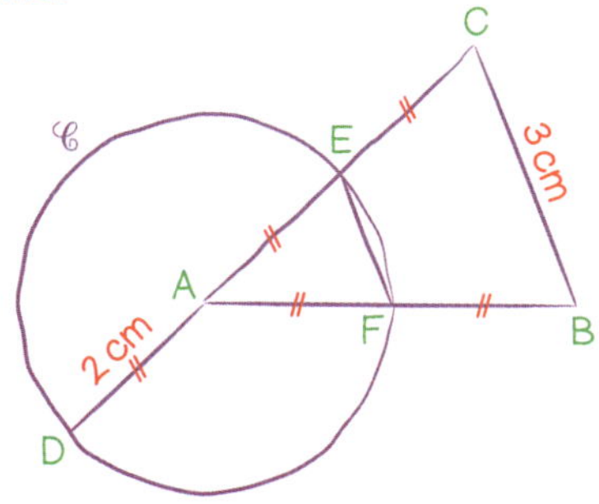

① Tracer $[ED]$, le diamètre du cercle $\mathscr{C}$.

② Nommer E, le point d'intersection du cercle et du segment $[AC]$ et F, celui de $\mathscr{C}$ et de $[AB]$.

③ Tracer un segment $[BC]$ de longueur 3 cm.

④ Tracer le triangle BAC isocèle en A tel que $AB = 4$ cm.

⑤ Tracer le cercle $\mathscr{C}$ de centre A et de rayon 2 cm.

Écrire les numéros des phrases dans le bon ordre.

2. Reproduire cette figure en vraie grandeur.

43 Moretus

Calculer

Moretus est un cratère de la Lune. Son diamètre est estimé à environ 114 km.

▸ Calculer une valeur approchée, au mètre près, de la circonférence de ce cratère.

44 Hexagone

Représenter

1. a. Tracer un cercle $\mathscr{C}$ de centre O et de rayon 1,5 cm.

b. Placer un point A sur ce cercle.

c. Placer les points B, C, D, E et F sur le cercle $\mathscr{C}$ tels que $AB = BC = CD = DE = EF = FA = 1{,}5$ cm.

d. Tracer l'hexagone $ABCDEF$ ainsi obtenu.

2. Quelle est la nature du triangle AOB ? Justifier.

45 La chèvre

Représenter

Une chèvre est à l'intérieur de l'enclos rectangulaire ci-dessous.

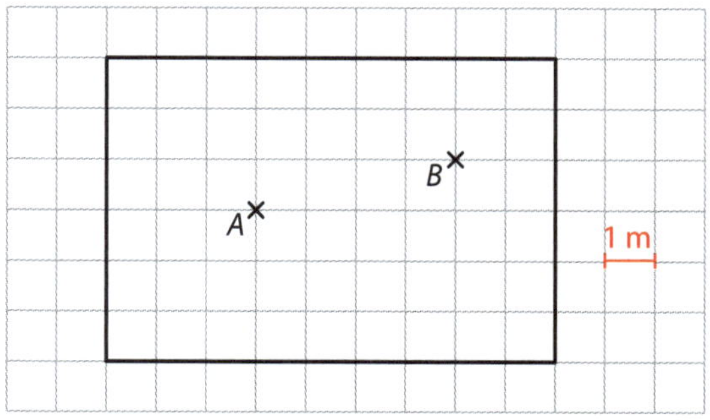

1. Décrire et colorier en vert la zone broutée par la chèvre si elle est attachée au piquet A avec une corde de 2 m.

2. Colorier en jaune la zone broutée par la chèvre si elle est attachée au piquet B avec une corde de 3 m.

Problèmes

46 En couleur
Communiquer

Compléter le programme de construction de la figure ci-dessous.

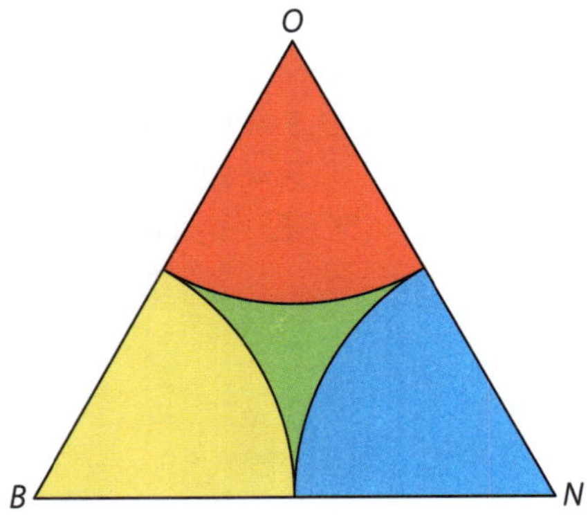

- Construire un triangle équilatéral *BON* de côté 5 cm.
-

47 Figure gommée
Représenter, Chercher

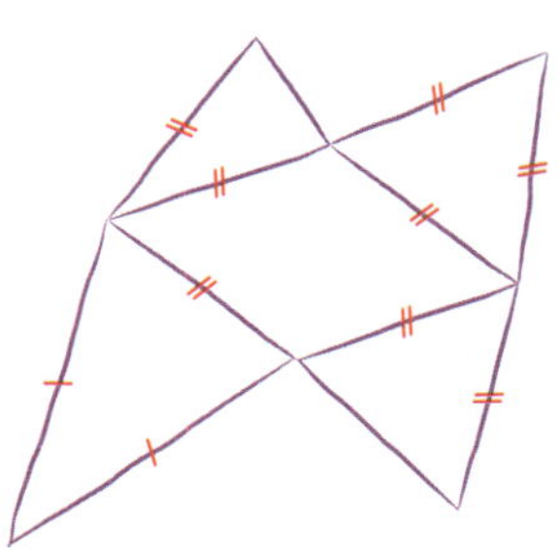

Construire la figure ci-contre dont les noms des points ont été effacés !

On sait que :

- *LOSA* est un losange ;
- le triangle *OSE* est équilatéral et *OS* = 2 cm ;
- le triangle *PAS* est isocèle en *A* et *PS* = 1 cm ;
- le triangle *LOI* est isocèle en *O* et *LI* = 1,7 cm ;
- le triangle *ALU* est isocèle en *U* et *UL* = 3 cm.

48 La pendule
Représenter, Modéliser, Calculer

Une pendule est constituée de deux aiguilles de longueurs 8 cm et 10 cm.

1. En 12 heures, quelle est la distance parcourue par l'extrémité de la petite aiguille (rouge) ?

2. En une heure, quelle est la distance parcourue par l'extrémité de la grande aiguille (bleue) ?

49 Les balises en mer
Représenter

Au large, deux balises lumineuses sont distantes de 6 km. La balise A est visible dans un rayon de 3 km, la balise B dans un rayon de 4 km.

1. Placer ces deux balises (on représentera 1 km par 0,5 cm).

2. Indiquer par des couleurs différentes les régions dans lesquelles un bateau voit :

- seulement la balise B (en jaune)
- seulement la balise A (en bleu)
- les deux balises (en vert)
- aucune des deux balises (en gris)

50 Cadre en bois
Modéliser, Calculer

Marie voudrait encadrer son poster de taille 297 mm × 420 mm. Sur chaque côté, elle dispose une bordure de carton blanc de largeur 2,5 cm, puis rajoute des baguettes en bois autour du carton.

▸ Quelle longueur de baguettes en bois doit-elle prévoir ?

51 Même distance
Modéliser, Raisonner

Axel affirme que s'il marche le long des trois côtés d'un triangle équilatéral de côté 3,14 m ou s'il fait le tour d'un cercle de diamètre 3 m, il parcourt exactement la même distance.

▸ A-t-il raison ?

52 Logo
Représenter

1. Tracer un segment [*AB*] de longueur 8,5 cm.
2. Placer le point *C*, milieu du segment [*AB*].
3. Placer un point *D* tel que le triangle *ADC* soit isocèle en *D* et *DC* = 3 cm.
4. Placer un point *E* situé du même côté du segment [*AB*] que le point *D* et tel que le triangle *CEB* soit isocèle en *E* et *EB* = 3 cm.
5. Tracer les cercles de rayon 2 cm et de centres respectifs *A*, *B*, *C*, *D* et *E*.
6. Tracer les cercles de rayon 1,7 cm et de centres respectifs *A*, *B*, *C*, *D* et *E*.
7. Que représente le logo ainsi construit ?

Effacer les traits de construction inutiles et colorier ce logo avec les bonnes couleurs.

Problèmes

53 Carton
Représenter, Calculer, Raisonner

Une entreprise est chargée d'expédier 100 cartons ; pour cela, elle doit les fermer avec du ruban adhésif comme l'indique le modèle ci-contre (une seule épaisseur de ruban adhésif est posée tout autour du carton).

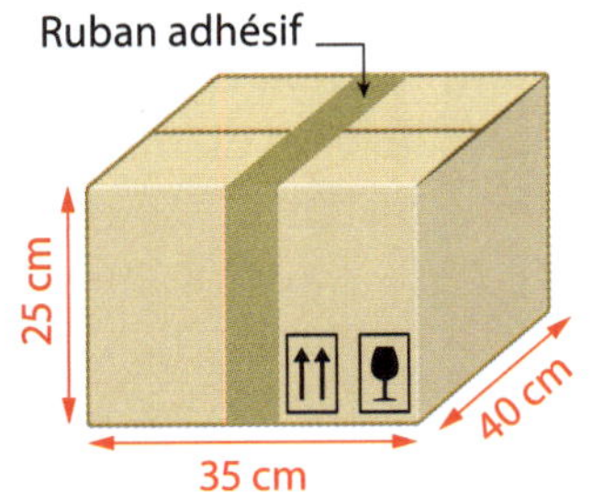

1. Calculer la longueur de ruban adhésif nécessaire pour fermer un carton.

2. Chaque rouleau de ruban adhésif fait 50 m.

Combien de rouleaux sont nécessaires pour fermer tous les cartons ?

54 Part de pizza
Modéliser, Calculer, Raisonner

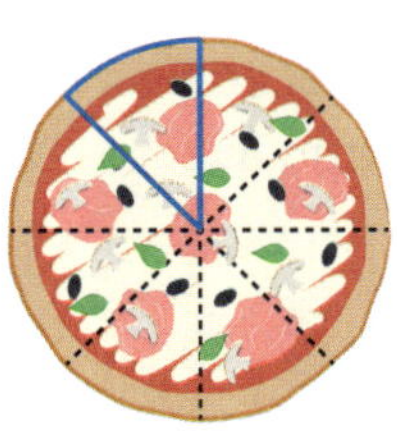

Julien achète une pizza d'un diamètre de 30 cm, la découpe en huit parts égales et en prend une.

Il se demande quelle est la longueur de la ligne bleue imaginaire qui entourerait sa part (voir figure).

▸ Comment peut-on l'aider ?

55 Fleurs à planter
Modéliser, Calculer

Au printemps, un jardinier doit planter des bulbes de fleurs, régulièrement espacés, dans un massif circulaire de 5 m de diamètre. Il veut disposer, à l'intérieur du massif, 30 bulbes de tulipes à 5 cm du bord.

▸ Quelle sera la distance approximative, en cm, entre deux bulbes de tulipes ?

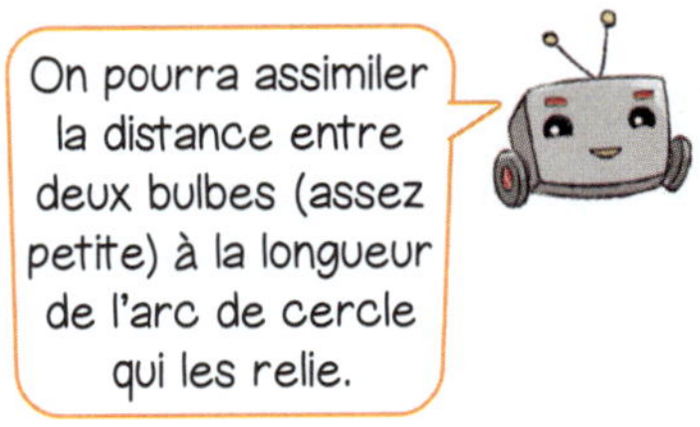

56 Table avec rallonge
Représenter, Modéliser, Raisonner

La famille Labat possède une table circulaire de diamètre 110 cm. Ils peuvent y rajouter une rallonge centrale rectangulaire de largeur 45 cm.

Pour être à l'aise autour d'une table, on estime qu'il faut 60 cm pour une personne.

▸ Combien peut-on installer de personnes autour de la table dans chaque cas ?

Tâche complexe

57 Charlotte aime beaucoup fabriquer des pendentifs à l'aide de fil de fer.
Elle dispose d'un morceau de fil de fer d'une longueur de 30 cm.

Doc 1 Modèles de pendentifs avec triangle

Modèle 1 : la base est un carré de 2,5 cm de côté ; à partir de chacun de ses côtés, à l'extérieur du carré, on fabrique des triangles équilatéraux.

Modèle 2 : la base est un hexagone dont chaque côté mesure 1,5 cm ; à partir de chacun de ses côtés, à l'extérieur de l'hexagone, on fabrique des triangles isocèles dont les deux côtés de même longueur mesurent chacun 2 cm.

Doc 2 Modèles de pendentifs avec cercle

Modèle 3 : un losange de côté 3 cm entouré de demi-cercles

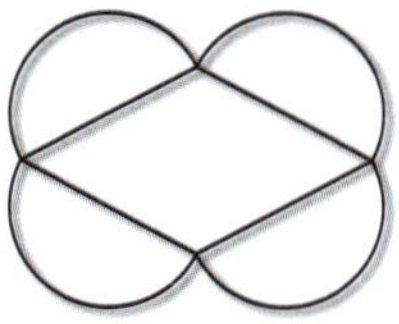

Modèle 4 : des petits demi-cercles de diamètre 2 cm et des grands demi-cercles de diamètre 4 cm

- Quel(s) modèle(s) Charlotte peut-elle fabriquer ?

Le jeu

Bataille d'unités

Deux groupes jouent l'un contre l'autre ;
Le groupe 1 donne une longueur à convertir en précisant dans quelle unité ; le groupe 2 donne la réponse.

Si la réponse est correcte, le groupe 2 marque un point, prend la main et donne à son tour une longueur à convertir, sinon c'est le groupe 1 qui marque un point et garde la main.

Le premier groupe qui atteint 10 points a gagné.

Le défi

Construction en bois

Construire 7 losanges avec 12 allumettes.

Chapitre **8** Droites

1 Reconnaitre et tracer des droites sécantes

- Trois points *A*, *B*, *C* sont **alignés** lorsqu'on peut tracer une droite passant par ces trois points.

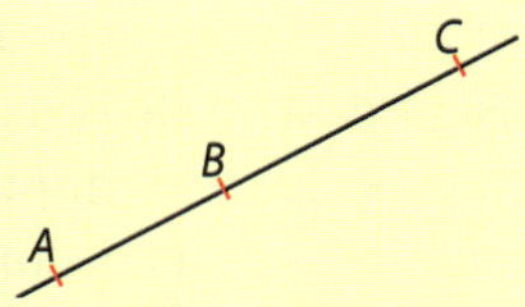

- Cette droite peut se noter (*AB*), (*BA*), (*AC*), (*CA*), (*BC*) ou (*CB*).
- On dit que le point *C* **appartient à** la droite (*AB*), et on note *C* ∈ (*AB*).

1 1. Citer trois points alignés sur la figure ci-dessous.

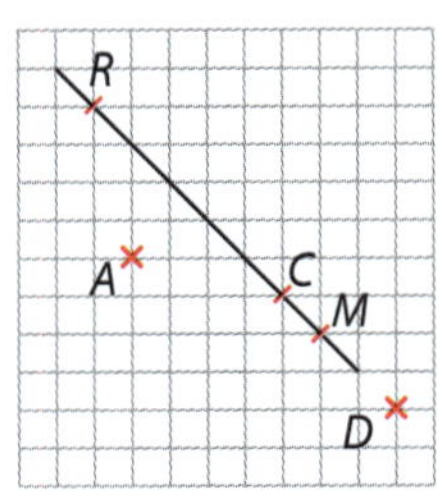

....

2. Écrire tous les noms de la droite qui passe par ces trois points.

....

....

3. Compléter par ∈ ou ∉.

a. *R* .... (*CM*) b. *A* .... (*CM*)

c. *M* .... (*CA*) d. *D* .... (*MC*)

- Une droite est **illimitée** : on peut toujours la prolonger.
- Deux droites sont **sécantes** si elles se coupent en un seul point appelé **point d'intersection**.

2 1. Compléter les phrases à l'aide de la figure ci-dessous.

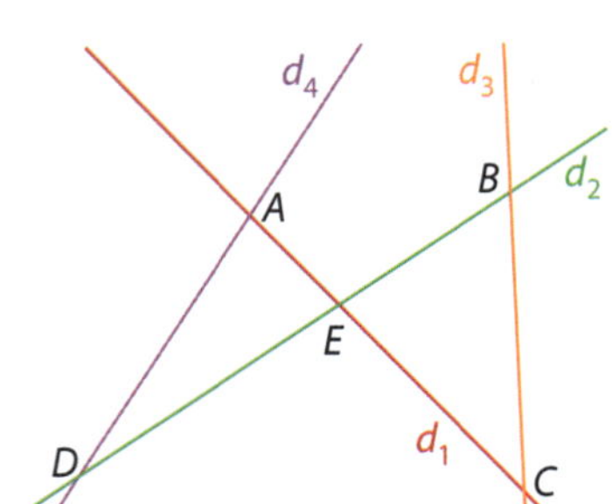

- Les droites d_1 et d_2 sont .... en ....
- Le point d'intersection de d_1 et d_3 est ....

2. Les droites d_3 et d_4 semblent-elles sécantes ?

....

....

- Deux droites d_1 et d_2 sont **perpendiculaires** si elles sont sécantes en formant un **angle droit**. On note $d_1 \perp d_2$.

3 Sur la figure ci-dessous, Tim a tracé des droites dont certaines sont perpendiculaires.

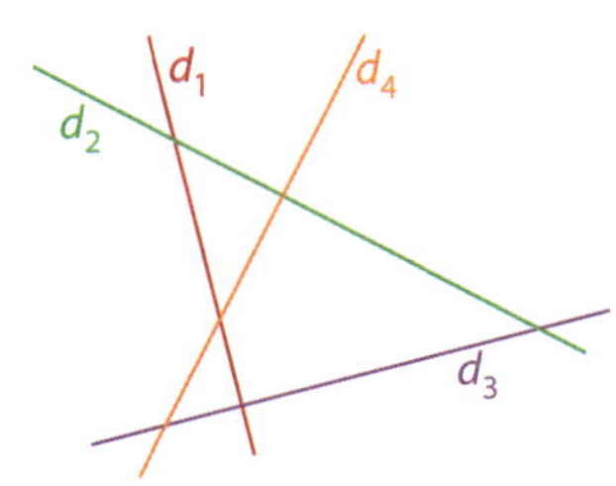

1. Quelles droites semblent perpendiculaires ?

.... ⊥ .... et .... ⊥ ....

2. Coder ces angles droits sur la figure.

4 Sur la figure ci-dessous, tracer la droite d_1 perpendiculaire à d passant par *A* et la droite d_2 perpendiculaire à d' passant par *B*. Coder la figure.

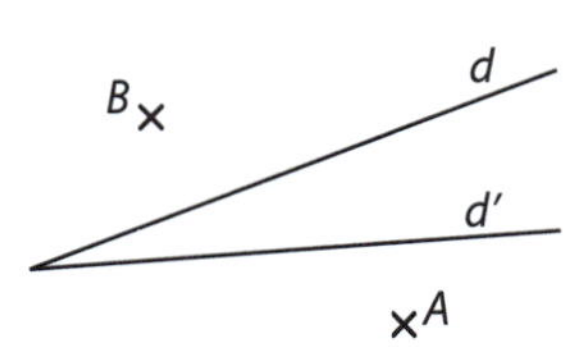

5 MODE EXPERT Vrai ou faux ? Justifier.

1. Deux droites sécantes sont toujours perpendiculaires : ....

....

2. Deux droites perpendiculaires sont toujours sécantes : ....

....

2 Utiliser des droites perpendiculaires

▸ La **distance entre un point M et une droite d** est la longueur du segment [*MH*], perpendiculaire à la droite d en *H*.

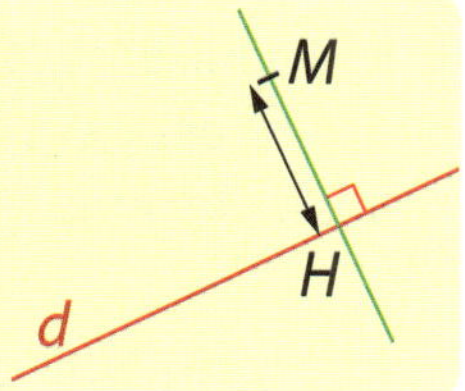

6 Sur la figure ci-dessous, quelle est la distance du point *C* à la droite (*AB*) ? ....

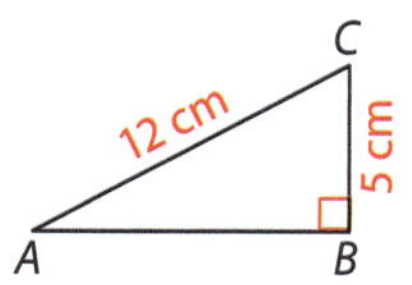

7 Placer ci-dessous deux points *A* et *B* distants respectivement de 1 cm et de 1,5 cm de la droite d.

8 **MODE EXPERT** **1.** Tracer une droite (*AB*) et placer un point *M* à 2 cm de la droite (*AB*) et tel que $AM > 2$.

2. Tracer l'ensemble des points situés à la distance *AM* du point *M*.

3. Combien y a-t-il de points appartenant à la droite (*AB*) qui sont à la distance *AM* du point *M* ?

....

....

▸ Dans un triangle, on appelle **hauteur** la distance entre un sommet et le côté opposé à ce sommet.

▸ La droite (*AH*) est également appelée « hauteur du triangle *ABC* issue de *A* ».

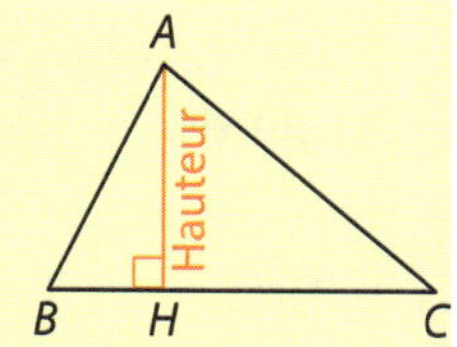

9 Compléter les phrases ci-dessous.

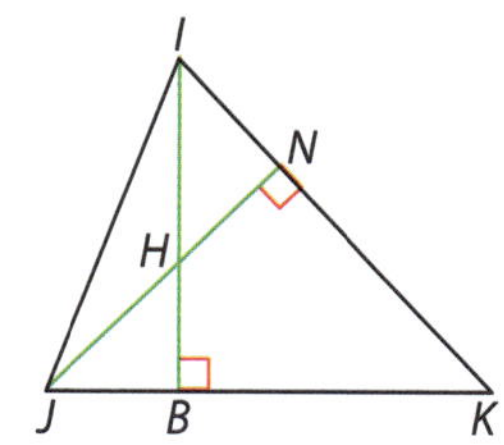

a. La hauteur du triangle *IJK* issue de *I* est la droite ....

b. La droite (*NJ*) est la .... du triangle *IJK* issue de ....

c. Ces deux hauteurs sont .... en *H*.

10 **1.** Construire ci-dessous la hauteur du triangle *ABC* issue de *A*. Cette droite coupe la droite (*BC*) en *K*.

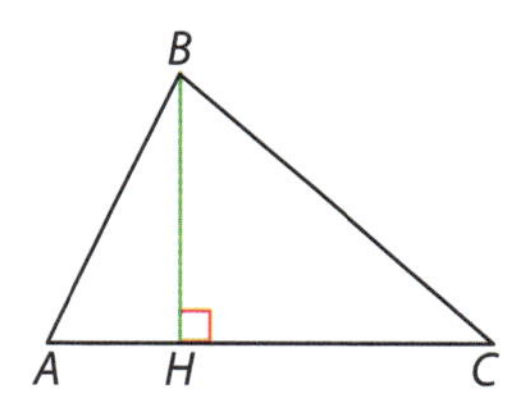

2. Mesurer sur la figure la hauteur du triangle *ABC* issue de *B*.

....

11 **MODE EXPERT** Construire ci-dessous la hauteur du triangle *ABC* issue de *A*.

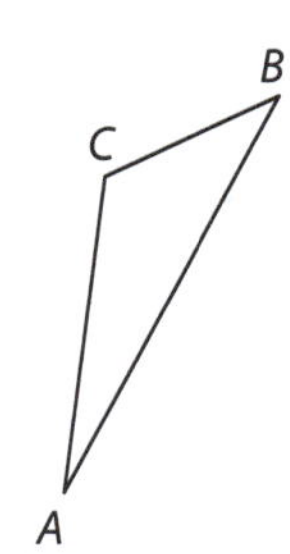

3 Tracer des droites parallèles

▶ Deux droites sont **parallèles** si elles ne sont pas sécantes.

12 Sur la figure ci-dessous, tracer :
- la droite d_1 parallèle à d passant par A ;
- la droite d_2 parallèle à d' passant par B.

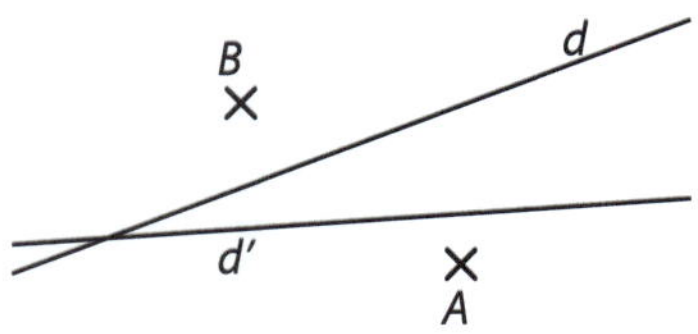

▶ Si deux droites sont **perpendiculaires** à une même droite, alors elles sont parallèles entre elles.

13 1. Sur la figure ci-contre, construire la droite d perpendiculaire à la droite (AB) passant par C, puis la droite d' perpendiculaire à la droite (AB) passant par B.

2. Que peut-on dire des droites d et d' ? Justifier.

14 1. Sur la figure suivante, placer le point T tel que les droites (TS) et (RS) soient perpendiculaires ainsi que les droites (RU) et (TU).

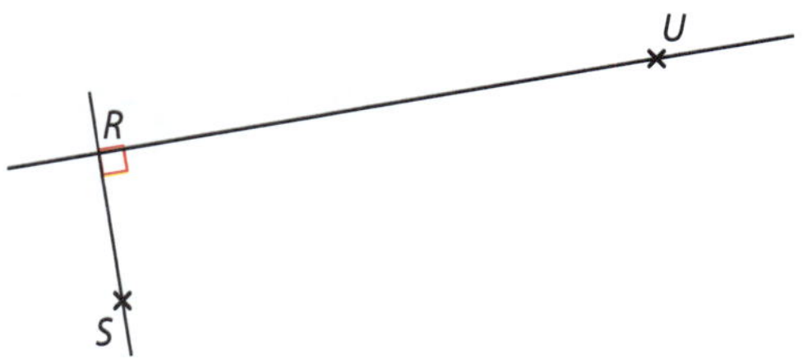

2. Que peut-on dire des droites (RU) et (ST) ? des droites (RS) et (UT) ? Justifier.

▶ Si deux droites sont parallèles et si une troisième droite est perpendiculaire à l'une, alors elle est aussi **perpendiculaire** à l'autre.

15 1. Compléter la figure ci-dessous en construisant :
- la droite d, parallèle à (AB) passant par C ;
- la droite d', perpendiculaire à d passant par A.

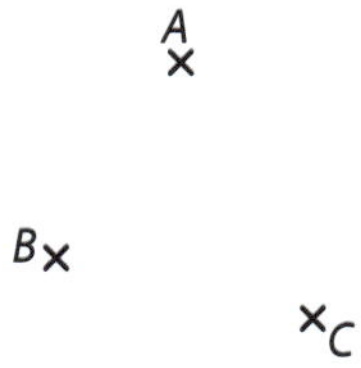

2. Que peut-on dire des droites d' et (AB) ? Justifier.

16 MODE EXPERT 1. Sur la figure ci-dessous, placer un point J tel que les droites (IK) et (KJ) soient perpendiculaires et $JK = 4$ cm.

2. Construire la droite d, hauteur du triangle IJK issue de K.

3. Construire la droite d', perpendiculaire à la droite d passant par K.

4. Que peut-on dire des droites d' et (IJ) ? Justifier la réponse.

4 Construire des quadrilatères et des triangles particuliers

▸ Un **parallélogramme** est un quadrilatère dont les **côtés opposés** sont **deux à deux parallèles.**

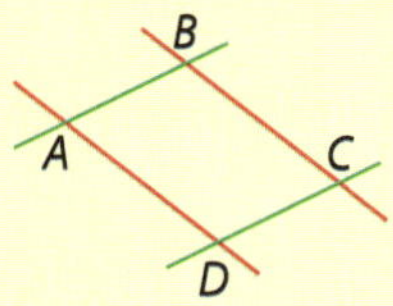

17 Placer le point *D* sur la figure ci-dessous tel que *ABCD* soit un parallélogramme.

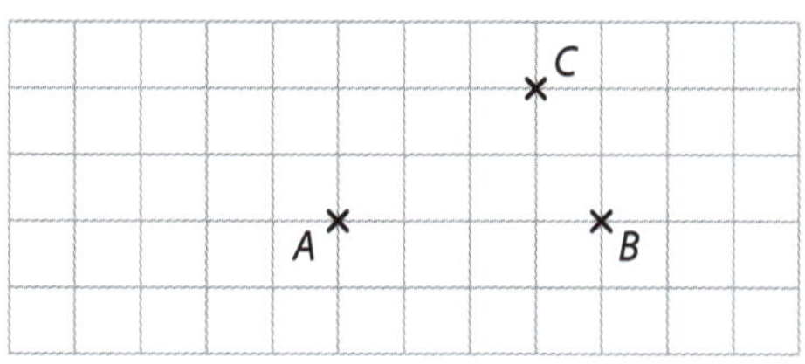

18 Compléter la figure ci-dessous afin d'obtenir le parallélogramme *RSTU*.

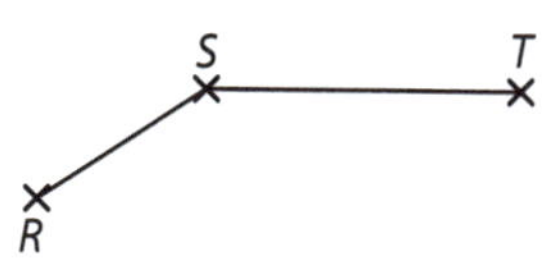

▸ Un **rectangle** est un quadrilatère qui a **quatre angles droits**.
▸ Si un quadrilatère est un **rectangle**, alors ses **côtés opposés** sont **deux à deux parallèles** et de **même longueur.**

19 **1.** Compléter la figure ci-dessous afin d'obtenir un rectangle *IJKL* tel que *JK* = 1,5 cm.

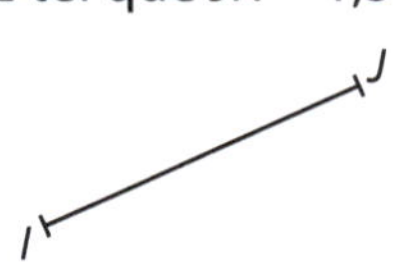

2. Compléter.

IJ = ... et *IL* = ...

Les droites (*IJ*) et (*KL*) sont .... ainsi que les droites .... et ....

▸ Un **carré** est un quadrilatère qui a **quatre angles droits** et **quatre côtés de même longueur.**
Ses **côtés opposés** sont **deux à deux parallèles.**

20 Compléter puis coder la figure ci-dessous afin d'obtenir un carré *VRAI*.

▸ Un **triangle** *EFG* est **rectangle** en *E* s'il possède un **angle droit** en *E*.

21 **1.** Construire un triangle *KLM* rectangle en *K* tel que *KM* = 1,5 cm et *LM* = 2,5 cm.

2. Tracer la parallèle à la droite (*KM*) passant par *L* et la parallèle à la droite (*LK*) passant par *M*. Ces deux droites se coupent en *P*.

3. *KLPM* semble être un quadrilatère particulier.

Lequel ? ....

4. Énoncer la propriété qui permet de prouver que *KLPM* a quatre angles droits.

....

....

....

22 **MODE EXPERT** Écrire un énoncé permettant de réaliser la figure ci-contre.

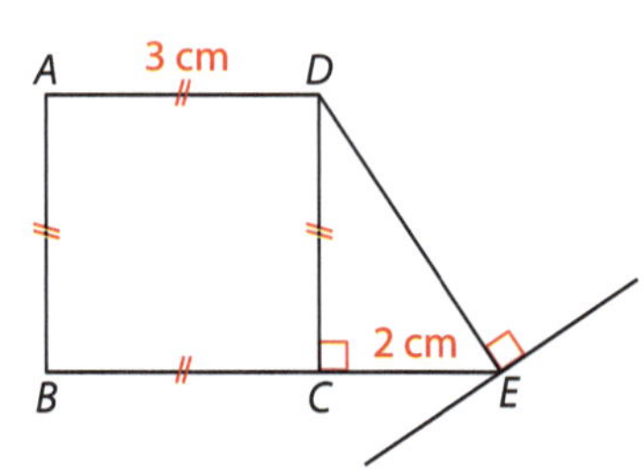

....

....

....

....

....

....

Automatismes

23 Parcours ceinture jaune

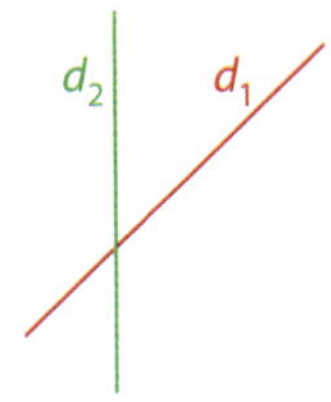

1. Les droites d_1 et d_2 sont elles :

• sécantes ? ....

• perpendiculaires ? ....

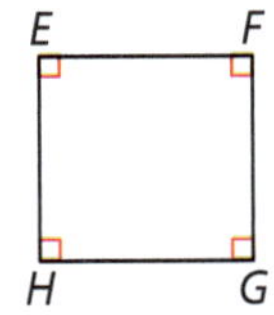

2. On peut affirmer que :

• *EFGH* est un ....

• *EFG* est un ....

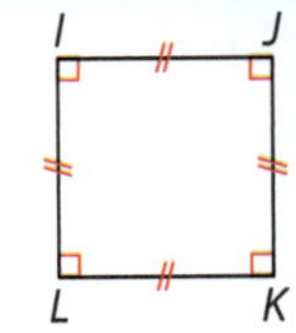

3. On peut affirmer que *IJKL* est un ....

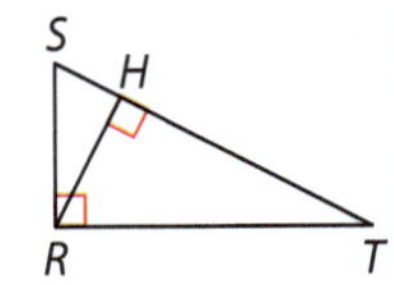

4. Quelle est la hauteur issue de *R* dans ce triangle ? ....

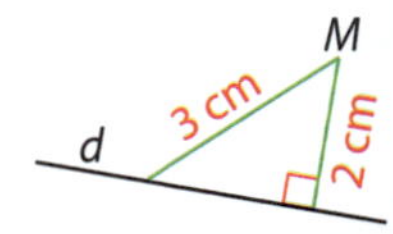

5. Quelle est la distance de *M* à la droite d ? ....

24 Parcours ceinture verte

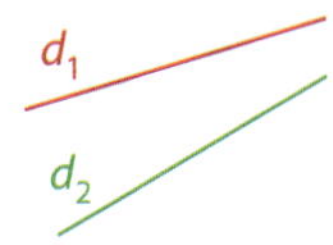

1. Les droites d_1 et d_2 sont-elles sécantes ? ....

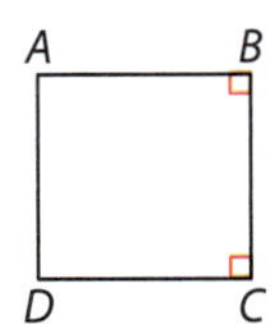

2. Peut-on affirmer que *ABCD* est un rectangle ? ....

3. Un rectangle qui a ses quatre côtés de la même longueur est ....

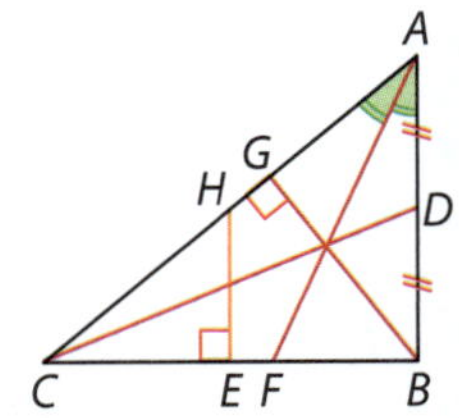

4. Citer :

• une hauteur du triangle *ABC* : ....

• une hauteur du triangle *CGB* : ....

• un segment dont la longueur est égale à la distance du point *H* à la droite (*BC*) : ....

25 Parcours ceinture noire

1. Compléter.

• Si $d_1 // d_2$ et $d_3 \perp d_1$, alors ....

• Si $d_1 // d_2$ et $d_3 // d_2$, alors ....

• Si $d_1 \perp d_2$ et $d_3 \perp d_2$, alors ....

2. Un losange dont deux côtés sont perpendiculaires est-il :

• un parallélogramme ? ....

• un rectangle ? ....

• un carré ? ....

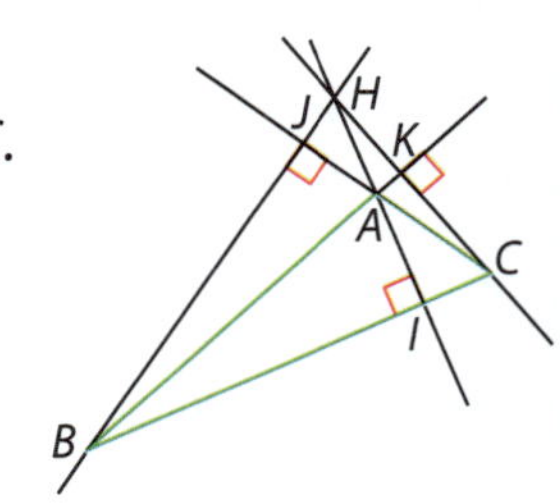

3. • Nommer les trois hauteurs du triangle *ABC*.

....

• Quel est leur point d'intersection ?

....

• Citer un segment dont la longueur est égale à la distance du point *H* à la droite (*AB*) :

....

Le labo Indigo

Entraine-toi à ton rythme sur les capacités 1 à 4 avec les exercices interactifs du Labo Indigo.

hachette-clic.fr/21li6008

Problèmes

ceinture jaune · ceinture verte · ceinture noire

26 Au centre du Havre

Chercher, Modéliser

Voici un extrait du plan du Havre

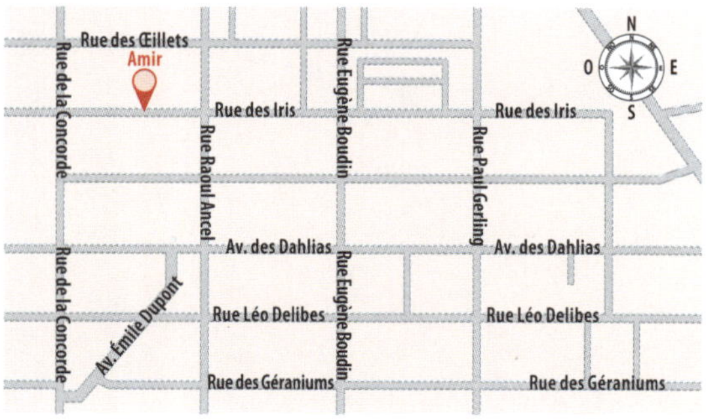

Amir part de l'endroit indiqué sur le plan, suit la rue en direction de l'est, prend la troisième rue perpendiculaire en direction du sud, puis avance encore et s'engage dans la deuxième rue perpendiculaire où est garée sa voiture.

1. Dans quelle rue se trouve sa voiture ?

2. Comment semble être cette rue par rapport à la rue des Iris ?

27 Dans le port de Hambourg

Représenter

Un bâtiment en forme de parallélogramme se trouve dans le port de Hambourg. La façade de ce bâtiment est représentée sur une carte par un parallélogramme *ABCD* tel que $AB = 2{,}8$ cm, $BC = 2{,}3$ cm et $AC = 4{,}8$ cm.

▸ Réaliser la figure.

28 Les bateaux

Représenter, Modéliser

Deux bateaux *A* et *B* sont sur l'océan à 2,5 km de la côte landaise, rectiligne, signalée par deux phares *O* et *P*. Sur la carte ci-dessous, 1 cm représente 1 km.

1. Tracer un emplacement possible pour chacun des deux bateaux sachant que le bateau *B* se trouve dans la zone verte.

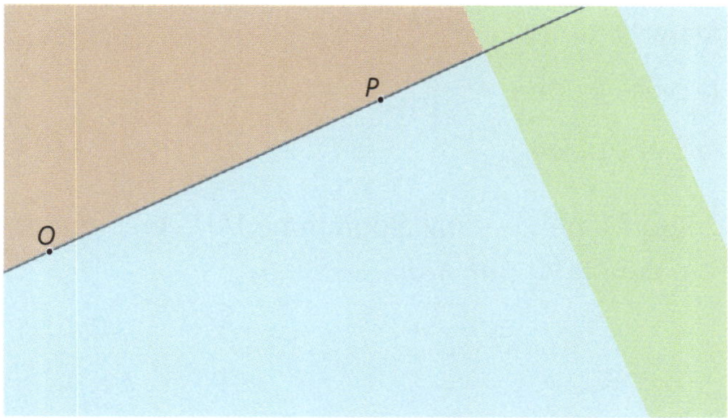

2. Donner les longueurs en cm de la hauteur du triangle *OAP* issue de *A* et de la hauteur du triangle *OBP* issue de *B*.

29 L'arbre de Pythagore

Représenter

L'arbre de Pythagore est construit à partir d'un motif de base que l'on reproduit à l'infini en le réduisant.

▸ Construire ce motif sachant que le triangle *ABC* est un triangle rectangle isocèle en *A* tel que $AB = 1{,}5$ cm.

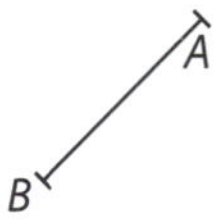

Problèmes

30 Le tangram
Chercher, Représenter

Le tangram *TANG* a la forme d'un parallélogramme.

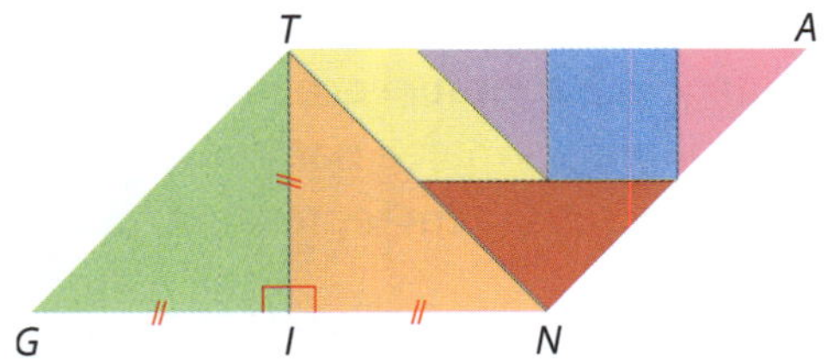

1. Quelle forme semble avoir :

- la pièce rouge ? ....
- la pièce jaune ? ....
- la pièce bleue ? ....

2. Représenter le parallélogramme *TANG* en prenant 2 cm pour la longueur *GI*.

31 La boite
Représenter, Raisonner

1. Représenter une face triangulaire de cette boite à l'échelle suivante : 1 cm sur le dessin pour 10 cm en réalité.

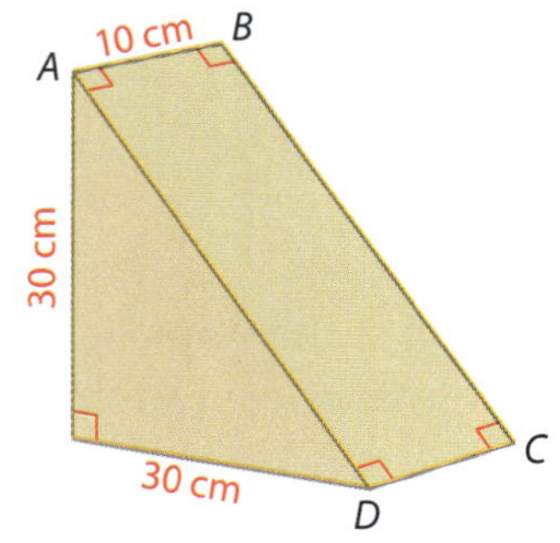

2. En déduire la représentation de la face *ABCD* à la même échelle.

32 Bien vu ?
Raisonner, Communiquer

Sur la figure ci-dessous, les quadrilatères noirs et blancs sont tous des rectangles dont les sommets appartiennent à l'une des droites d_1, d_2, …, d_9.

▶ Que peut-on dire des droites d_3 et d_5 ? Rédiger une preuve.

Tâche complexe

33 Compléter le plan de la cité romaine antique commencé ci-dessous en y plaçant les lieux mentionnés dans les documents 1 et 2.

Doc 1 Résultats des fouilles archéologiques

- Les rues sont rectilignes.
- La rue 1 permet d'aller du forum à la maison de Vénus en passant par le grand théâtre.
- Le temple de Jupiter est sur la rue 2 entre les thermes et le forum.

Doc 2 Le papyrus de l'architecte

- B désigne la boulangerie, F le forum, G le grand théâtre, J le temple de Jupiter, T les Thermes et V la maison de Vénus.
- $TFGB$ est un parallélogramme.
- BGV est un triangle rectangle en V.
- $BG = BJ$

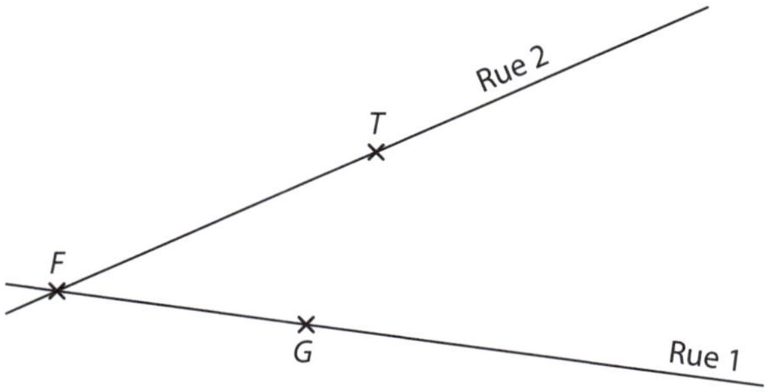

Le jeu

Au carré

Ce jeu se joue à deux sur une feuille de papier pointé.

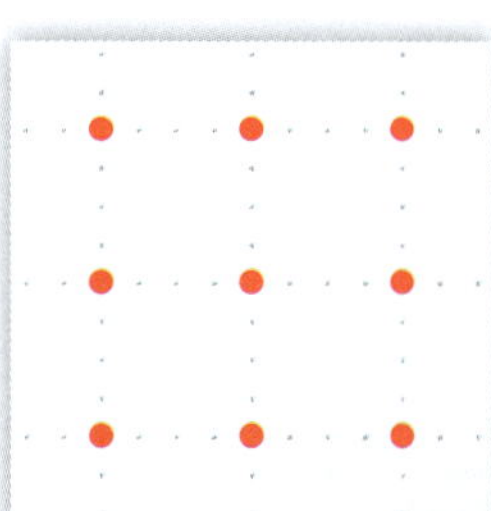

Chaque joueur trace à tour de rôle un segment entre deux points. Seuls trois types de segment sont possibles :

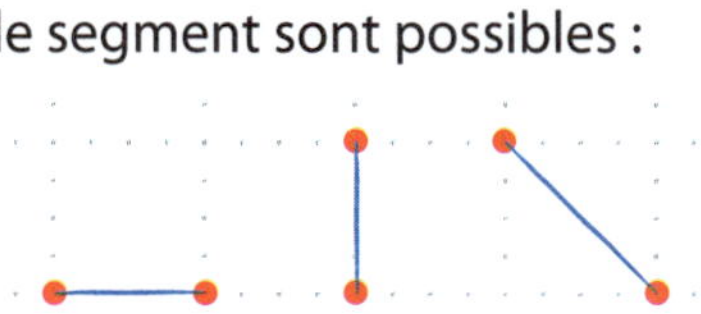

Le premier qui fait apparaitre un carré en traçant son segment a gagné.

Le défi

Tout en un

Tracer deux carrés et quatre triangles rectangles avec seulement huit segments.

Chapitre 9 Angles

1 Connaitre et utiliser la notion d'angle

▸ Deux demi-droites de même origine forment un **angle**.
▸ L'origine commune des demi-droites est appelée le **sommet de l'angle**.
▸ Les deux demi-droites sont appelés les **côtés de l'angle**.

1 Pour chacun des angles colorés suivants, préciser son sommet, ses côtés, puis le noter de deux manières différentes.

a. Sommet : ....

Côtés : [*BA*) et ....

Notations : $\widehat{ABC}$ ou $\widehat{\ldots B \ldots}$.

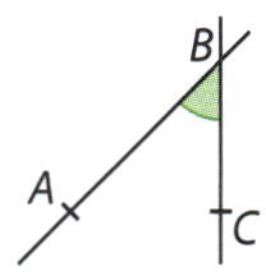

b. Sommet : ....

Côtés : [*Ox*) et ....

Notations : $\widehat{xOy}$ ou ....

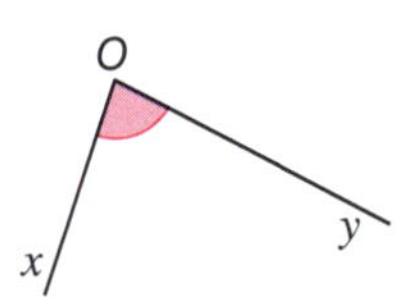

c. Sommet : ....

Côtés : .... et ....

Notations : .... ou ....

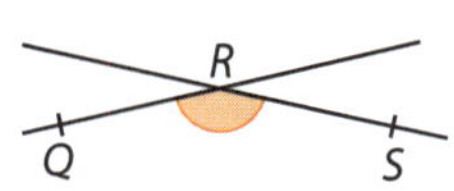

d. Sommet : ....

Côtés : .... et ....

Notations : .... ou ....

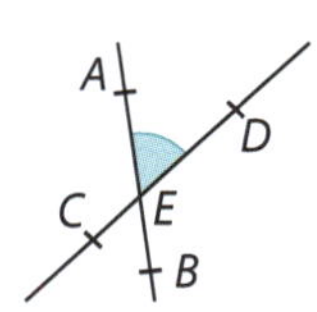

2 Sur la figure ci-dessous, marquer :
- en bleu, l'angle $\widehat{tOx}$;
- en vert, l'angle $\widehat{xOw}$;
- en rouge, l'angle $\widehat{uOt}$;
- en noir, l'angle $\widehat{zOw}$.

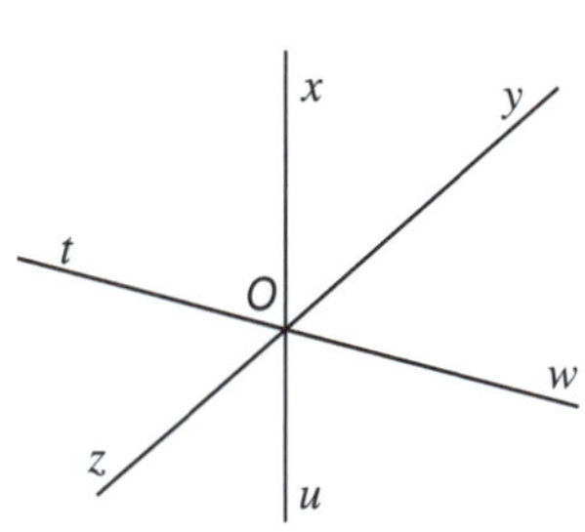

3 **1.** Sur la figure ci-contre, $G \in (KF)$ et $E \in (FC)$; marquer :
- en bleu, l'angle $\widehat{FEB}$;
- en vert, l'angle $\widehat{AGK}$;
- en noir, l'angle $\widehat{BGF}$.

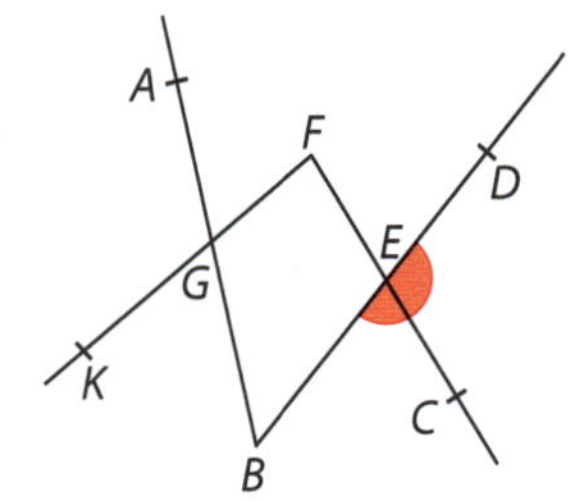

2. Parmi les angles marqués, citer deux angles qui ont le même sommet.

....

3. Parmi les angles marqués, citer deux angles qui ont un côté commun.

....

4. Donner toutes les autres façons de nommer l'angle $\widehat{GFE}$.

....

▸ Pour **comparer deux angles**, on compare leurs « ouvertures » : plus l'ouverture est grande, plus l'angle est grand.

4 Classer les angles suivants dans l'ordre croissant de leurs mesures.

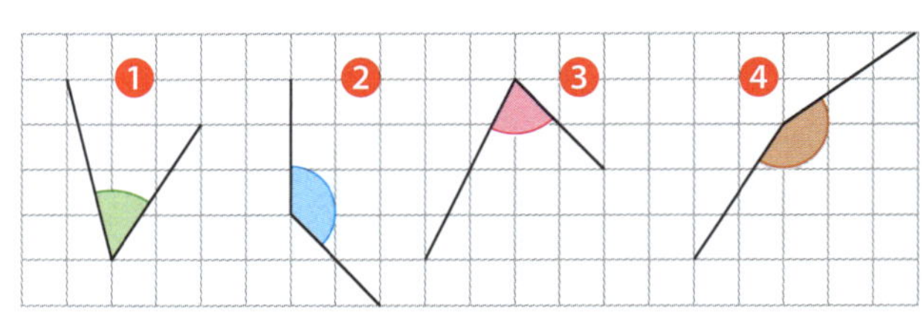

....

5 MODE EXPERT On considère les angles $\widehat{MHI}$, $\widehat{ACB}$, $\widehat{EFG}$ et $\widehat{FME}$ à l'intérieur de la figure colorée ci-contre. Classer ces angles dans l'ordre décroissant de leurs mesures.

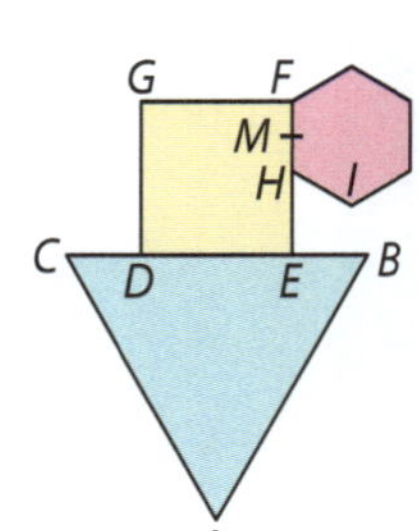

....

....

2 Mesurer un angle

▸ Il existe différents types d'angle selon leur mesure.

	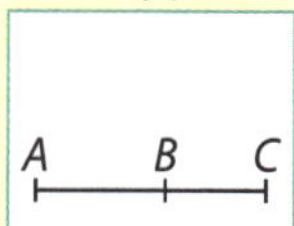	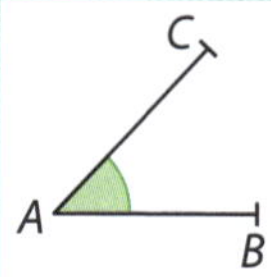	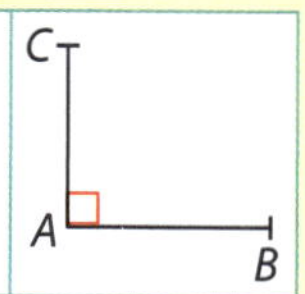
Angle $\widehat{BAC}$	nul	aigu	droit
Mesure	0°	Entre 0° et 90 °	90°

	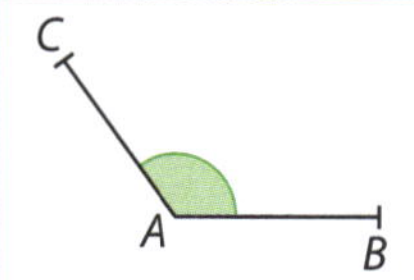	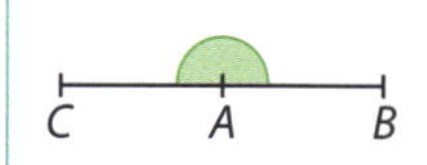
Angle $\widehat{BAC}$	obtus	plat
Mesure	Entre 90° et 180°	180°

6 Sans utiliser d'instrument de géométrie, préciser si chaque angle est aigu ou obtus et le relier à sa mesure.

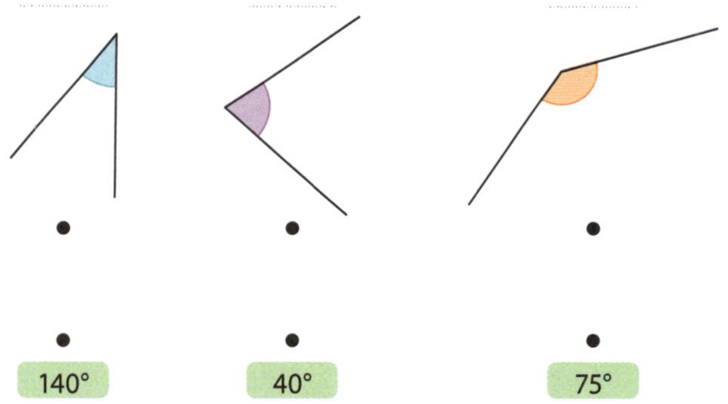

7 Sans utiliser d'instrument de géométrie, relier chaque angle à sa mesure.

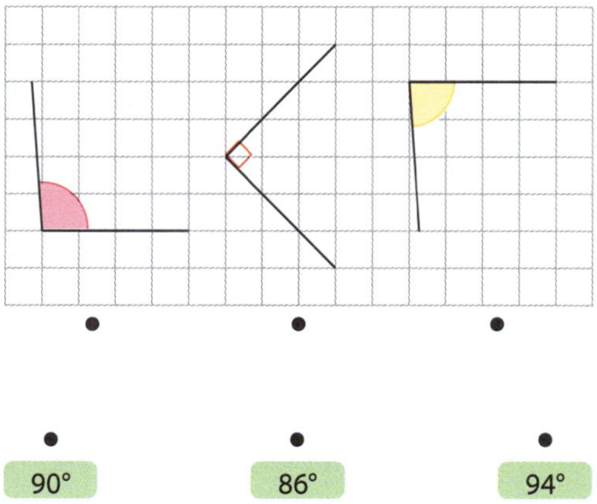

▸ Pour mesurer un angle, on utilise un demi-cercle gradué : un **rapporteur**.
L'unité de mesure des angles est le **degré**, noté **°**.
Avant de mesurer un angle, on se demande s'il est **aigu ou obtus** ; cela évite de donner une réponse incohérente liée à une mauvaise lecture des graduations.

8 Dans chaque cas, indiquer la mesure de l'angle.

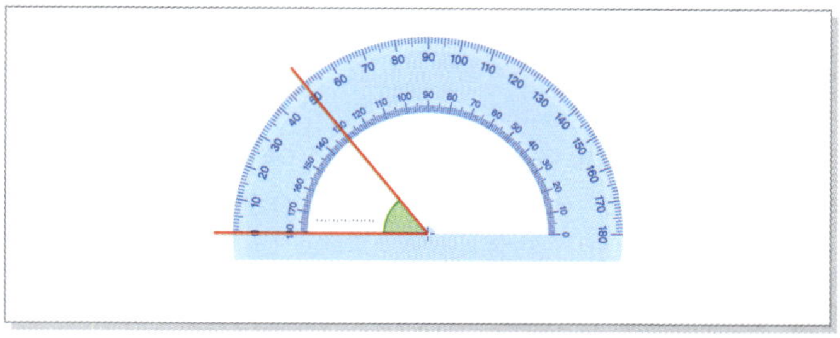

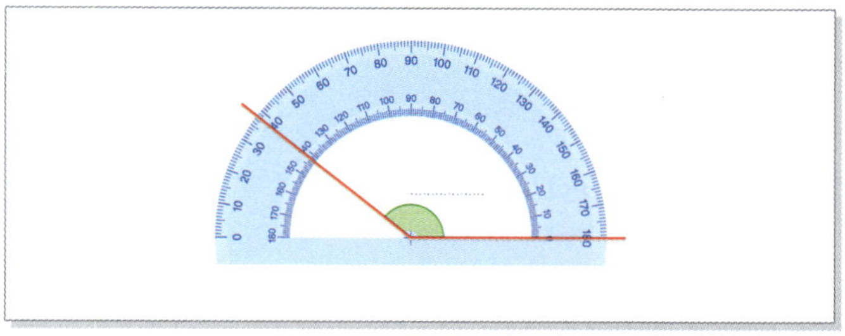

9 Dans chaque cas, dire si l'angle $\widehat{BAC}$ est un angle aigu ou obtus et donner sa mesure.

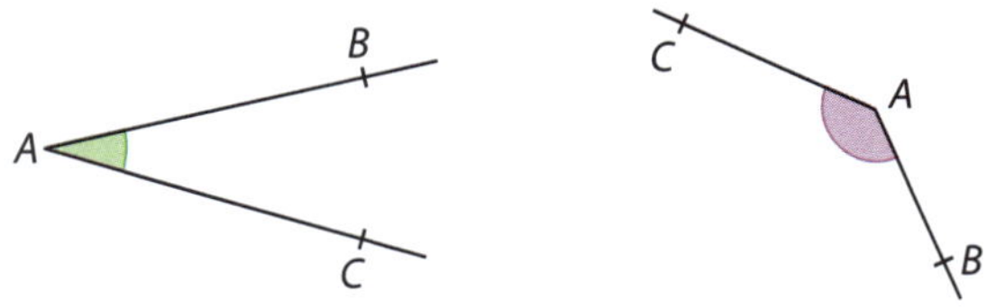

10 Nommer et mesurer chacun des angles de ce quadrilatère.

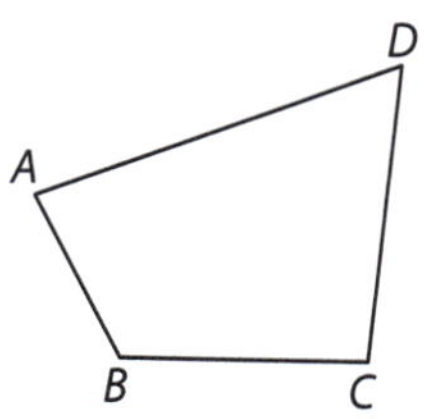

11 **MODE EXPERT** On s'intéresse à l'angle formé par les deux aiguilles d'une horloge.

1. Proposer une heure où cet angle sera :

a. droit :

b. plat :

2. Quelle est la mesure de cet angle quand il est 4 h ?

3 Construire un angle

▶ Pour **construire un angle**, on peut utiliser un rapporteur et une règle.

12 Tracer un segment de façon à obtenir un angle de 75° avec le segment déjà tracé.

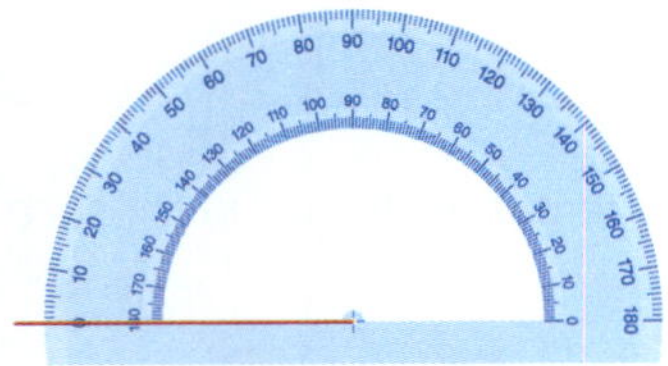

13 Dans chaque cas, un des côtés de l'angle a été tracé. Tracer le deuxième côté en respectant la mesure de l'angle donnée.

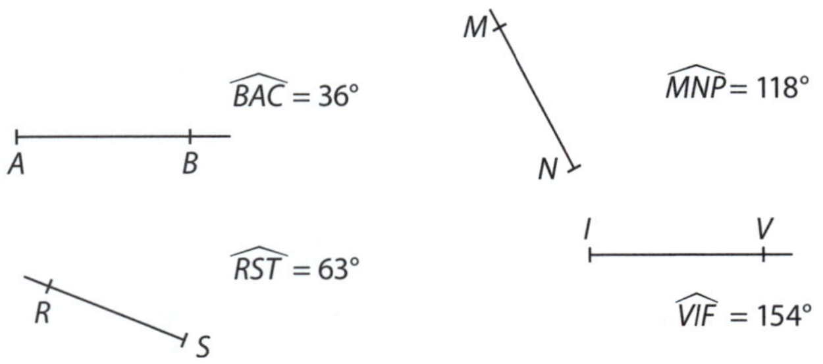

14 Reproduire la figure suivante en vraie grandeur.

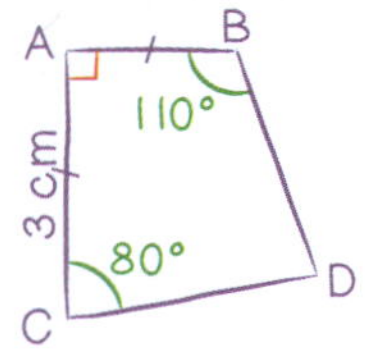

15 Reproduire la figure suivante en vraie grandeur.

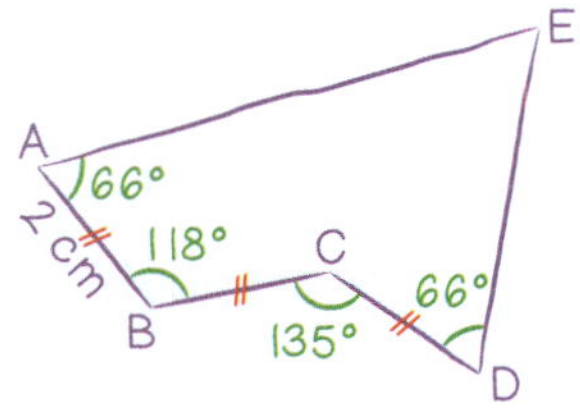

16 1. Construire un angle $\widehat{xOv}$ qui mesure 150°.

2. Le partager en cinq angles de même mesure : $\widehat{xOy}$, $\widehat{yOz}$, $\widehat{zOt}$, $\widehat{tOu}$ et $\widehat{uOv}$.

3. Sans utiliser le rapporteur, compléter.

a. $\widehat{xOz} = 2 \times \widehat{xOy} =$ ……………………

b. $\widehat{xOt} = 3 \times$ ……………………

c. $\widehat{vOt} = \widehat{vOx} -$ ……………………

4. Citer tous les angles droits de cette figure.

……………………………………………………

17 MODE EXPERT 1. Construire un angle $\widehat{DEG}$ tel que $\widehat{DEG} = 132°$.

2. Construire un angle $\widehat{DER}$ tel que les points R et G soient situés de part et d'autre de la droite (DE) et $\widehat{DER} = 132°$.

3. Sans utiliser le rapporteur, donner la mesure de l'angle $\widehat{REG}$.

……………………………………………………

4 Construire un triangle

On peut **construire un triangle** si on connait la **longueur de deux côtés** et la **mesure de l'angle** formé par ces deux côtés.
La construction se fait dans cet ordre :
① un côté ② l'angle ③ le 2e côté.

18 Construire en vraie grandeur les triangles suivants.

a.

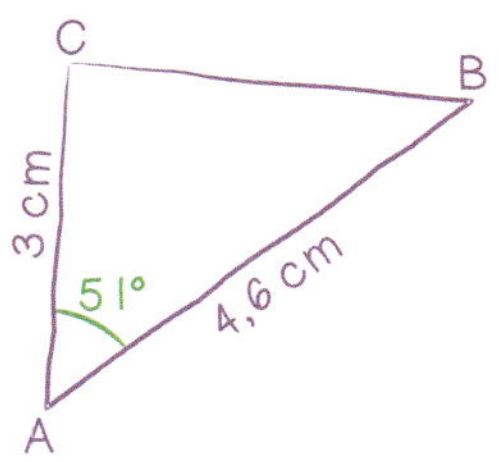

b.

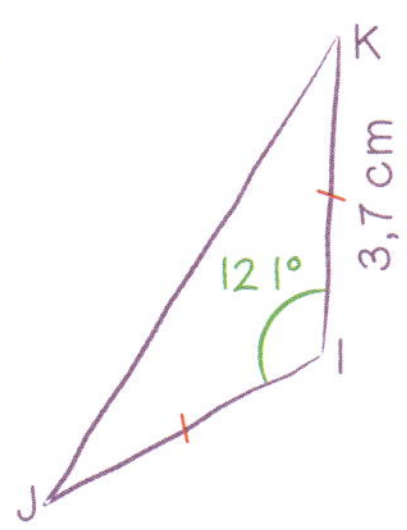

19 Construire un triangle ABC tel que $AB = 3,1$ cm, $\widehat{ABC} = 42°$ et $BC = 4,3$ cm, puis un triangle VER tel que $\widehat{VER} = 105°$, $VR = 4$ cm et $ER = 2,9$ cm.

20 Construire un triangle ABC isocèle en A tel que $AC = 3,9$ cm et $\widehat{BAC} = 47°$.

On peut **construire un triangle** si on connait la **mesure de deux angles** et du **côté commun** à ces deux angles.
La construction se fait dans cet ordre :
① le côté ② un angle ③ le 2e angle.

21 Construire en vraie grandeur le triangle suivant.

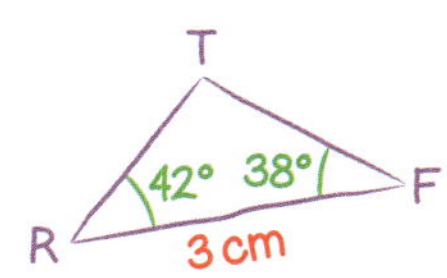

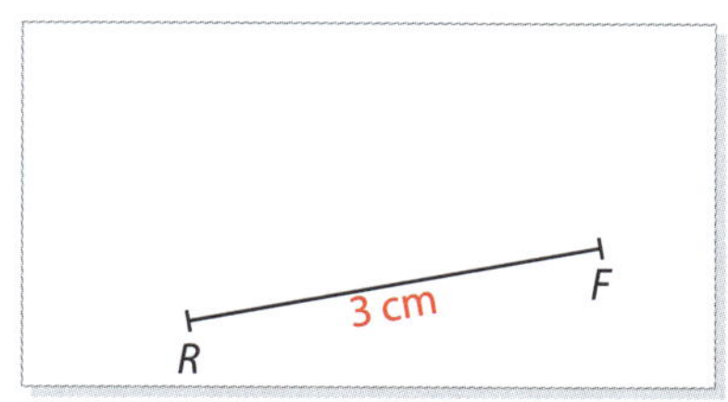

22 Construire un triangle IJK tel que $IJ = 3,5$ cm, $\widehat{IJK} = 32°$ et $\widehat{KIJ} = 108°$.

23 MODE EXPERT Construire les trois triangles suivants sans qu'ils se chevauchent :
- ABC isocèle en A tel que $\widehat{BAC} = 100°$ et $AB = 2,5$ cm ;
- BCD rectangle isocèle en C ;
- CDE tel que $\widehat{CDE} = 28°$ et $DE = 2$ cm.

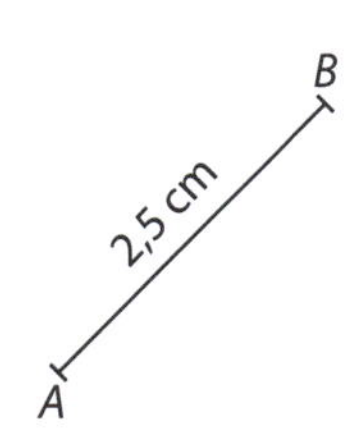

Automatismes

24 Parcours ceinture jaune

1. Un angle aigu mesure entre ....
2. Un angle plat mesure ....
3. Un angle qui mesure 90° est un angle ....
4. À l'aide du rapporteur ci-contre, compléter les égalités suivantes.

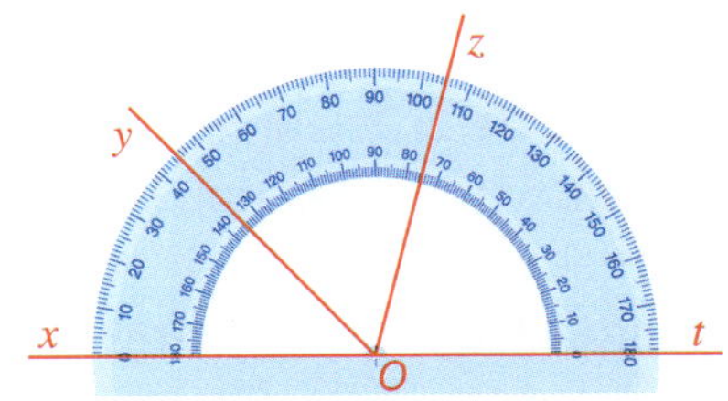

$\widehat{xOy}$ = ... $\widehat{zOt}$ = ... $\widehat{yOt}$ = ...

25 Parcours ceinture verte

1. Sur la figure ci-dessous, $A \in (xt)$ et $B \in (xt)$.
Compléter.

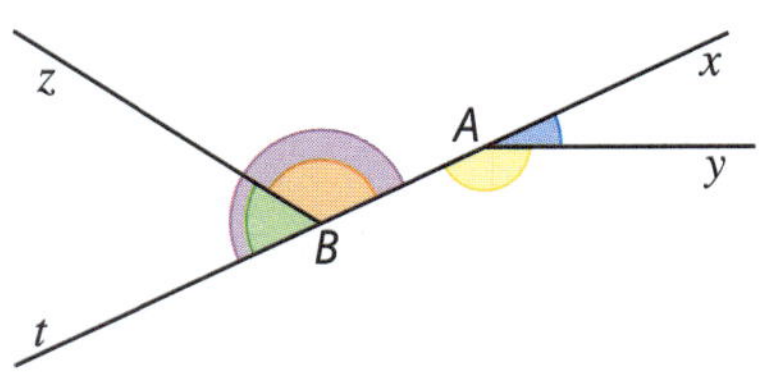

L'angle $\widehat{tAy}$ est un angle ....

L'angle $\widehat{xBz}$ est marqué en ....

2. Donner tous les noms possibles de l'angle violet.

....

3. À l'aide du rapporteur ci-dessous, compléter les égalités suivantes.

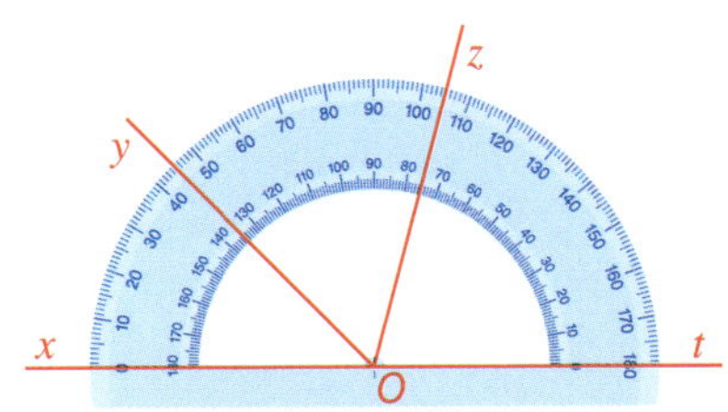

$\widehat{xOz}$ = ...

$\widehat{yOz}$ = ...

26 Parcours ceinture noire

1. Dans la figure ci-dessous, les droites (SD) et (AD) coupent la droite (LE) en R et V. Compléter.

$\widehat{ADL}$ mesure ....

$\widehat{EDL}$ est un angle ....

$\widehat{SRD}$ est un angle ....

Donner tous les noms possibles de l'angle violet :

....

....

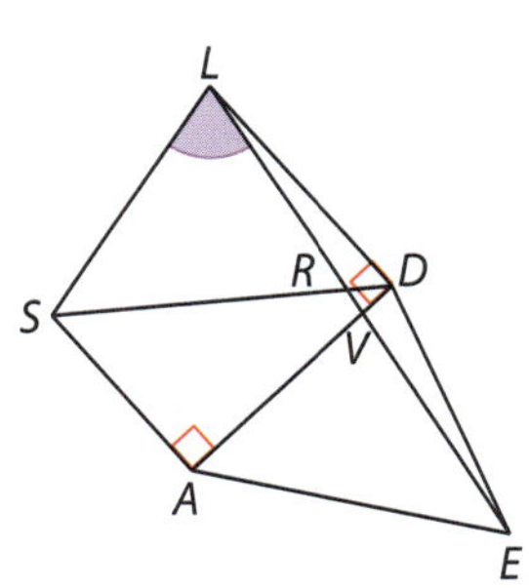

2. À l'aide du rapporteur ci-dessous, compléter les phrases suivantes.

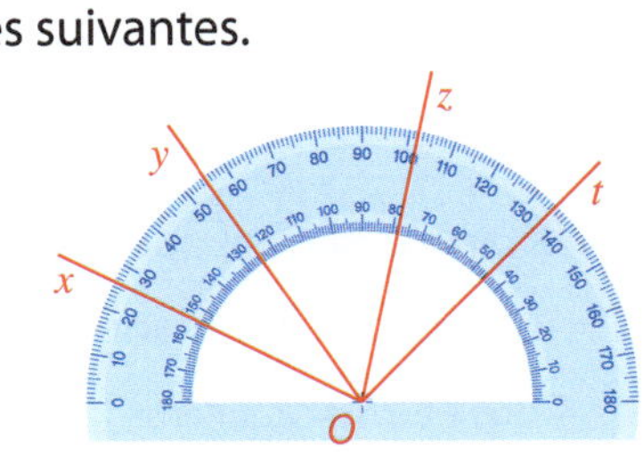

$\widehat{xOz}$ mesure ....

Le triple de l'angle $\widehat{tOy}$ mesure

....

Le labo Indigo

Entraine-toi à ton rythme sur les capacités 1 à 4 avec les exercices interactifs du Labo Indigo.

hachette-clic.fr/21li6009

Problèmes

ceinture jaune — ceinture verte — ceinture noire

27 Partage d'angle
Représenter, Raisonner

1. Tracer un angle $\widehat{AOD}$ de mesure 162°, puis deux demi-droites [*OB*) et [*OC*) de façon à partager l'angle $\widehat{AOD}$ en trois angles de même mesure.

2. Max affirme que si on reproduit ces angles plusieurs fois à la suite les uns des autres, on arrive à faire un tour complet. A-t-il raison ?

....

....

....

28 Constellation d'Orion
Représenter

Voici une représentation à main levée de la constellation de Cassiopée (une constellation est un groupe apparent d'étoiles ayant un aspect reconnaissable).

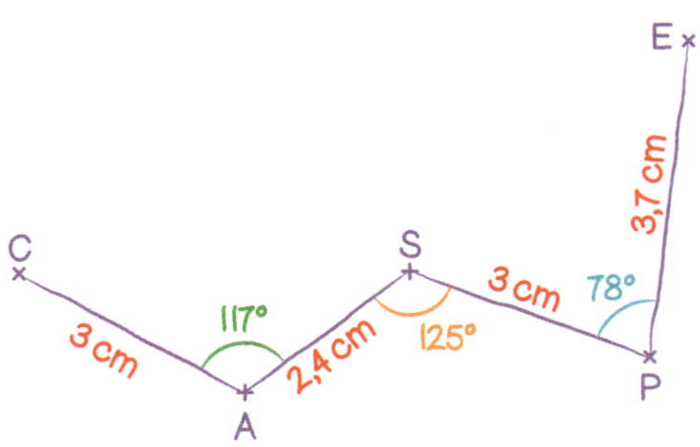

- Reproduire cette constellation en vraie grandeur.

29 Points alignés ?
Représenter, Calculer, Raisonner

1. Tracer un angle $\widehat{AOB}$ tel que $\widehat{AOB} = 23°$.
À l'extérieur de cet angle, tracer l'angle $\widehat{BOC}$ tel que $\widehat{BOC} = 61°$. Et ainsi de suite : $\widehat{COD} = 54°$ et $\widehat{DOE} = 42°$.

2. Que peut-on dire des points *A*, *O* et *E* ? Justifier la réponse par un calcul.

....

....

....

....

....

30 Programme de construction
Représenter, Communiquer

1. Construire la figure ci-dessous en vraie grandeur.

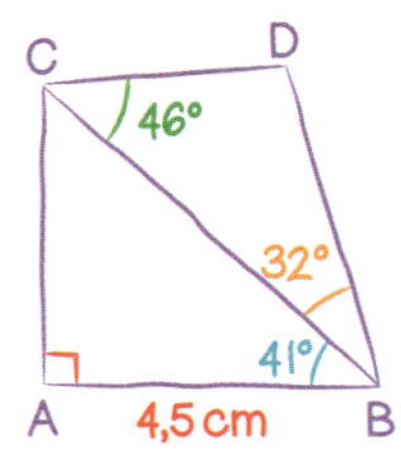

2. Compléter le programme de construction de cette figure.

① Construire le triangle *BAC* rectangle en *A* tel que *AB* = ... et $\widehat{ABC}$ = ...

② À l'extérieur de ce triangle, construire le triangle .... tel que ....

Problèmes

31 Cerf-volant
Chercher

Hugo s'amuse dans le parc avec son cerf-volant.

En observant son cerf-volant, citer :

a. deux angles aigus : ....

b. deux angles droits : ....

c. deux angles obtus : ....

d. deux angles plats : ....

32 Gâteau à partager
Modéliser, Calculer, Représenter

Pour son anniversaire, Elsa a confectionné un gâteau circulaire qu'elle veut partager avec ses quatre amies.

1. Elle souhaite le découper en parts égales pour que chacune ait une part et qu'il n'en reste pas.
Représenter ce gâteau et faire apparaitre le partage de façon précise en justifiant.

2. Elsa a oublié que sa petite sœur était là !
Comment aurait-elle dû partager ce gâteau de façon équitable pour qu'il n'en reste pas ?

33 Angle droit ?
Représenter, Calculer, Raisonner

On considère la figure ci-dessous.

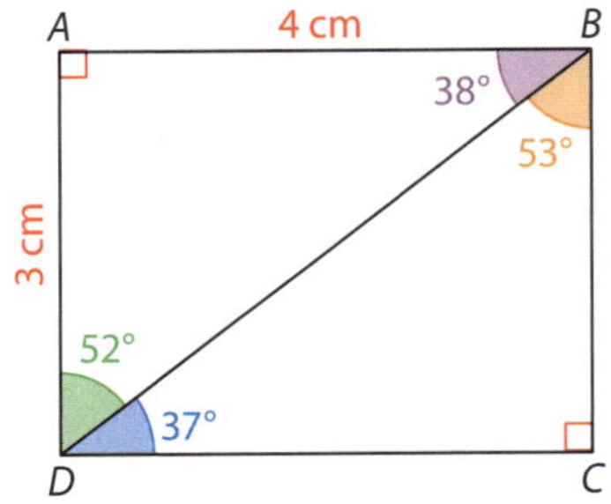

1. Quel semble être la nature du quadrilatère *ABCD* ?

....

2. Est-ce vraiment le cas ? Justifier à l'aide d'un calcul.

....

....

34 Largeur d'une rivière
Modéliser, Représenter

Mathieu s'installe à 100 m de l'arbre *A* pour mesurer l'angle $\widehat{ACB}$: il trouve 31°.

▸ Représenter cette situation en prenant 1 cm pour représenter 20 m et estimer la largeur de la rivière.

....

....

Tâche complexe

35 Un musée veut installer des caméras de surveillance dans la salle du trésor ; elles sont fixées au mur à un mètre du sol et ont un faisceau décrivant horizontalement un certain angle appelé « angle de vision ».
Le directeur dispose d'une caméra qui a un angle de vision de 63° ; elle est installée dans un coin de la pièce. Il achète trois autres caméras ; l'une avec un angle de vision de 63° ; deux autres avec un angle de vision de 46° qu'il installe sur des murs opposés.

Doc 1 Angles de vision des caméras (vue de dessus)

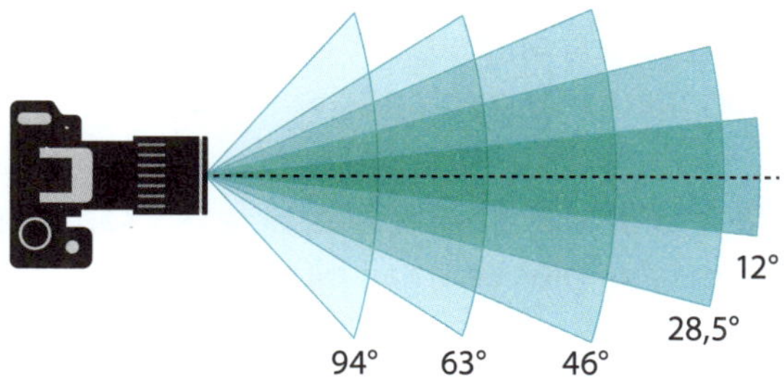

Doc 2 La salle du Trésor

C'est un rectangle de 7 m de long sur 3 m de large.

▸ Réaliser un plan de la pièce et choisir un emplacement pour chaque caméra de façon à pouvoir surveiller la totalité de la pièce.

Le jeu

Un rapporteur dans l'œil

L'élève 1 trace un angle avec une règle.
L'élève 2 estime, à vue d'œil, la mesure de cet angle.
L'élève 1 le mesure avec un rapporteur.
Si la mesure donnée par l'élève 2 a un écart :
- supérieur à 20°, il ne marque pas de point ;
- entre 10° et 20° compris, il marque 1 point ;
- entre 5° et 10° compris, il marque 5 points ;
- inférieure ou égale à 5°, il marque 10 points.

Faire quatre parties en inversant les rôles.

Le défi

La pendule

Une pendule, dont le cadran est divisé en 12 heures, affiche 10 h 12.
Quelle est la mesure exacte de l'angle formé par l'aiguille des heures et des minutes ?
Indice : entre 10 h et 10 h 12, la petite aiguille s'est légèrement décalée vers le 11.

Chapitre 10 Périmètre et aire

1 Comparer et mesurer des périmètres

▸ Le **périmètre** d'une figure est la longueur de son contour. Il s'exprime à l'aide d'une unité de longueur.

1 Déterminer les périmètres $\mathcal{P}_1$ et $\mathcal{P}_2$ des figures 1 et 2.

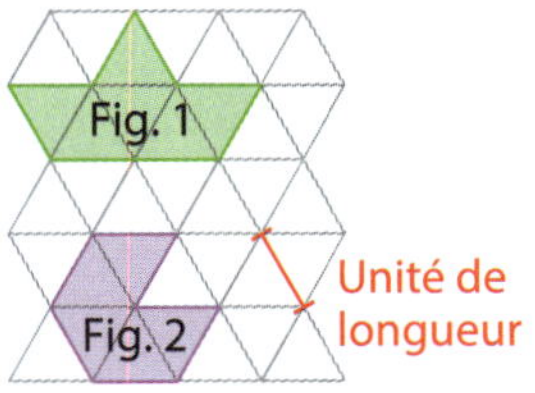

2 Comparer les périmètres de ces deux figures.

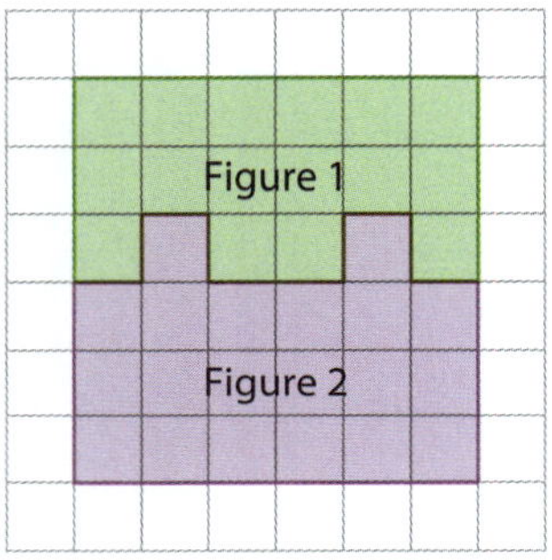

3 Compléter les égalités suivantes.

a. 82 m = ... dam
b. 21 mm = ... dm
c. 5 hm = ... m
d. 37 m = ... cm
e. 7,8 dm = ... cm
f. 18,2 m = ... km
g. 30 m = ... km
h. 12 cm = ... dm

4 Compléter chaque égalité à l'aide d'une unité de longueur.

a. 110,5 m = 1 105 ....
b. 3,6 km = 3 600 ....
c. 0,026 hm = 2,6 ....
d. 36 mm = 0,36 ....
e. 4 561 cm = 4,561 ....
f. 58 000 mm = 0,58 ....
g. 0,003 dam = 30 ....
h. 14,57 dm = 0,145 7 ....

▸ Pour comparer les périmètres de plusieurs polygones, on peut **reporter avec le compas** les longueurs de leurs côtés sur une demi-droite.

5 À l'aide du compas, classer les six segments ci-dessous, du plus court au plus long.

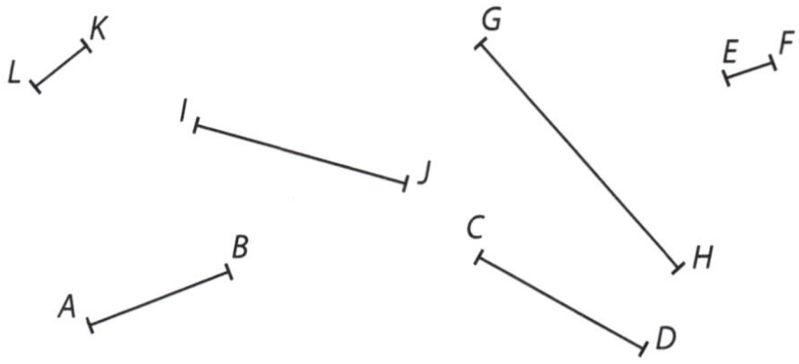

6 Sans utiliser la règle graduée, et en reportant des longueurs à l'aide du compas, déterminer laquelle de ces trois figures a le plus grand périmètre.

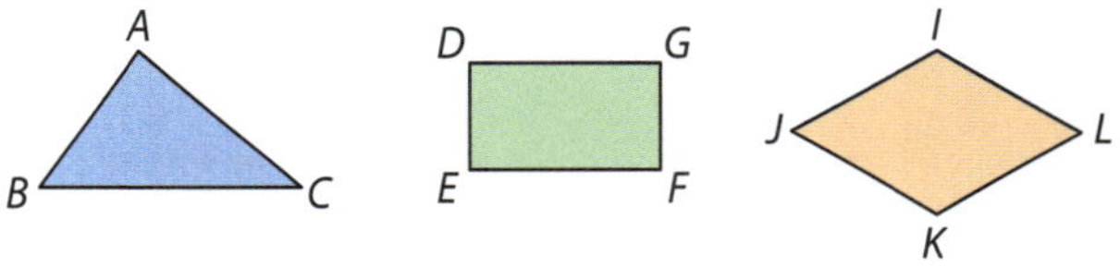

7 MODE EXPERT Sans mesurer, construire un triangle dont le périmètre est égal à la longueur *AB*.

2 Calculer le périmètre d'un polygone

▸ Le périmètre $\mathcal{P}$ d'un polygone est égal à la **somme des longueurs de ses côtés**.
▸ Le périmètre $\mathcal{P}$ d'un carré est $\mathcal{P} = 4 \times c$, où c est la longueur de son côté.
▸ Le périmètre $\mathcal{P}$ d'un rectangle est $\mathcal{P} = 2 \times L + 2 \times l = 2 \times (L + l)$, où L et l sont respectivement la longueur et la largeur.

8 Calculer le périmètre de cette figure.

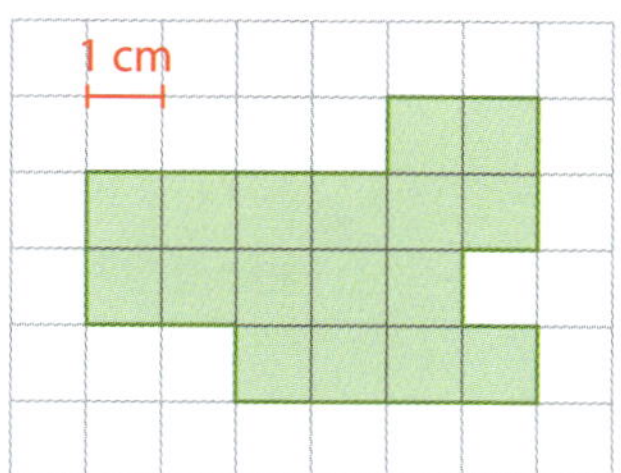

9 Calculer les périmètres des figures suivantes.

a. Un carré de côté 15 cm.

b. Un carré de côté 6,8 dm.

c. Un rectangle de longueur 3 m et de largeur 21 m.

10 Calculer le périmètre d'un triangle ABC isocèle en A tel que $AB = 3$ cm et $BC = 5$ cm.

11 Quelle est la longueur d'un rectangle qui a pour largeur 3 dm et pour périmètre 16 dm ?

12 Calculer le périmètre du polygone suivant.

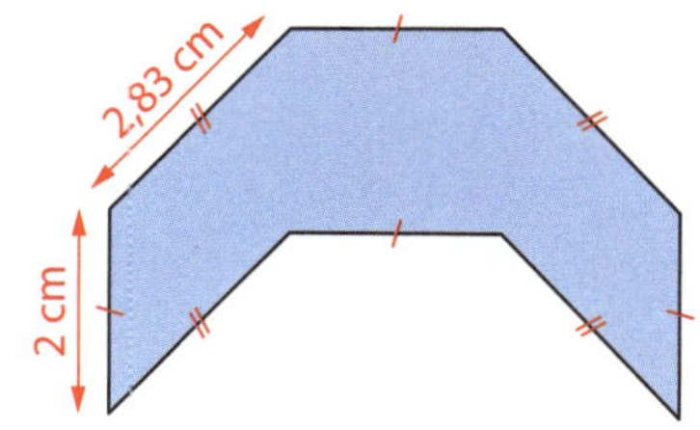

13 1. Entourer les calculs qui donnent le périmètre $\mathcal{P}$ en mètres d'un rectangle de 2,5 dam de long et de 5 m de large.

a. $2{,}5 \times 2 + 5 \times 2$

b. $25 + 5 \times 2$

c. $2{,}5 \times 2 + 0{,}5 \times 2$

d. $(25 + 5) \times 2$

e. $(2{,}5 + 5) \times 2$

f. $2{,}5 \times 10 \times 2 + 5 \times 2$

2. Calculer ce périmètre en mètres et en décamètres.

14 *EFGH* est un carré dont le périmètre est égal à celui du parallélogramme *ABCD* ci-dessous. Quelle est la longueur du côté de ce carré ?

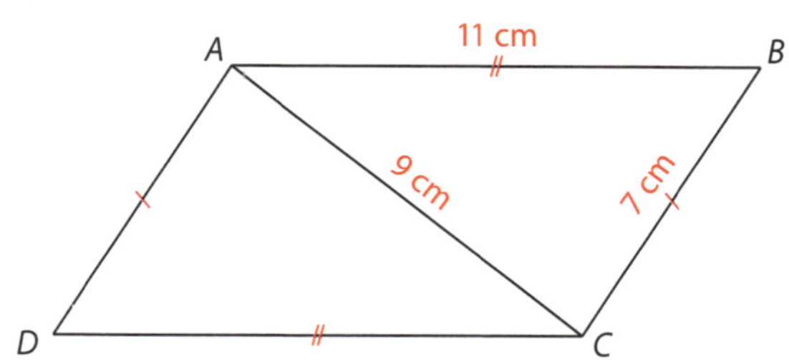

15 MODE EXPERT Compléter le tableau qui donne les dimensions de quatre rectangles.

	R1	R2	R3	R4
Longueur	3 cm	2,1 cm	15 dm	
Largeur	2,5 cm	18 mm		1 km
Périmètre			40 dm	8 000 m

3 Calculer le périmètre d'une figure

▶ Pour calculer le périmètre d'une figure complexe, on peut la **décomposer astucieusement** en plusieurs figures.

16 Déterminer le périmètre $\mathcal{P}$ de la figure *ABCDEF*.

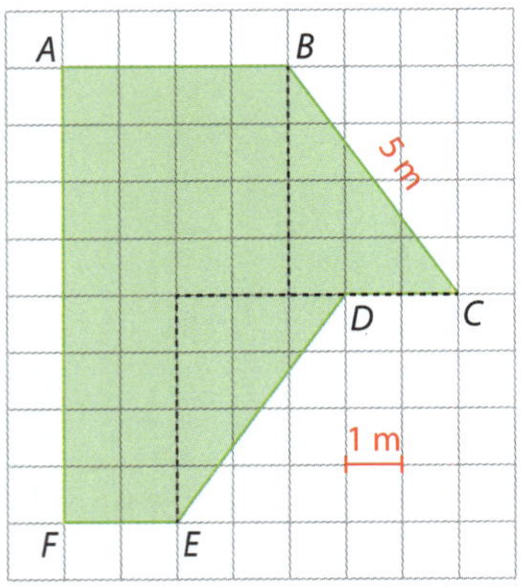

17 Déterminer le périmètre $\mathcal{P}$ de la figure *ABCEF*.

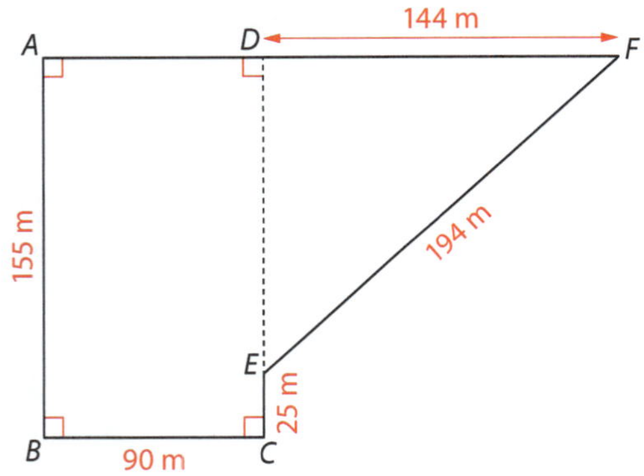

▶ La **longueur d'un cercle** est :

$$L = D \times \pi = 2 \times R \times \pi,$$

où D est le diamètre du cercle, R son rayon.

$\pi \approx 3{,}141\,592\,653\ldots$

En pratique, on utilise souvent **3,14** comme valeur approchée du **nombre** π (qui se lit « pi ») ou la touche π de la calculatrice pour avoir davantage de décimales.

18 Calculer le périmètre $\mathcal{P}$ de la figure suivante et en donner un arrondi au millimètre près.

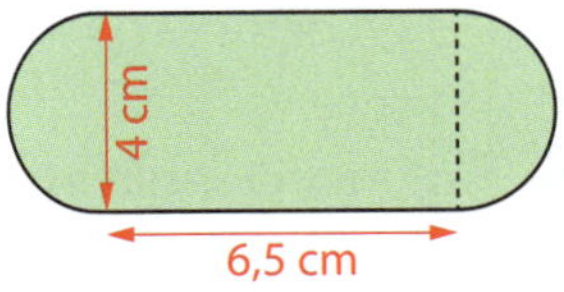

19 Calculer le périmètre de cette figure. Arrondir au mm près.

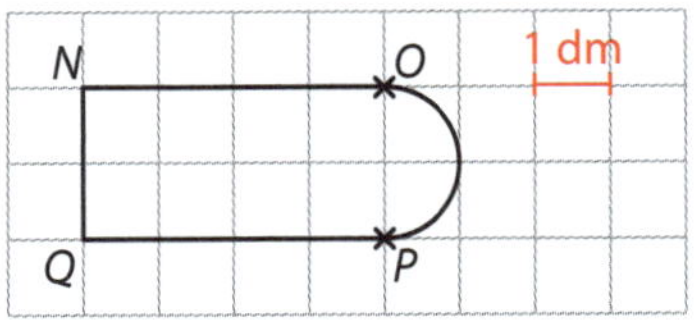

20 MODE EXPERT Calculer le périmètre de cette monture de lunettes verte. Arrondir au mm près.

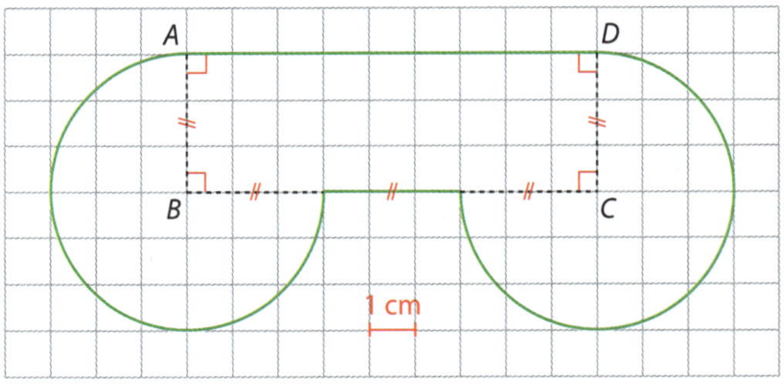

4 Comparer et déterminer des aires

L'**aire** d'une figure est la mesure de sa surface intérieure, dans une unité donnée.

21 Déterminer l'aire de chacune des trois figures.

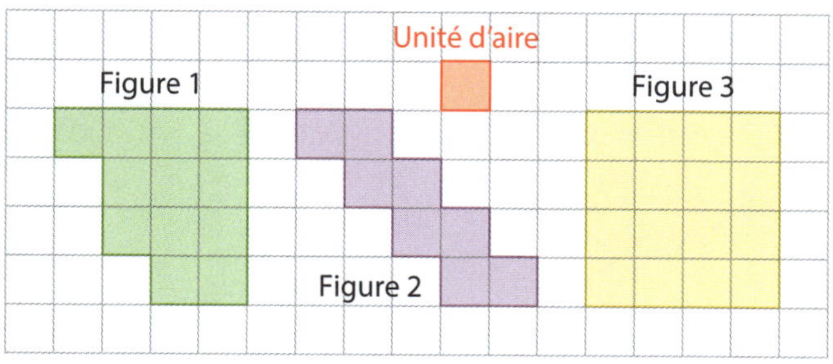

22 Déterminer l'aire de chacune des trois figures.

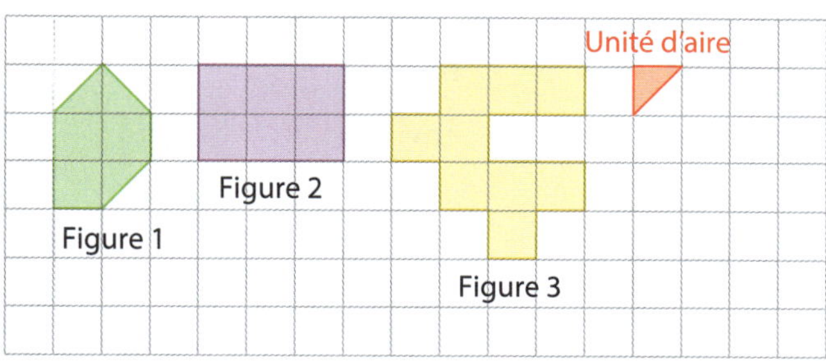

23 Déterminer l'aire de chacune des trois figures.

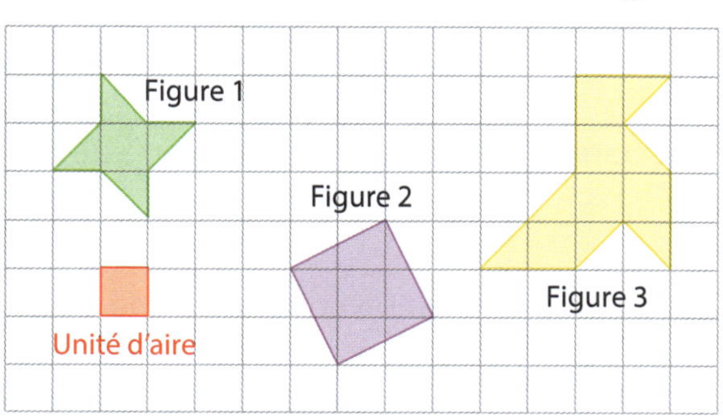

24 Comparer l'aire de ces figures.

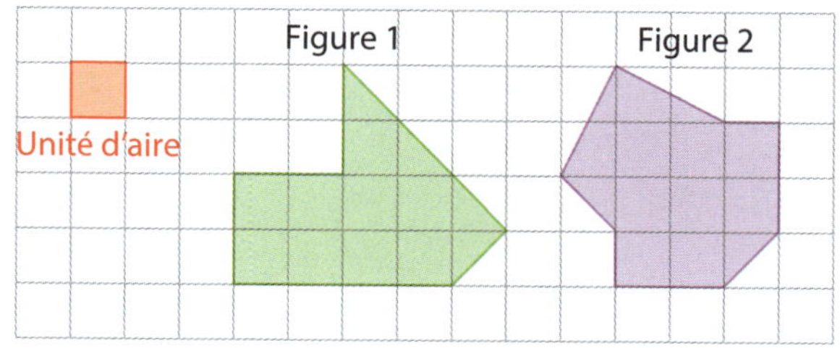

25 **MODE EXPERT** Dans la figure suivante, comparer l'aire de la partie verte et celle de la partie violette.

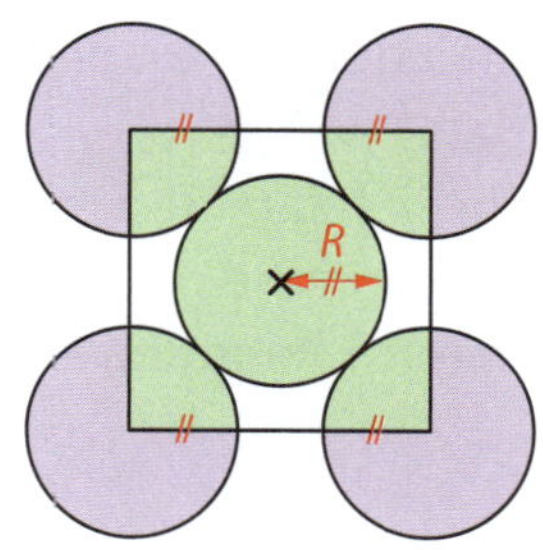

26 **MODE EXPERT** Tracer deux quadrilatères ayant le même périmètre mais pas la même aire.

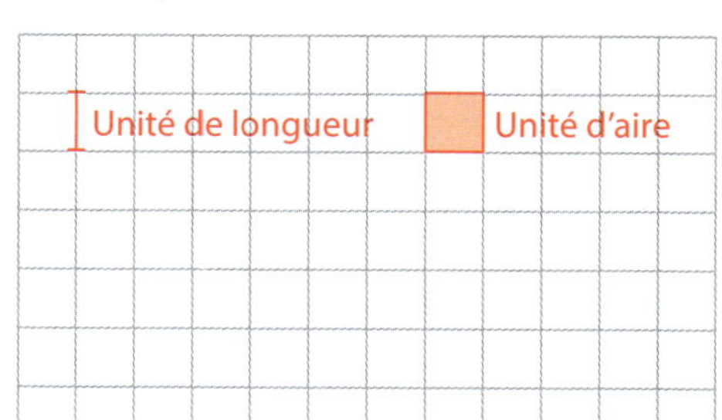

5 Convertir des aires

▸ L'unité usuelle d'aire est le **mètre carré**, noté **m^2**. Elle correspond à l'aire d'un carré de 1 m de côté.
▸ 1 dm^2 correspond à l'aire d'un carré de 1 dm de côté, 1 cm^2 correspond à l'aire d'un carré de 1 cm de côté, etc.

27 À l'aide du schéma ci-contre, compléter.

1 m^2 = …………… dm^2

On en déduit donc que 1 dm^2 = ………… m^2.

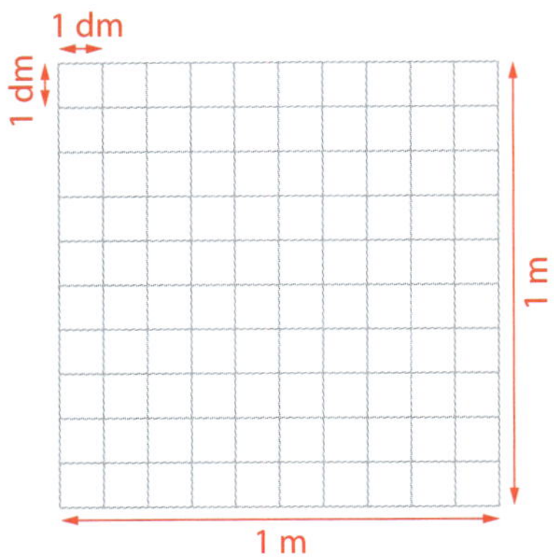

28 Julie : « Le préfixe « déca » multiplie par 10 l'unité de longueur devant laquelle il est placé. »
Olivier : « Donc 1 dam^2 = 10 m^2. »
Salim : « Non, 1 dam^2 = 100 m^2 (on multiplie par 100) et 1 m^2 = 0,01 dam^2 (on divise par 100). »
Qui a raison ? Qui a tort ? Pourquoi ?

……………………………………………………………………

……………………………………………………………………

……………………………………………………………………

……………………………………………………………………

……………………………………………………………………

……………………………………………………………………

▸ Pour convertir des aires, on peut effectuer des successions de **multiplications par 100** ou de **divisions par 100**.

× 100 | × 100 | × 100

1 hm^2 = 100 dam^2 = 10 000 m^2 = 1 000 000 dm^2.

× 1 000 000

÷ 100 | ÷ 100 | ÷ 100

1 mm^2 = 0,01 cm^2 = 0,000 1 dm^2 = 0,000 001 m^2

÷ 1 000 000

29 En déduire les conversions suivantes.

a. 15 m^2 = 15 × …………… dm^2 = …………… dm^2

b. 698 dm^2 = 698 ÷ …………… m^2 = …………… m^2

c. 3 743 mm^2 = 3743 ÷ …………… cm^2 = …………… cm^2

d. 0,5 m^2 = 0,5 × …………… dm^2 = …………… dm^2

e. 36,74 hm^2 = 36,74 × …………… dam^2 = …………… dam^2

f. 0,456 cm^2 = 0,456 × …………… mm^2 = …………… mm^2

30 Compléter.

a. 3,5 m^2 = 3,5 × …………… cm^2 = …………… cm^2

b. 0,87 hm^2 = 0,87 × …………… dm^2 = …………… dm^2

c. 354 m^2 = 354 ÷ …………… hm^2 = …………… hm^2

d. 65,4 cm^2 = 65,4 ÷ …………… m^2 = …………… m^2

31 Convertir dans l'unité indiquée.

a. 3,891 m^2 = …………… cm^2

b. 63 km^2 = …………… m^2

c. 26 mm^2 = …………… cm^2

d. 751,3 cm^2 = …………… m^2

e. 58 490,6 dm^2 = …………… dam^2

▸ Pour mesurer un terrain, on utilise plutôt l'**are** (noté a) et l'**hectare** (noté ha).
• 1 a = 1 dam^2 = 100 m^2 1 ha = 100 a = 1 hm^2

32 Compléter.

a. 1ha = …………… m^2 b. 0,59 ha = …………… m^2

c. 36 a = …………… ha d. 548,2 a = …………… m^2

e. 2,47 …………… = …………… a = …………… m^2

f. Un hectare correspond à l'aire d'un carré de …………… m de côté.

33 MODE EXPERT Compléter par un nombre ou une unité d'aire.

a. 0,05 m^2 = …………… cm^2 = 50 000 ……………

b. 8,3 hm^2 = …………… a = 0,083 ……………

c. 67 000 000 mm^2 = 67 …………… = …………… a

d. 830 ha + 25 a = …………… km^2

6 Calculer une aire avec une formule

- L'aire d'un **carré** de côté c est $\mathscr{A} = c \times c$.

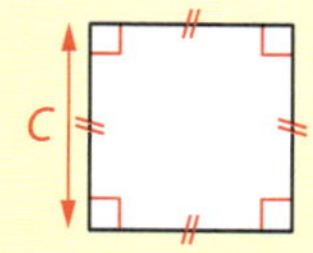

- L'aire d'un **rectangle** de longueur L et de largeur l est $\mathscr{A} = L \times l$.

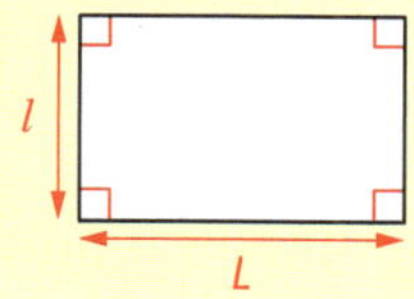

34 Calculer l'aire de chaque figure.

Figure 1

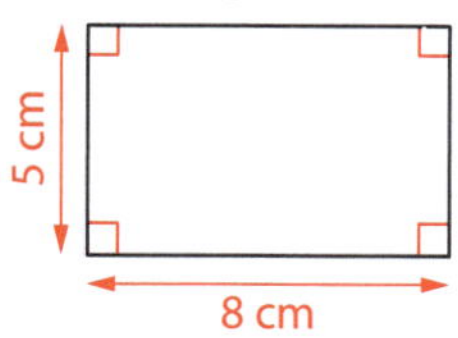

Figure 2

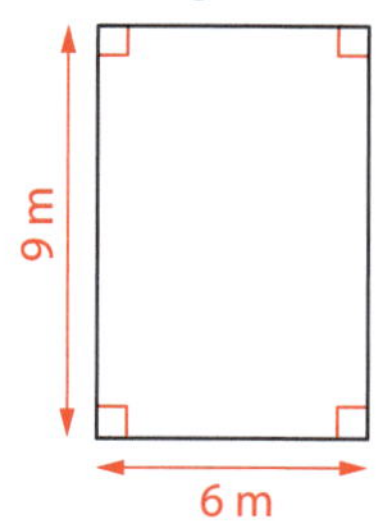

Figure 3

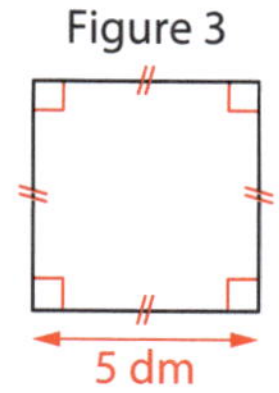

Figure 1 : $\mathscr{A}_1 =$ ....

Figure 2 : $\mathscr{A}_2 =$ ....

Figure 3 : $\mathscr{A}_3 =$ ....

- L'aire du **triangle rectangle** ci-contre est $\mathscr{A} = (a \times b) \div 2$.

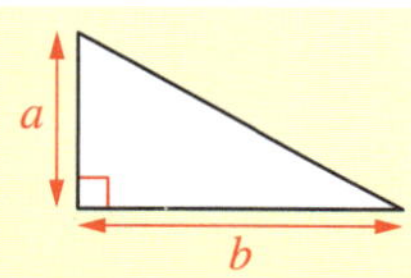

- L'aire du **triangle** ci-contre est $\mathscr{A} = (h \times b) \div 2$.

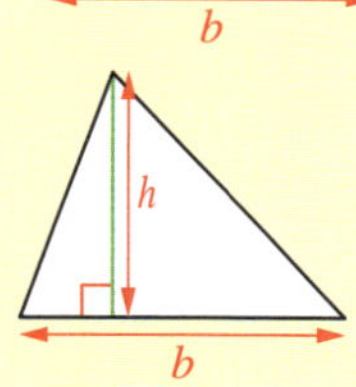

35 Calculer les aires des triangles suivants.

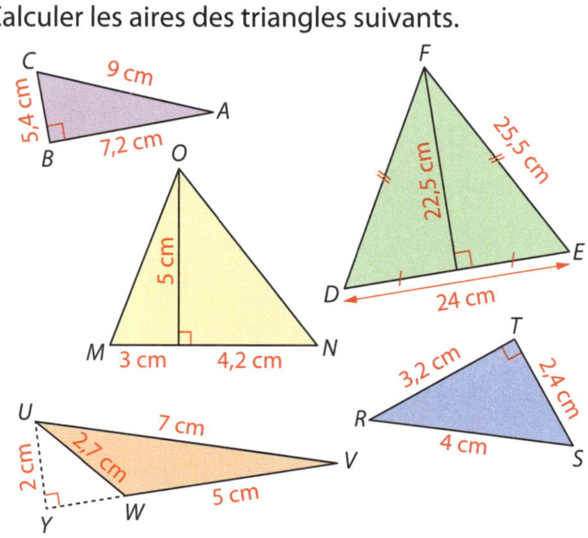

....

....

....

....

....

....

....

- L'aire d'un **disque** de rayon r est $\mathscr{A} = r \times r \times \pi$.

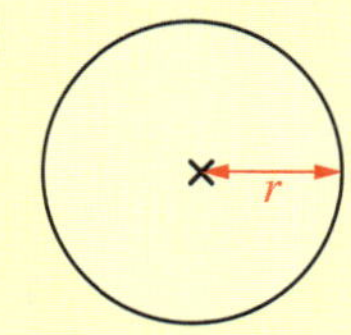

36 Calculer l'aire $\mathscr{A}$ des figures suivantes (arrondir à l'unité).

1. Un disque de rayon 5 cm.

....

2. Un disque de diamètre 8 cm.

....

3. Un demi-disque de diamètre 10 m.

....

37 MODE EXPERT *ABCD* est un carré de centre *O* et de côté 4 cm. *E* et *F* sont les milieux respectifs de [*AD*] et [*ED*]. Le cercle de centre *E* passe par *A*.

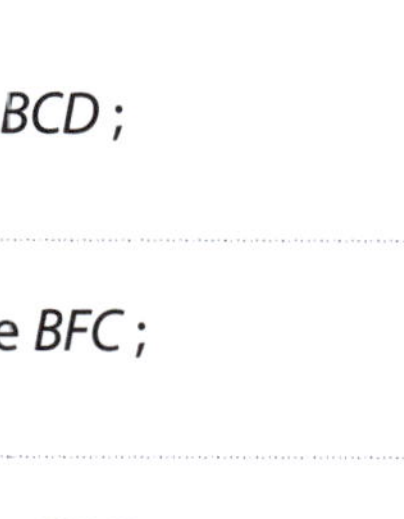

Calculer :

a. l'aire du carré *ABCD* ;

....

b. l'aire du triangle *BFC* ;

....

c. l'aire du triangle *BDC* ;

....

d. l'aire du disque de centre *E* passant par *A* (on donnera une valeur approchée au mm² près).

....

7 Calculer l'aire d'une figure complexe

▸ Pour calculer l'aire d'une figure complexe, on peut **décomposer la figure** puis additionner.

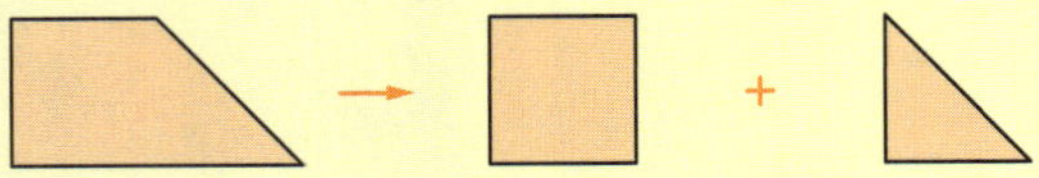

38 Calculer l'aire $\mathcal{A}$ de la figure ci-dessous. Arrondir au cm².

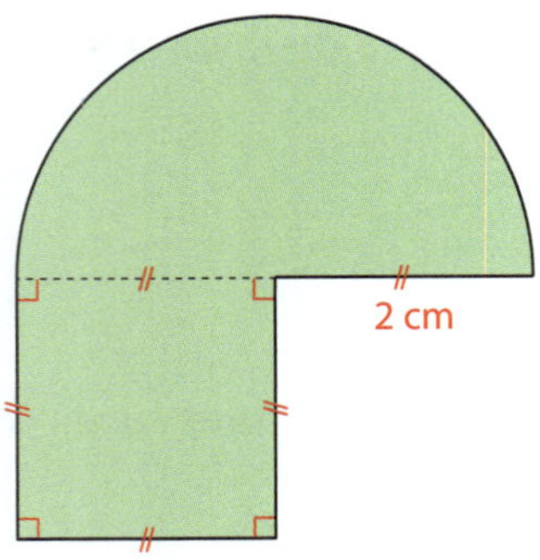

39 MODE EXPERT Calculer l'aire $\mathcal{A}$ de la surface coloriée en jaune. Arrondir un mm².

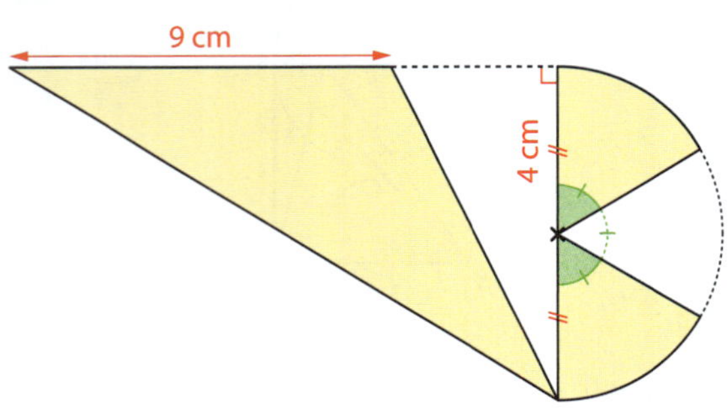

▸ Pour calculer l'aire d'une figure complexe, on peut **compléter la figure** puis soustraire.

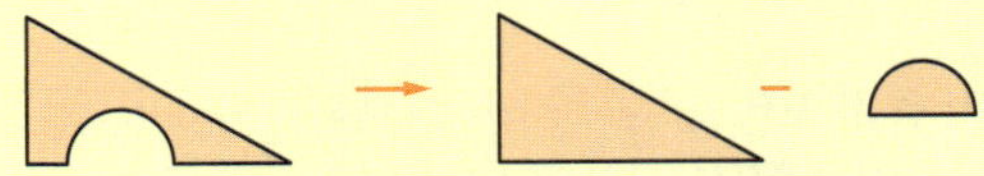

40 Calculer l'aire $\mathcal{A}$ de la figure verte. Arrondir au centième.

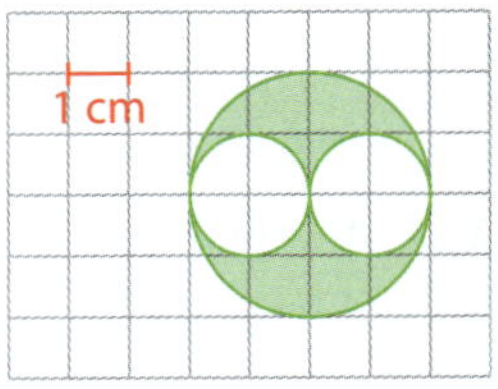

41 Une carte de vœu est bicolore. Calculer l'aire $\mathcal{A}$ de la partie jaune. Arrondir à l'unité.

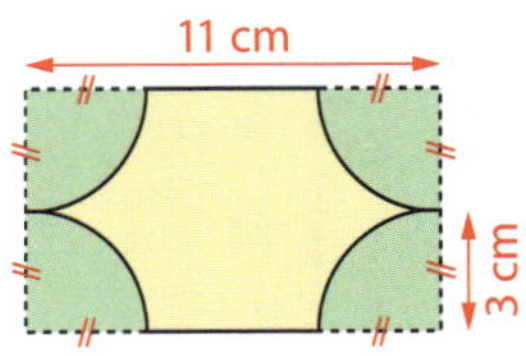

▸ Pour calculer l'aire d'une figure complexe, on peut « **découper** » puis déplacer.

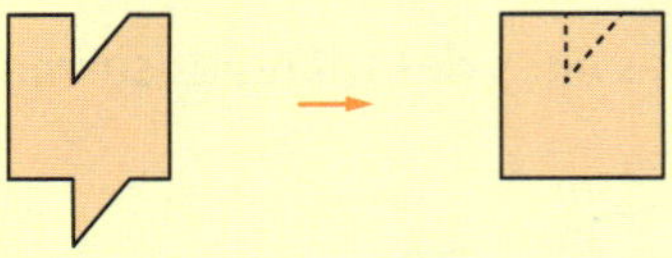

42 Calculer l'aire $\mathcal{A}$ de la figure bleue ci-dessous.

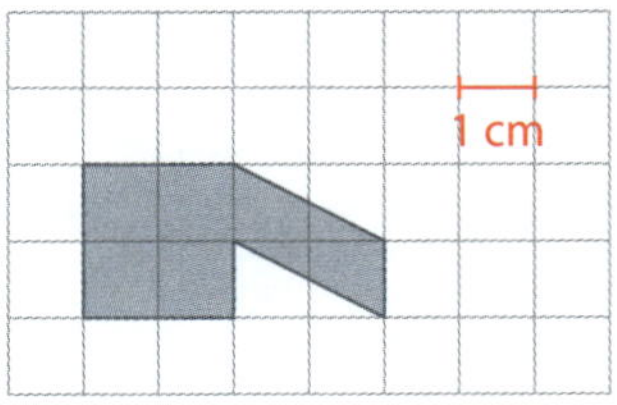

Automatismes

43 Parcours ceinture jaune

1. 1 m = ... cm

2. 1 m^2 = ... dm^2

3. 1 dm^2 = ... m^2

4. Compléter.

Le périmètre d'un carré de côté c est ....

L'aire d'un rectangle de largeur l et de longueur L est ....

5. Comparer les périmètres des figures 1 et 2 et les aires des figures 1 et 2.

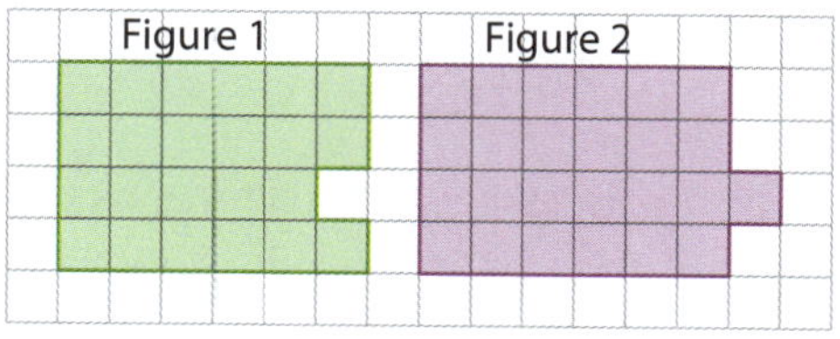

....

....

6. Quelle est la longueur approximative d'un cercle de rayon 1 cm ? ....

44 Parcours ceinture verte

1. 15 mm = ... cm

2. 1 m^2 = ... cm^2

3. 1 a = ... ha

4. Compléter.

L'aire d'un carré de côté c est ....

5. Quelle est la longueur approximative d'un demi-cercle de rayon 10 cm ? ....

6. Comparer les périmètres des figures 1 et 2 et les aires des figures 1 et 2.

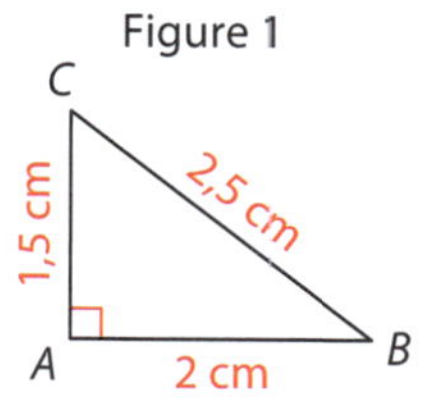

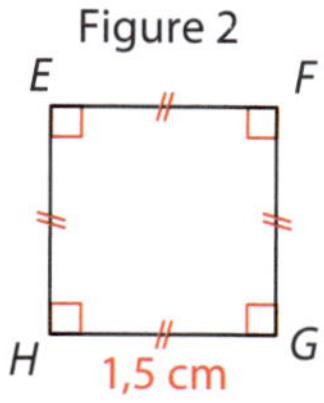

....

....

45 Parcours ceinture noire

1. 25,3 mm = ... dm

2. 3,2 ha = ... m^2

3. Compléter.

L'aire d'un carré de 200 m de côté est égale à .... ha.

4. Quel est le périmètre d'un triangle équilatéral de côté a ? ....

5. Quelle est l'aire approximative d'un disque de diamètre 20 cm ? ....

6. Quelle est l'aire du triangle LMK ci-dessous ?

....

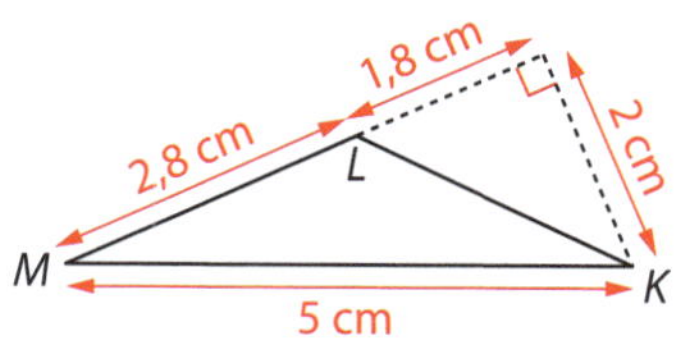

Le labo Indigo

Entraine-toi à ton rythme sur les capacités 1 à 7 avec les exercices interactifs du Labo Indigo.

hachette-clic.fr/21li6010

Problèmes

ceinture jaune — ceinture verte — ceinture noire

46 Les voisins
Modéliser, Calculer

John et Kim sont voisins. Leurs deux terrains sont représentés ci-dessous. Tous les angles de la figure sont droits.

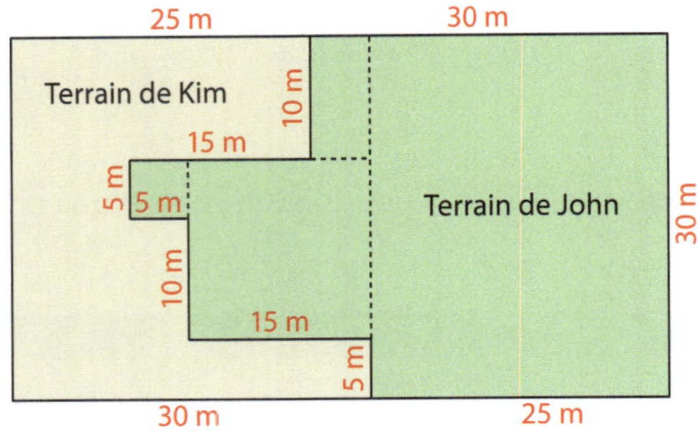

1. Calculer le périmètre de chacun des terrains puis comparer les résultats.

2. Calculer l'aire de chacun des terrains puis comparer les résultats.

47 Le champignon
Modéliser, Calculer

On a représenté ci-après la coupe transversale d'un champignon sur du papier quadrillé. À l'aide de ce schéma réalisé à l'échelle, donner un encadrement de l'aire $\mathscr{A}$ (en cm^2) de cette coupe grandeur réelle.

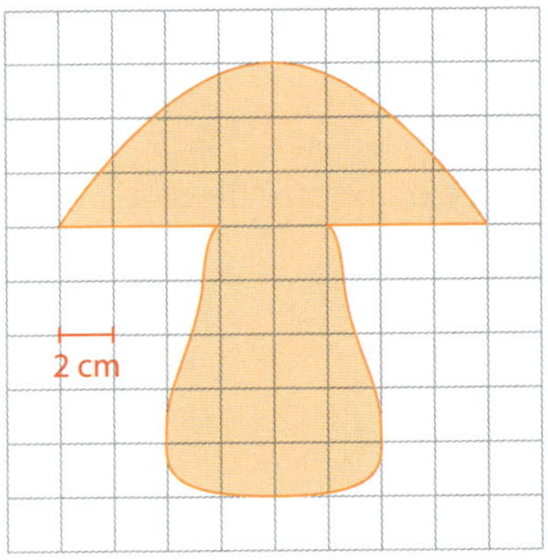

48 La couture
Calculer, Modéliser

La couture d'un côté d'un fauteuil est représentée ci-dessous (on a placé les centres des deux arcs de cercles).

- Calculer la longueur de cette couture. Arrondir au cm.

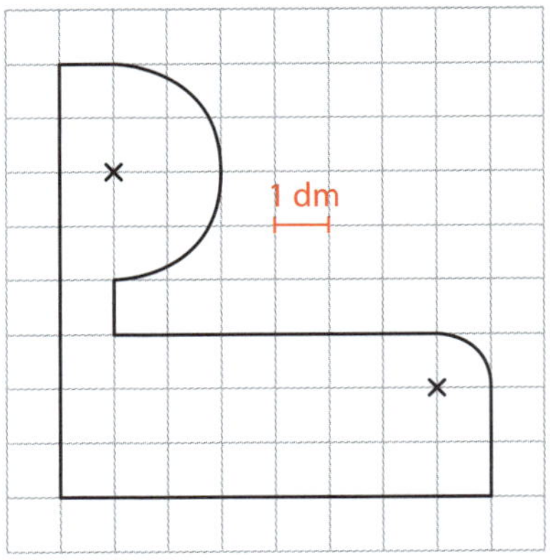

49 La pelouse
Chercher, Calculer

Philippe a un jardin rectangulaire de 12 mètres de long et de 9 mètres de large. Ce jardin comporte :

- une allée de 5 mètres de long et de 2 mètres de large ;
- un potager carré de 3 mètres de côté ;
- deux arbres dont le diamètre à la base du tronc mesure 2 mètres.

Tout le reste est recouvert de pelouse.

1. Représenter un schéma possible du jardin de Philippe.

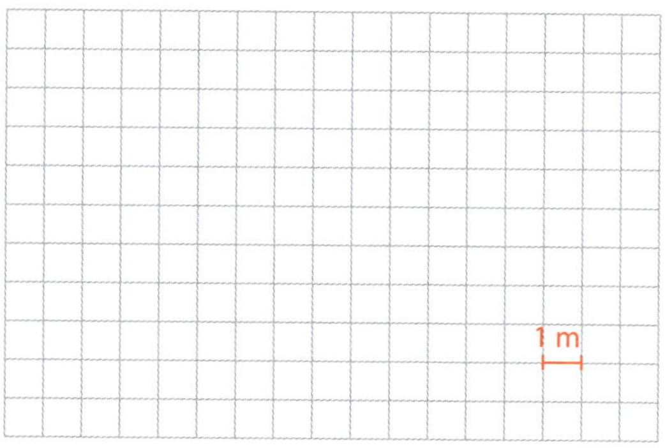

2. Combien mesure la surface de pelouse que Philippe doit tondre ?

50 L'odomètre
Chercher, Raisonner

Un odomètre est un instrument de mesure qui affiche sur un compteur la distance parcourue.

▸ L'odomètre-roue est conçu pour parcourir 1 m en un tour de roue. Quel est, en cm, le diamètre de sa roue ? Arrondir à l'unité.

51 La pièce métallique
Chercher, Modéliser, Calculer

Une pièce métallique est représentée ci-dessous. Elle est percée de deux trous circulaires.

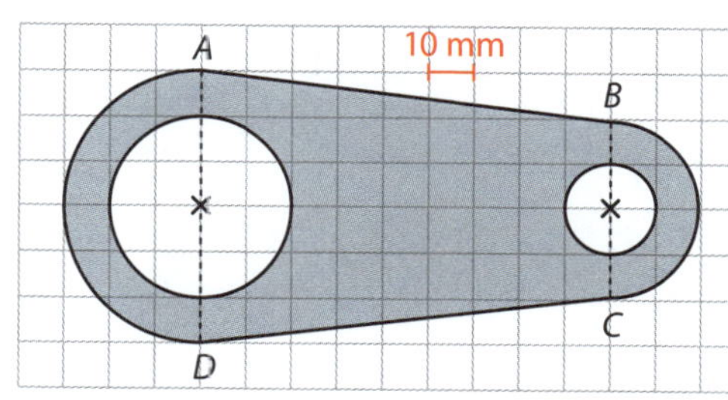

▸ Calculer son aire et donner le résultat en cm^2, arrondi au mm^2 près.

Problèmes

52 Le motif
Calculer, Raisonner

Une frise est réalisée à partir d'un motif dessiné ci-contre. *EFGH* est un carré de centre *O* et de 10 cm de côté. Les points *A*, *B*, *C* et *D* sont les centres de quatre demi-cercles et *O* celui de deux quarts de cercles.

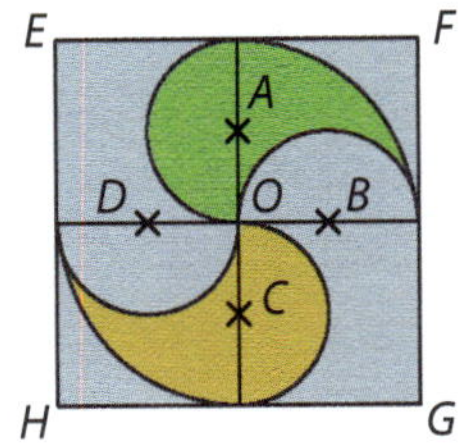

1. Calculer le périmètre de la figure jaune.

2. Calculer l'aire de la figure jaune.

3. Calculer l'aire de la partie bleue.

53 Karting
Calculer, Raisonner, Modéliser

Voici le plan d'un circuit de karting.

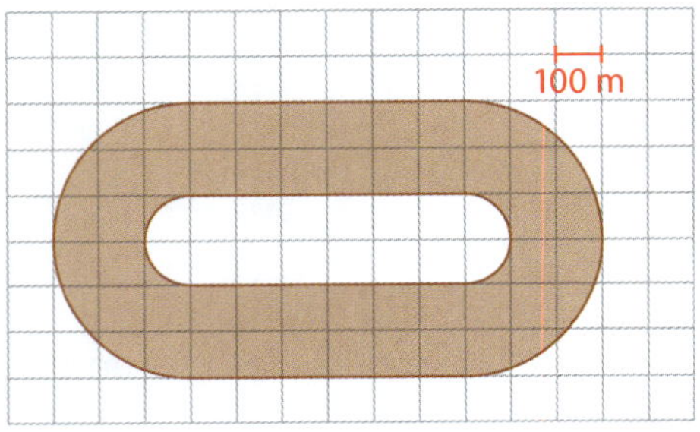

Le pilote A roule le long du bord extérieur du circuit ; le pilote B roule le long du bord intérieur.

▶ Combien de mètres supplémentaires parcourt le pilote A par rapport au pilote B ?

54 Le filament
Chercher, Calculer

Un filament est positionné entre deux plots comme indiqué ci-dessous.

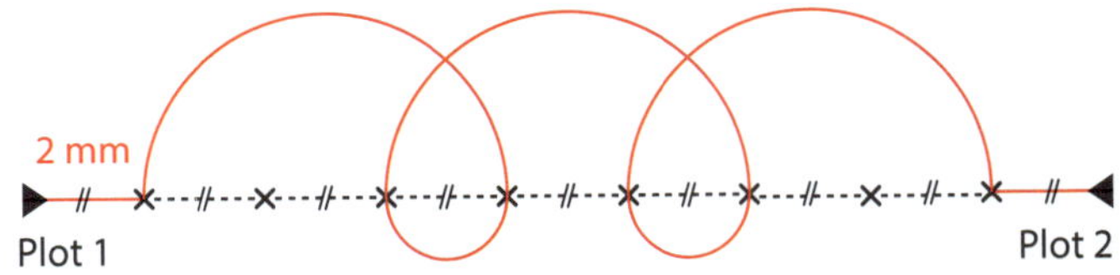

▶ Quelle est la longueur de ce filament ? Arrondir au dixième de mm.

55 Circuit de motos
Modéliser, Raisonner, Calculer

La piste de ce circuit de motos mesure 8 mètres de large.

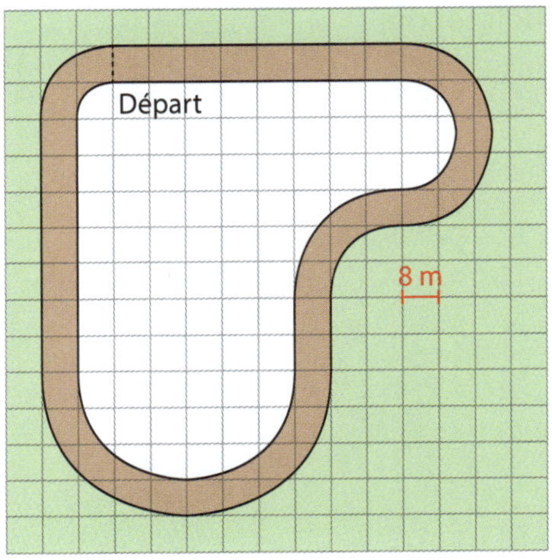

▶ Calculer l'aire de ce circuit.

Tâche complexe

56 Marie s'installe avec sa famille aux USA. Elle s'intéresse au prix d'une maison dont elle a réalisé le plan à l'aide de mesures prises sur un chantier français.

Doc 1 Le plan de Marie

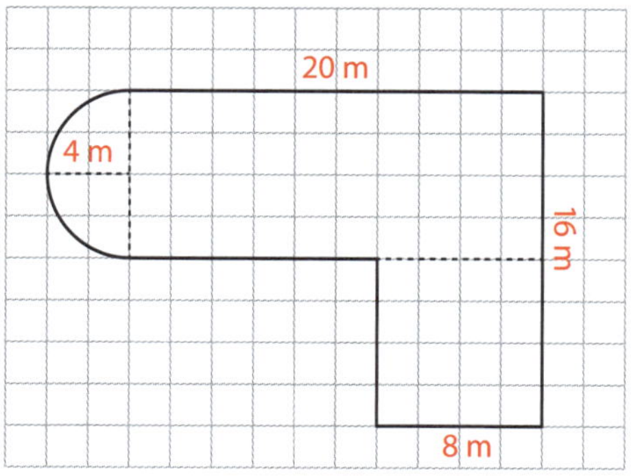

Doc 2 Unité de longueur américaine

Aux États-Unis, l'unité de longueur utilisée n'est pas le mètre mais le *foot* (*feet* au pluriel, symbole ft).
1 m ≈ 3,3 ft
Les aires sont exprimées en *feet square* (ft²). Un *foot square* correspond à l'aire d'un carré d'un *foot* de côté.

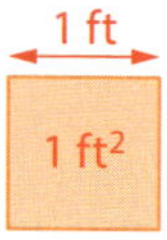

Doc 3 Prix de l'immobilier américain

Le prix d'une maison est proportionnel à sa surface.
Dans cette région américaine, 1 ft² est vendu 350 dollars (1 dollar = 0,83 euro).

- Marie a un budget de 700 000 €. Peut-elle acheter cette maison ?

Le jeu

Grand périmètre

Le jeu se joue à deux. Un nombre entier entre 5 et 12 est annoncé au hasard. En une minute, chaque joueur doit dessiner une figure fermée sur une grille comme ci-dessous, de telle sorte que son aire soit égale au nombre donné au départ. Seuls les segments horizontaux et verticaux sont autorisés. Le joueur dont la figure a le plus grand périmètre marque un point. En cas d'égalité de périmètre, personne ne marque.

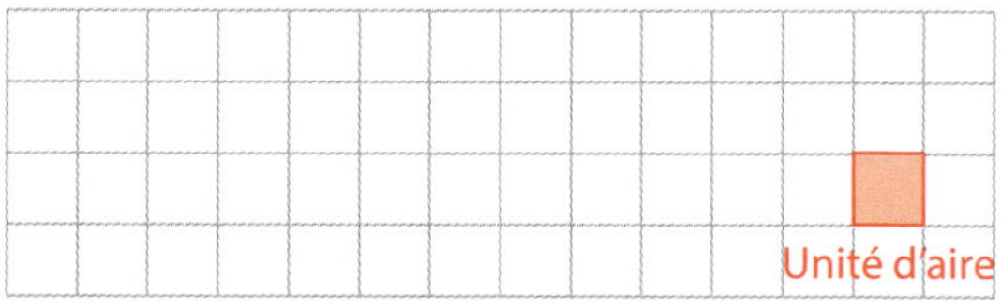

Le défi

Course

Lors d'une course à vélo, chaque participant doit effectuer 27,75 km sur le parcours représenté ci-dessous. Où est le point d'arrivée *A* ?

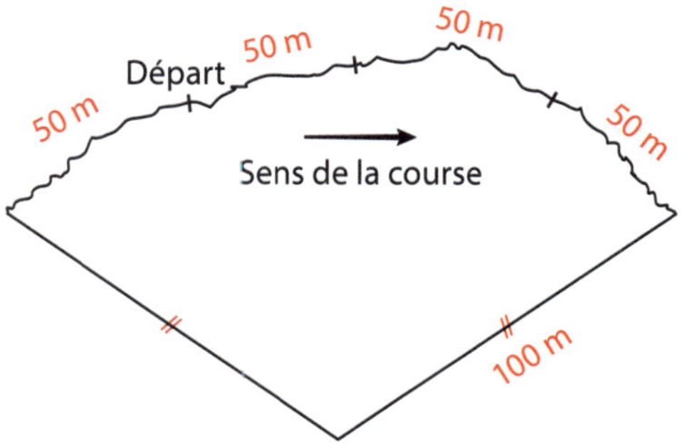

Chapitre 11

Symétrie axiale

1 Reconnaitre deux figures symétriques par rapport à une droite

▶ Deux figures sont **symétriques** par rapport à une droite *d* si elles se superposent quand on « plie » le long de cette droite.

1 Dans chacun des cas suivants, chercher si les deux figures sont ou non symétriques par rapport à une droite. Si oui, tracer cette droite.

a.

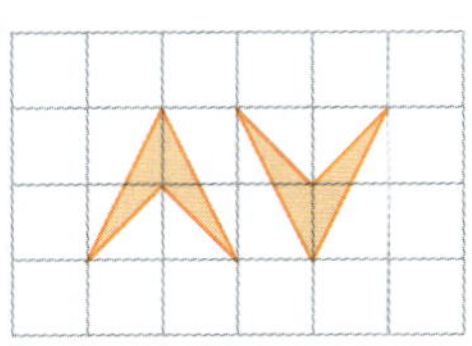

....

b.

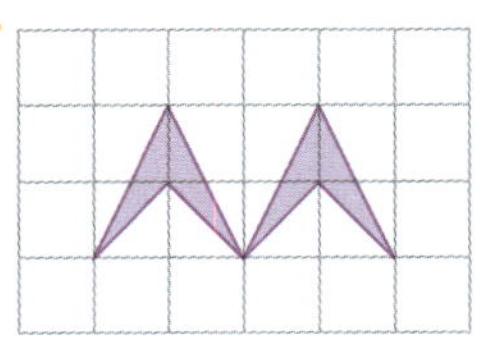

....

c.

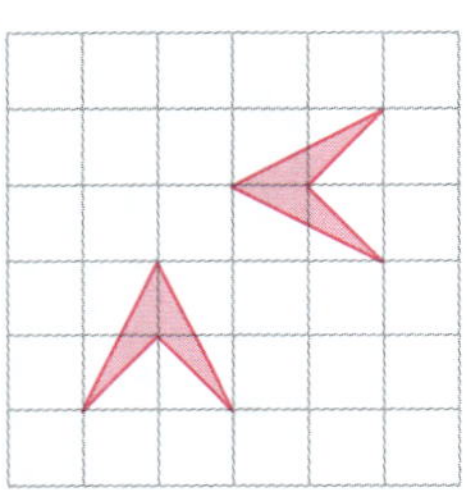

....

d.

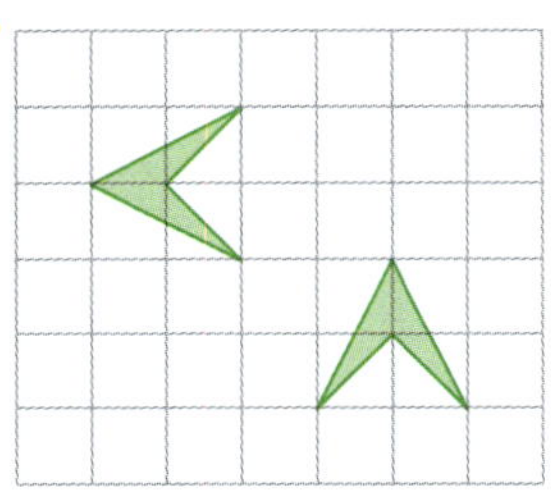

....

e.

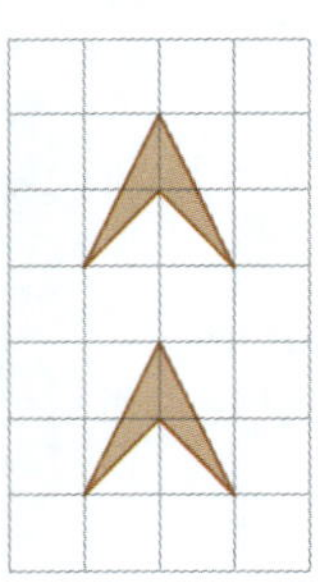

....

f.

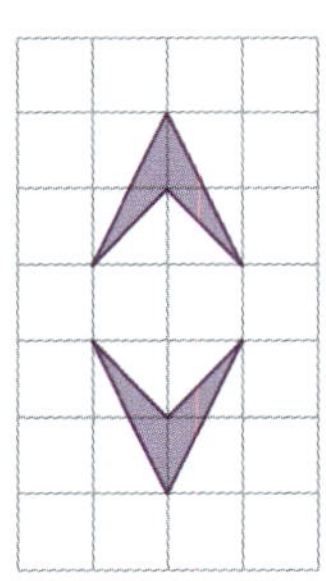

....

g.

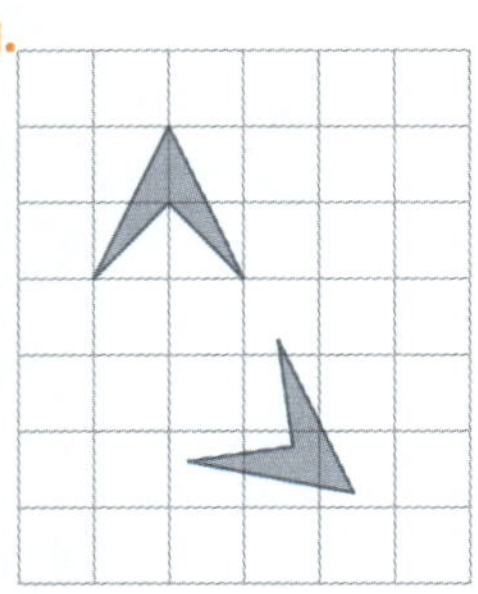

....

h.

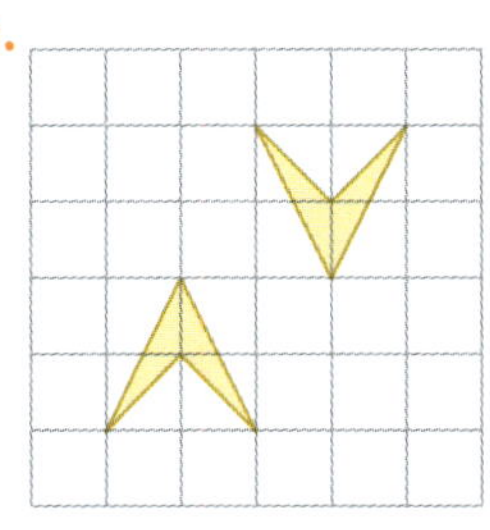

....

2 Les deux disques ci-dessous sont symétriques par rapport à la droite *d*.
Colorier chaque secteur et son symétrique de la même couleur (6 couleurs au total).

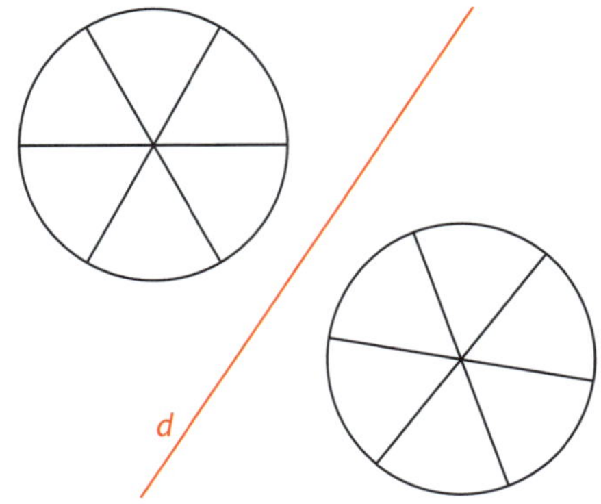

3 Colorier de la même couleur les triangles symétriques par rapport à la droite d_1 ou d_2.

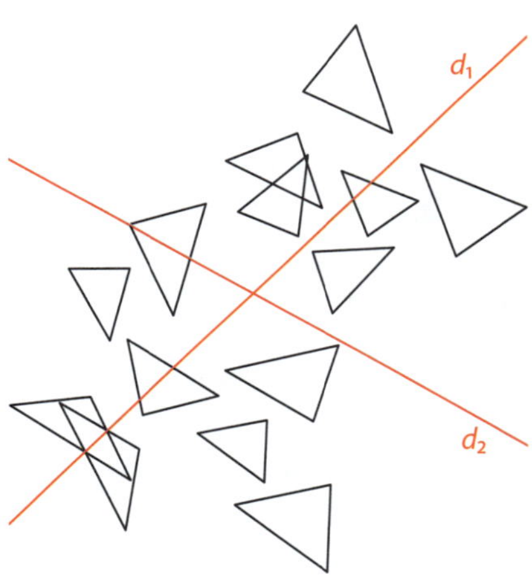

4 MODE EXPERT Décoder la phrase suivante en remplaçant chaque lettre par son symétrique par rapport à la droite *d*.
N'PERI LIQ
RPXKIRPXESFIQ !

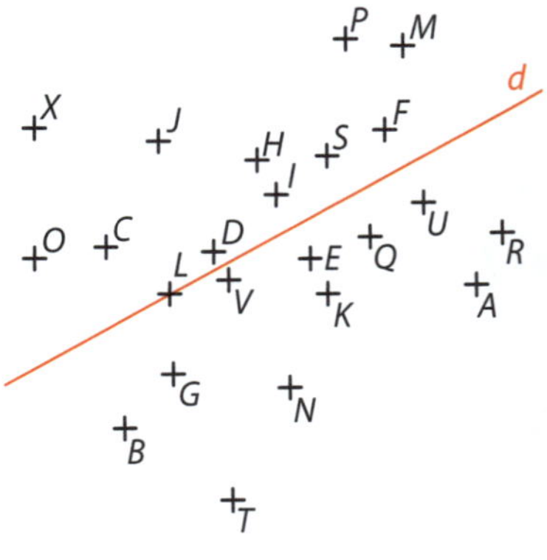

....

....

2 Construire le symétrique d'un point par rapport à une droite

▸ La **médiatrice** d'un segment est la droite qui est perpendiculaire à ce segment et qui passe par son milieu.

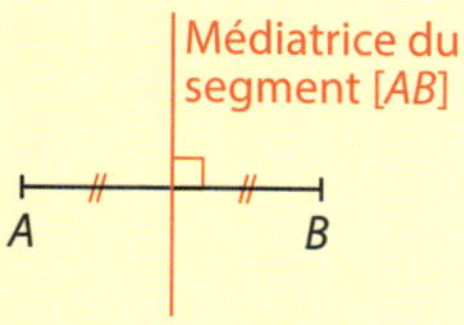

▸ Si un point appartient à la médiatrice d'un segment, alors il est **équidistant** des extrémités de ce segment.

5 **1.** Tracer un segment [AB] de longueur 4 cm ; placer son milieu I.
2. Tracer la droite d, médiatrice du segment [AB].
3. Placer un point C, distinct de I, sur la droite d.

4. Quelle est la nature du triangle ABC ? Justifier.

....

....

....

....

....

▸ Si un point est équidistant des deux extrémités d'un segment, alors il appartient à la médiatrice de ce segment.

6 **1.** Tracer les cercles $\mathscr{C}_1$ et $\mathscr{C}_2$ de rayon 2 cm et de centres respectifs D et E.
2. Nommer S et U, les points d'intersection de ces cercles et tracer la droite (SU).

3. Expliquer pourquoi la droite (SU) est la médiatrice du segment [DE].

....

....

....

....

....

....

....

....

....

▸ Si deux points A et A′ sont symétriques par rapport à une droite d, alors la droite d est la **médiatrice** du segment [AA′].

7 Placer précisément les points B′, G′, H′ et T′, symétriques respectifs des points B, G, H et T par rapport à la droite d.

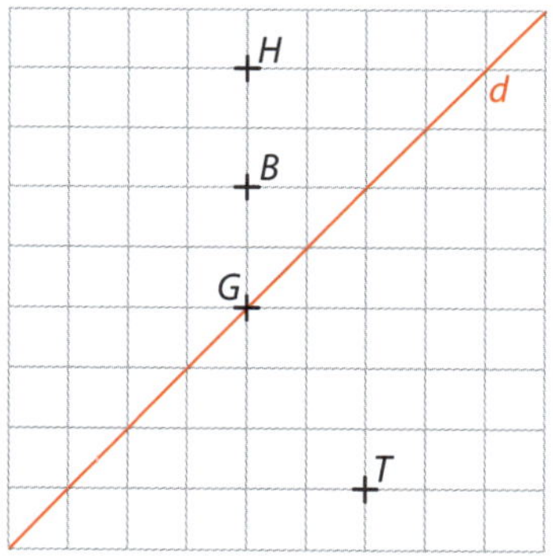

8 **MODE EXPERT** Construire les symétriques respectifs A_1, A_2, A_3 et A_4 et B_1, B_2, B_3 et B_4 des points A et B par rapport aux droites d_1, d_2, d_3 et d_4.

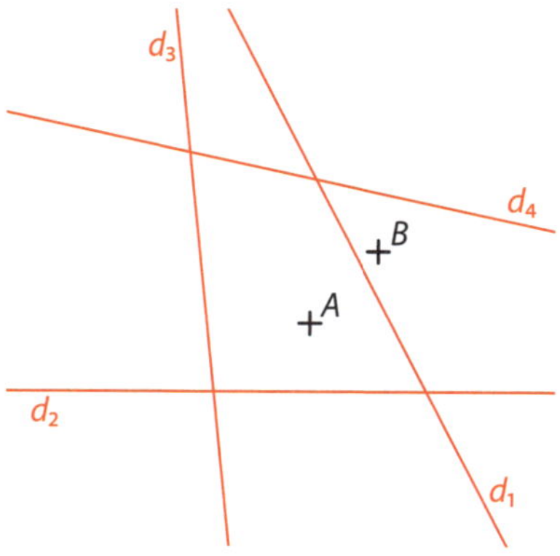

3 Connaitre et utiliser les propriétés de la symétrie axiale

▸ Le symétrique d'un segment par rapport à une droite est un segment de même longueur ; on dit que la symétrie axiale **conserve les longueurs**.

9 **1.** Construire les symétriques des deux figures par rapport à la droite *d*.

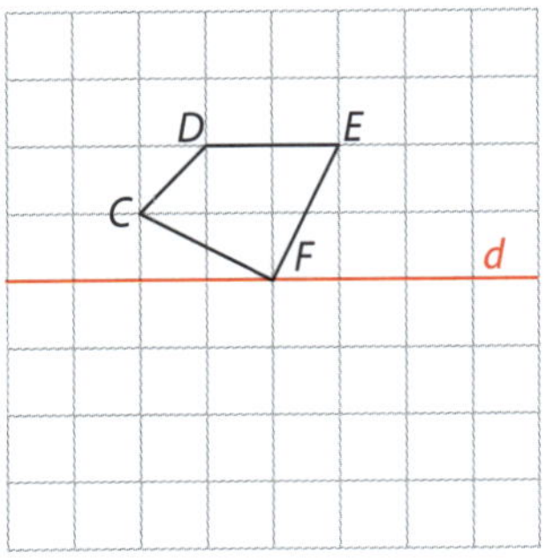

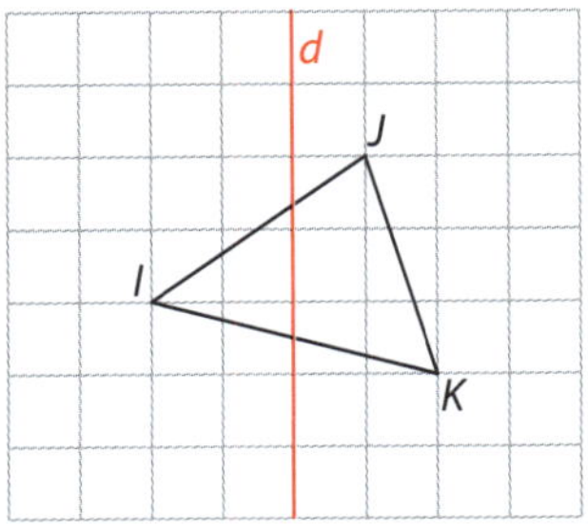

2. Que peut-on dire des longueurs *C'D'* et *CD*, et des longueurs *IJ* et *I'J'* ?

....

....

....

....

▸ Le symétrique d'une droite par rapport à une droite est une droite ; on dit que la symétrie axiale **conserve les alignements**.

10 **1.** Construire les points *A'*, *B'* et *C'*, symétriques des points *A*, *B* et *C* par rapport à la droite *d*.

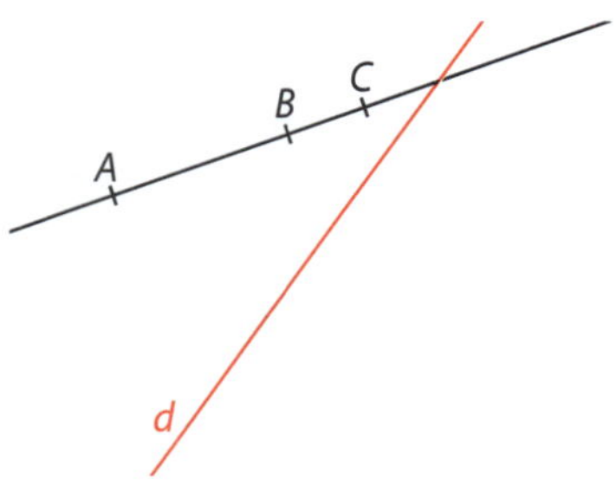

2. Vérifier que les points *A'*, *B'* et *C'*, sont bien alignés. Quel est le symétrique de la droite (*AC*) ?

....

....

▸ Deux figures symétriques par rapport à une droite ont la même forme. La symétrie axiale **conserve les angles, les périmètres et les aires**.

11 Construire le symétrique de la figure suivante par rapport à la droite *d*.

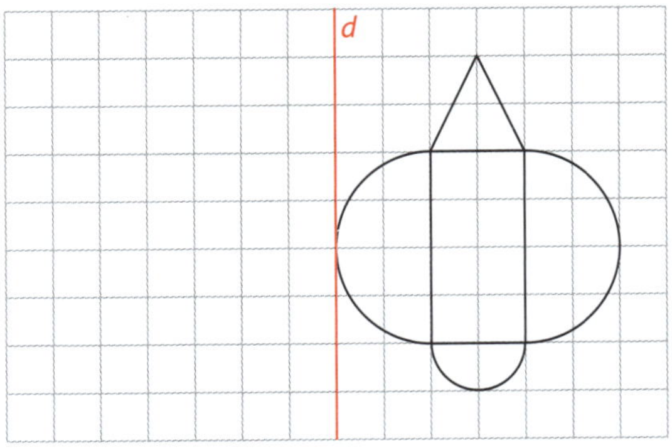

12 Construire le symétrique de cette figure par rapport à la droite *d*.

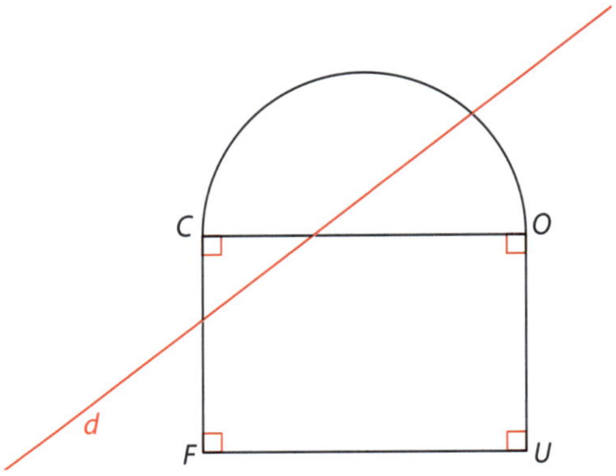

13 MODE EXPERT **1.** Construire le polygone *A'B'C'D'E'F'*, symétrique du polygone *ABCDEF* par rapport à *d*.

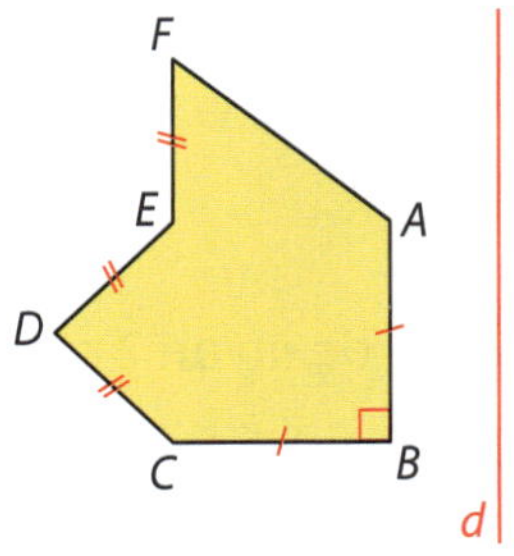

2. Quelles égalités de longueurs peut-on écrire dans le polygone *A'B'C'D'E'F'* ? Justifier.

....

....

....

3. Le polygone *A'B'C'D'E'F'* possède un angle droit : lequel et pourquoi ?

....

....

4 Reconnaitre et construire des axes de symétrie

On dit qu'une droite *d* est un axe de symétrie d'une figure si le symétrique de cette figure par rapport à la droite *d* est **la figure elle-même**.

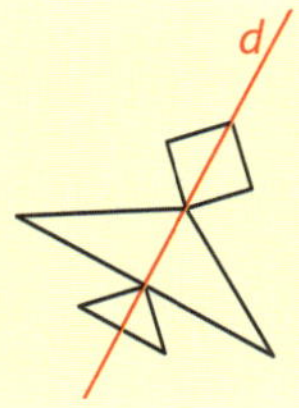

14 Les figures ci-dessous ont-elles un ou des axes de symétrie ? Si oui, les tracer.

15 Tracer les axes de symétrie des figures quand c'est possible.

a.

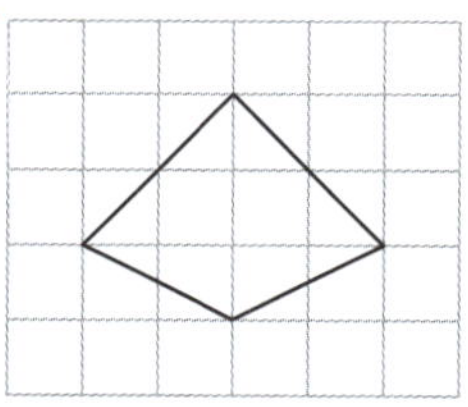

b.

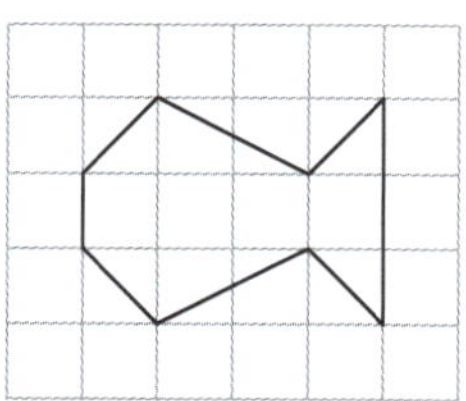

c.

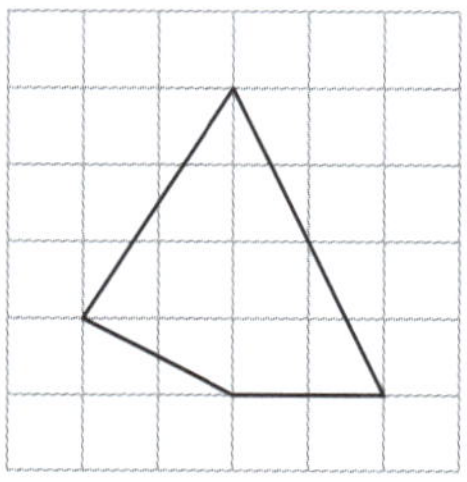

d.

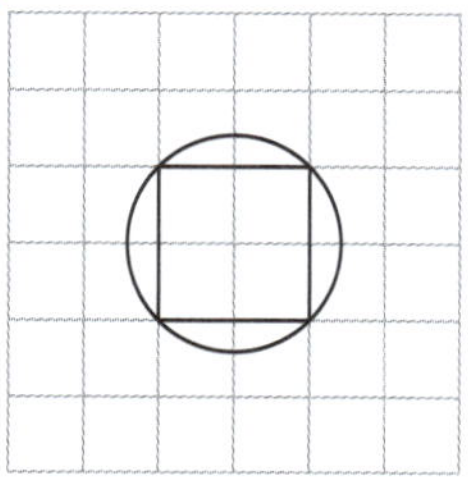

e.

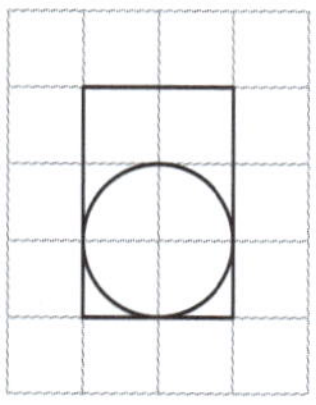

f.

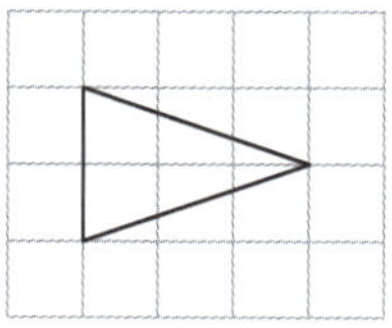

g.

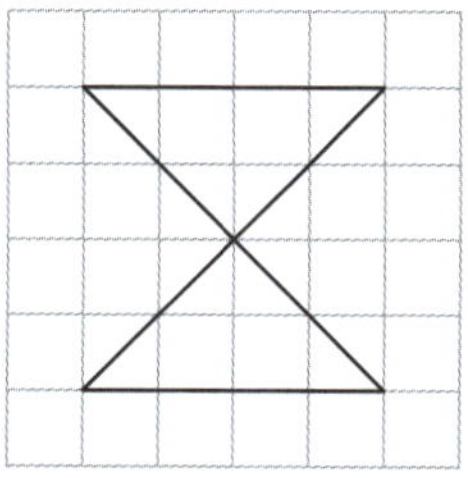

h.

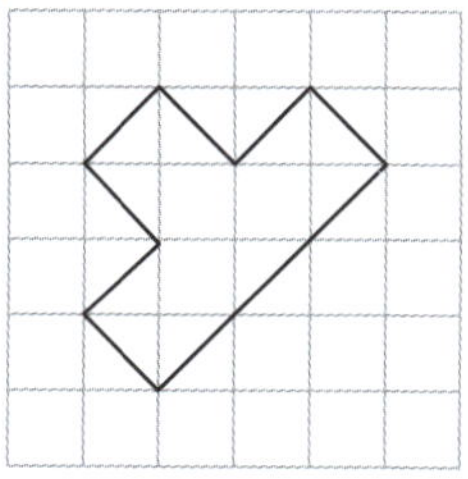

Un segment a deux axes de symétrie : sa **médiatrice** et la **droite portée par le segment**.

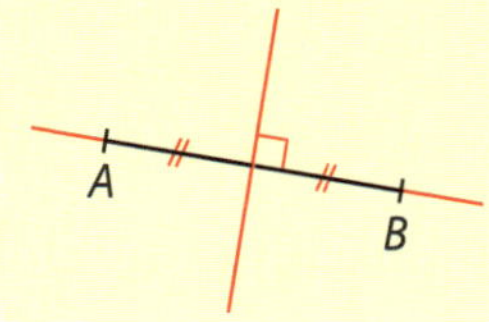

16 1. Construire les axes de symétrie de chaque côté du triangle ci-dessous.

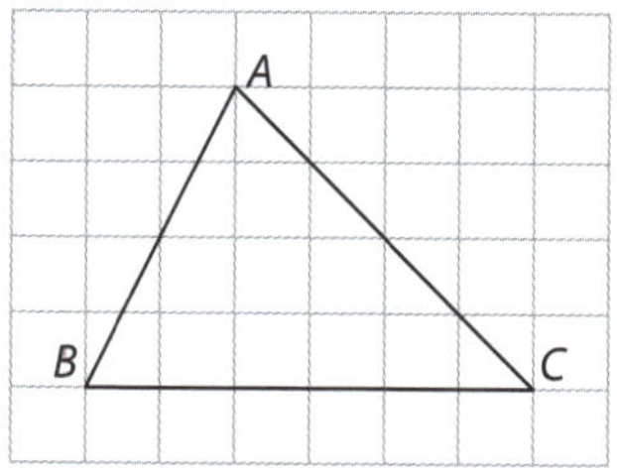

2. Que remarque-t-on ?

Un angle a un axe de symétrie qui le partage en deux angles de même mesure. Cette droite est appelée la **bissectrice** de l'angle.

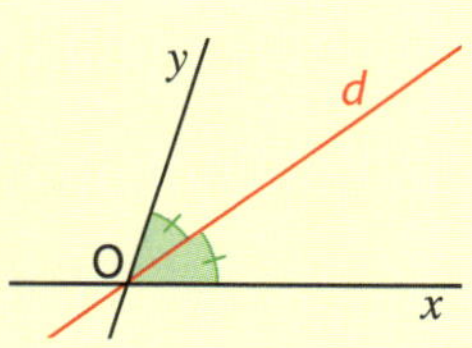

17 MODE EXPERT 1. Tracer un angle $\widehat{wAy}$ mesurant 38°.
2. Construire la bissectrice [*Az*) de l'angle $\widehat{wAy}$.
3. Construire la demi-droite [*Au*) de façon que [*Ay*) soit bissectrice de l'angle $\widehat{uAw}$.
4. Construire la demi-droite [*At*) de façon que [*Au*) soit la bissectrice de l'angle $\widehat{yAt}$.

5. Calculer la mesure de l'angle $\widehat{wAt}$.

5 Compléter une figure par symétrie axiale

▶ Pour compléter une figure par symétrie axiale, on construit le **symétrique de chaque élément** de la figure par rapport à son ou ses axes de symétrie.

18 Compléter la figure ci-dessous par symétrie par rapport à la droite *d*.

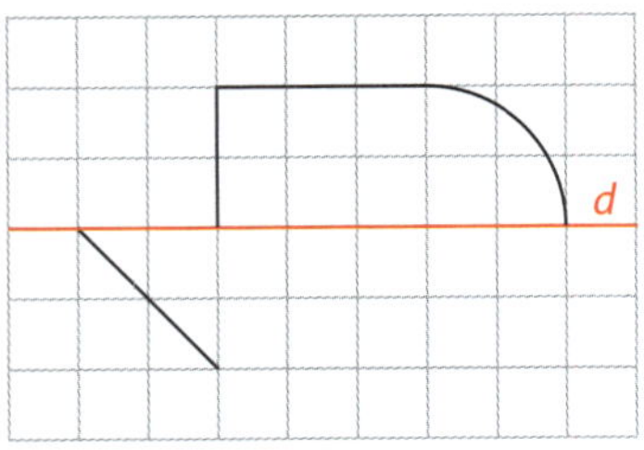

19 Compléter la figure ci-dessous avec un minimum de segments pour qu'elle admette *d* comme axe de symétrie.

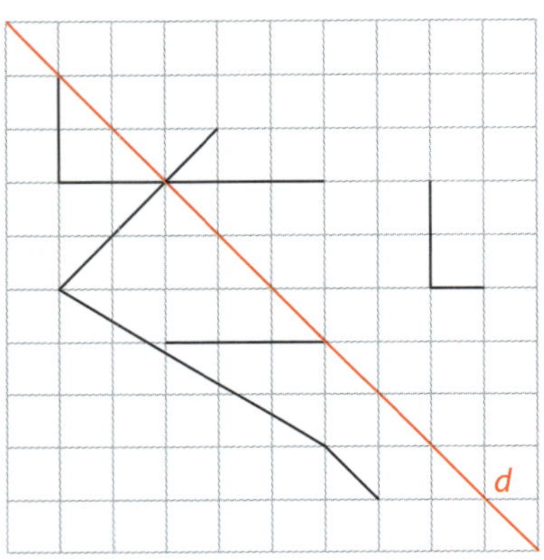

20 Reproduire la figure ci-dessous, puis la compléter pour que la droite *d* soit son axe de symétrie.

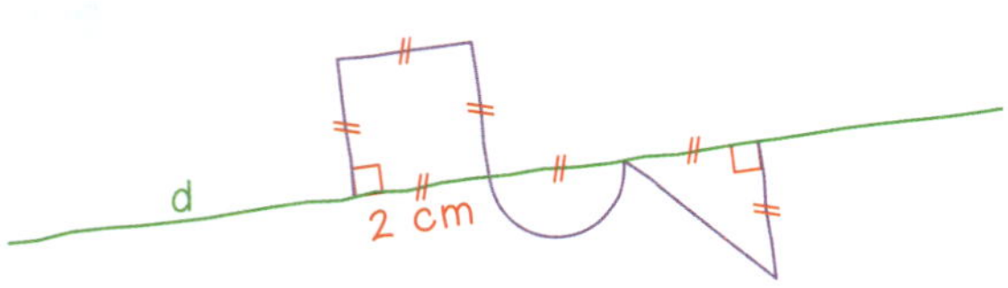

21 **1.** Construire un triangle équilatéral de côté 2,5 cm.

2. Compléter la figure par symétrie par rapport à l'un de ses côtés.

3. Quelle figure finale obtient-on ?

22 Compléter la figure en traçant le minimum de segments pour que les droites d_1 et d_2 soient des axes de symétrie de la figure finale.

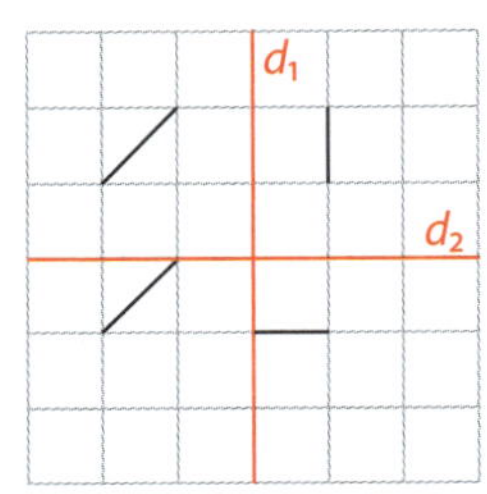

23 Colorier le minimum de cases pour que les droites d_1 et d_2 soient des axes de symétrie de la figure finale.

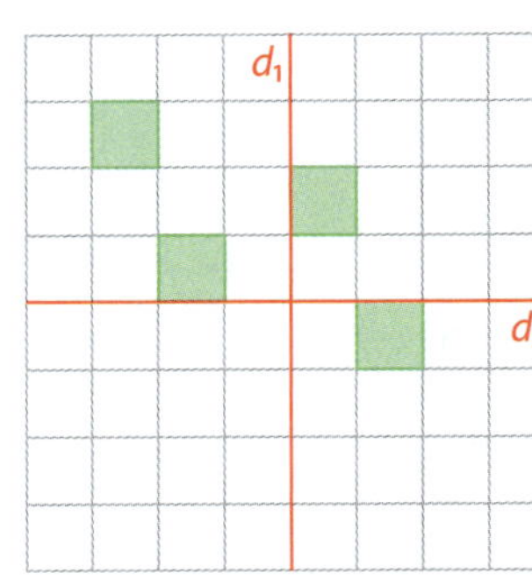

24 **MODE EXPERT** Colorier le minimum de cases pour que les diagonales du grand carré soient des axes de symétrie de la figure finale.

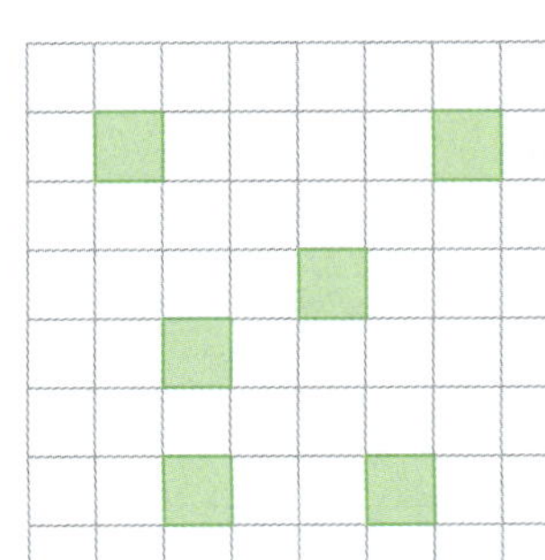

6 Connaitre les axes de symétrie des triangles particuliers

▸ Un triangle isocèle a un axe de symétrie : la **médiatrice de sa base**.
Les angles à la base d'un triangle isocèle ont la même mesure.

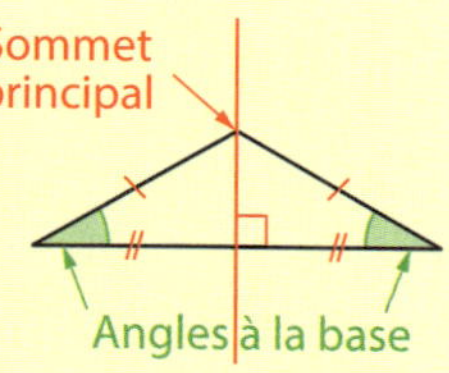

25 *POM* est un triangle isocèle en *M*. Compléter (on pourra s'aider d'une figure à main levée).

- Les longueurs .... et .... sont égales.
- Les angles $\widehat{POM}$ et .... ont la même mesure.
- La médiatrice du segment .... est l'axe de symétrie de ce triangle.

26 Le triangle *ABC* ci-contre est isocèle en *C*.
1. Compléter le codage de la figure.
2. Construire le triangle *ABC* en vraie grandeur.

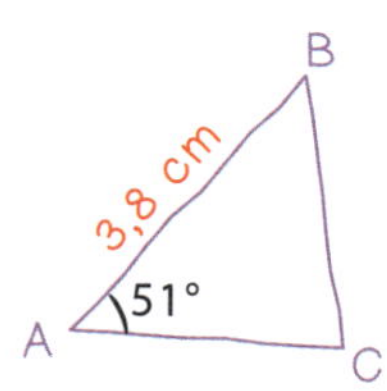

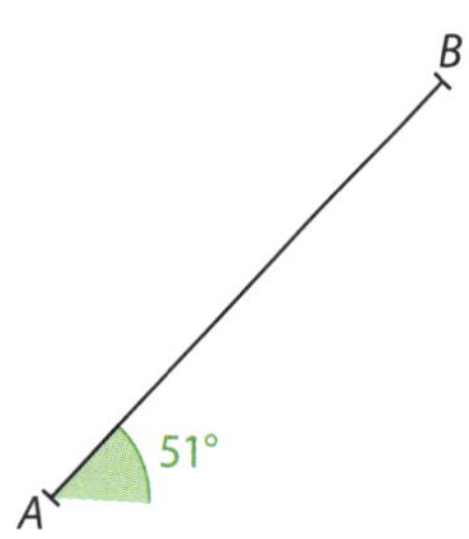

27 *ABC* est un triangle tel que $CA = CB = 2{,}5$ cm et $\widehat{BAC} = 32°$.
1. Construire le triangle *ABC* en vraie grandeur.

2. Quelle est la mesure de l'angle $\widehat{ABC}$? Justifier soigneusement la réponse.

....

....

....

....

....

....

28 1. Construire un triangle *DEB* isocèle en *E* tel que $DE = 2{,}5$ cm et $\widehat{DEB} = 132°$, puis tracer son axe de symétrie.

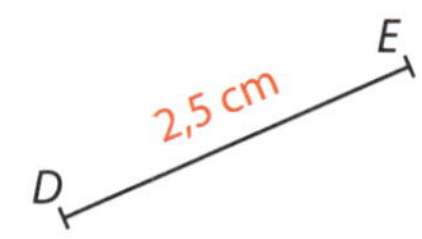

2. Construire un triangle *FIN* isocèle en *F* tel que $IN = 2$ cm et $\widehat{FIN} = 72°$, puis tracer son axe de symétrie.

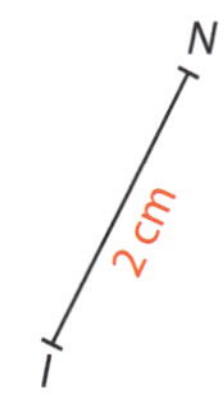

▸ Un triangle équilatéral a trois axes de symétrie : **les médiatrices de ses côtés**.
Les trois angles d'un triangle équilatéral ont la même mesure.

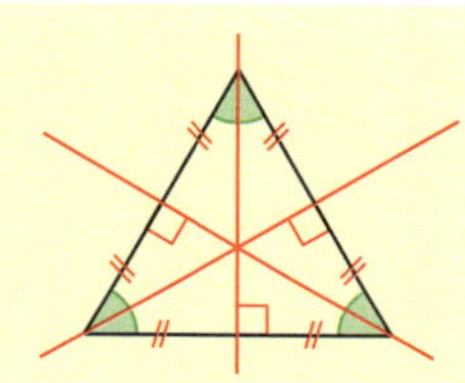

29 Construire un triangle équilatéral de côté 3,4 cm ; tracer ses trois axes de symétrie.

30 MODE EXPERT Vrai ou faux ?

a. Si le triangle *IJK* est isocèle en *J*, alors les angles $\widehat{IJK}$ et $\widehat{JIK}$ ont même mesure. ....

b. Dans le triangle *EDF* isocèle en *E*, si $\widehat{EDF} = \widehat{DEF}$, alors *EDF* est un triangle équilatéral. ....

c. Un triangle isocèle qui a au moins deux axes de symétrie est équilatéral. ....

7 Connaitre les axes de symétrie des quadrilatères particuliers

▸ Un rectangle a deux axes de symétrie : **les médiatrices de chacun de ses côtés**.
Les diagonales d'un rectangle ont la même longueur et se coupent en leur milieu.

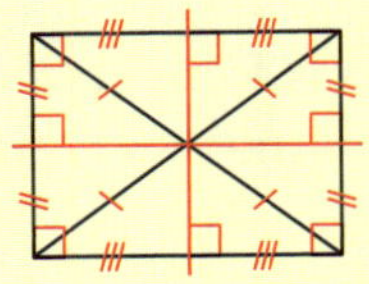

31 Roméo doit construire un rectangle *ABCD* de centre *O* tel que la diagonale [*AC*] mesure 4,2 cm et $\widehat{AOB} = 48°$.

1. Compléter.

$OA = O$ ……… = ……… = ……… = ……… cm

2. Construire le rectangle en vraie grandeur.

▸ Un losange a deux axes de symétrie : **ses diagonales** ; elles se coupent en leur milieu et sont perpendiculaires.

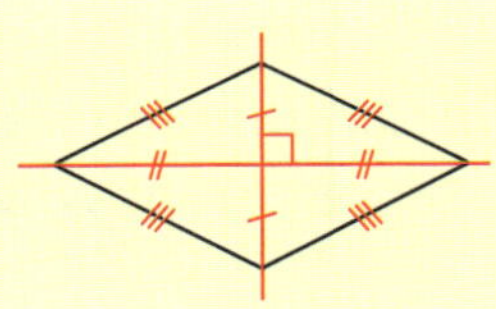

32 On considère le losange ci-dessous.

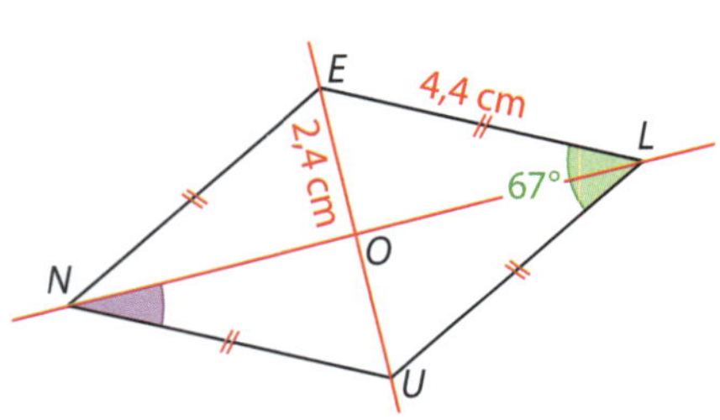

1. Quelle est la longueur du segment [*EU*] ? Justifier.

2. Quelle est la nature du triangle *LOU* ? Justifier.

3. Quelle est la mesure de l'angle $\widehat{LNU}$? Justifier.

33 **MODE EXPERT** Tracer le losange *MARS* sachant que le sommet *A* est sur la droite *d*.

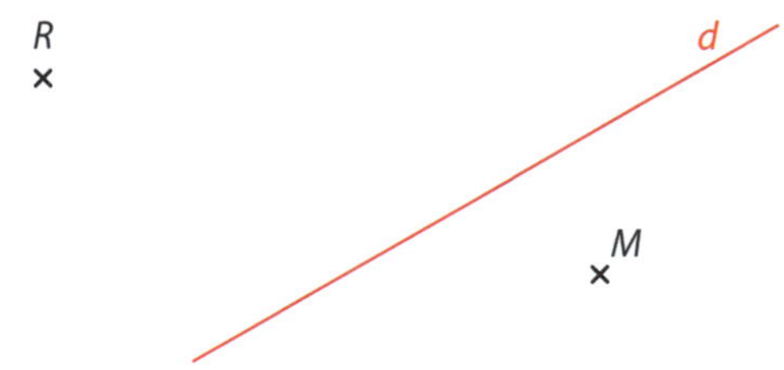

▸ Un carré est à la fois un rectangle et un losange : il a toutes les propriétés de ces deux figures.

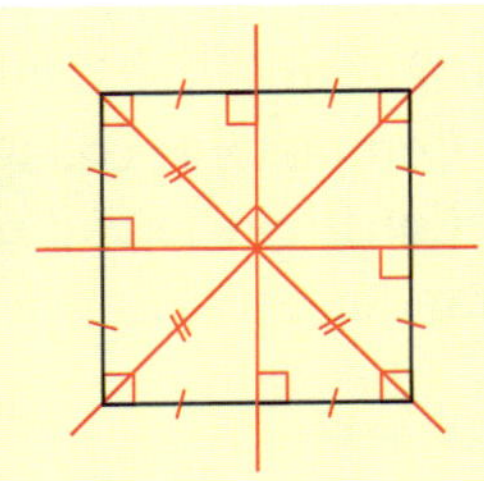

34 *ROTI* est un carré tel que $RT = 3$ cm.

1. Tracer ce carré à main levée avec les codages.

2. Construire ce carré en vraie grandeur.

3. Tracer tous les axes de symétrie du carré.

Automatismes

35 Parcours ceinture jaune

1. Les figures d'une même couleur ci-dessous semblent-elles symétriques par rapport à la droite *d* ?

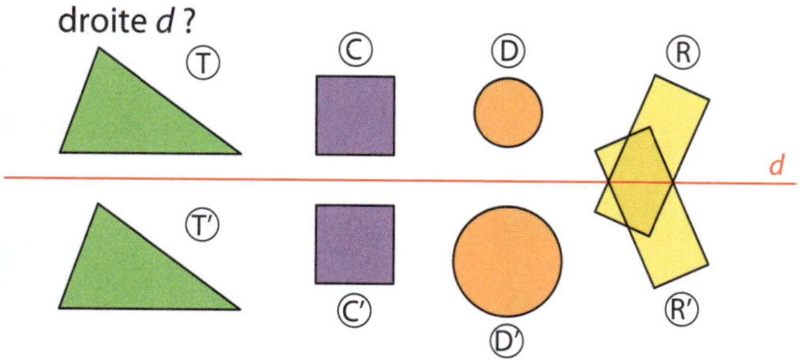

....

2. Combien d'axes de symétrie un carré a-t-il ? ....

3. Les couples de points suivants sont-ils symétriques par rapport à la droite rouge ?

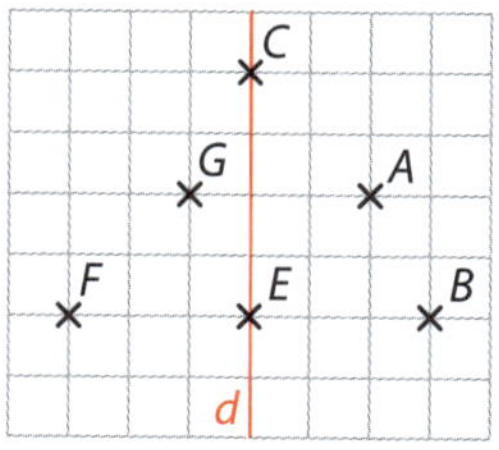

A et *G* ....

F et *B* ....

E et *C* ....

C et *C* ....

36 Parcours ceinture verte

1. Les figures d'une même couleur ci-dessous semblent-elles symétriques par rapport à la droite rouge ?

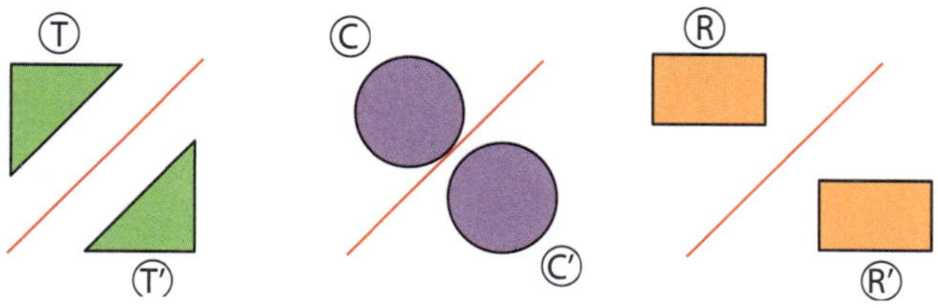

....

2. Combien un triangle isocèle (non équilatéral) a-t-il d'axes de symétrie ? ....

3. Les couples de points suivants sont-ils symétriques par rapport à la droite rouge ?

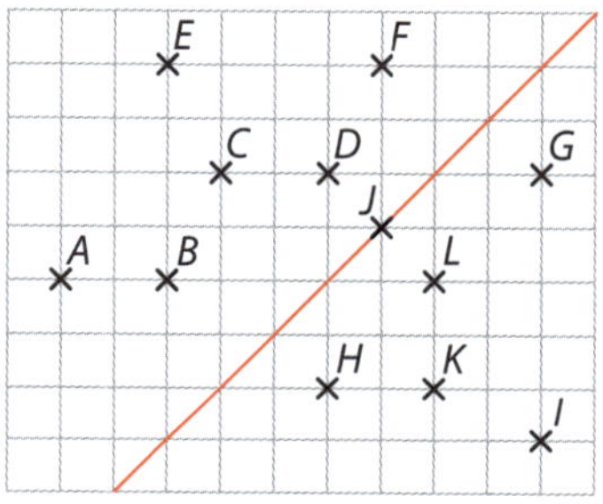

B et *H* ....　　*C* et *K* ....

D et *G* ....　　*F* et *G* ....

37 Parcours ceinture noire

1. Donner le nombre d'axes de symétrie de chacune des figures suivantes.

....

2. Un triangle peut-il avoir trois axes de symétrie ?

....

3. Les diagonales d'un rectangle sont-elles des axes de symétrie du rectangle ? ....

4. Le milieu d'un segment appartient-il à la médiatrice de ce segment ? ....

Le labo Indigo

Entraine-toi à ton rythme sur les capacités 1 à 7 avec les exercices interactifs du Labo Indigo.

▶ hachette-clic.fr/21li6011

Problèmes

ceinture jaune — ceinture verte — ceinture noire

38 Étoile

Représenter

1. Construire un triangle équilatéral *OLS* de côté 3,5 cm ; tracer ses axes de symétrie qui se coupent en *X*.

2. Construire les points *E*, *T*, et *I* symétriques du point *X* par rapport à chacun des côtés du triangle *OLS*. Tracer le triangle *ETI*.

39 Cerf-volant

Représenter, Raisonner

Le cerf-volant que dessine Léo est constitué de deux triangles :

- le triangle *FCE* isocèle en *C* tel que *FC* = 2 cm et *FE* = 3 cm ;
- le triangle *FER* équilatéral.

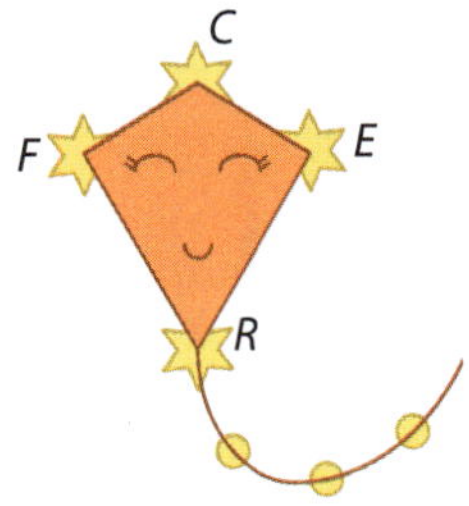

1. Construire le quadrilatère *CERF*.

2. Ce quadrilatère a-t-il un ou des axes de symétrie ? Justifier.

40 Cercles symétriques

Représenter, Raisonner

1. Construire un cercle de centre *O* et de rayon 1,5 cm ; placer deux points *A* et *B* sur ce cercle tel que *AB* = 2 cm.

2. Tracer le symétrique du cercle par rapport à la droite (*AB*). Ce cercle passe-t-il par les points *A* et *B* ? Pourquoi ?

3. Qu'aurait-on pu dire de ce cercle symétrique si les points *A* et *B* avaient été diamétralement opposés ?

41 Quadrilatère particulier
Représenter, Raisonner

1. Tracer deux droites d_1 et d_2 perpendiculaires en C.
Sur la droite d_1, placer un point V tel que $CV = 2$ cm.
Sur la droite d_2, placer un point T tel que $VT = 2{,}5$ cm.

2. Construire le point E, symétrique du point V par rapport à la droite d_2 et le point S, symétrique du point T par rapport à la droite d_1.

3. Quelle est la nature du quadrilatère $VSET$? Justifier.

42 Mesure d'angle
Raisonner

Sans utiliser de rapporteur, donner la mesure de l'angle $\widehat{ABC}$, puis celle de l'angle $\widehat{ABD}$ en justifiant la réponse.

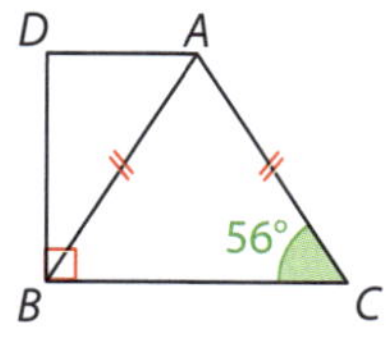

43 Carré
Représenter, Raisonner

$ABCD$ est un carré de centre O tel que $AO = 2$ cm.

1. Construire le carré $ABCD$.

2. Combien mesure le segment $[OB]$?

3. Peut-on tracer un cercle qui passe par les quatre sommets du carré $ABCD$?

44 Fraction symétrique
Chercher

Je suis une fraction composée de chiffres de la liste suivante.

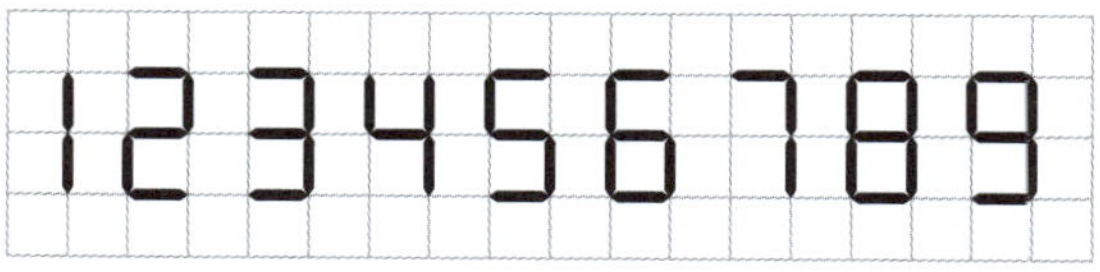

Mon numérateur est un nombre impair supérieur à 200, divisible par 9 et composé de trois chiffres différents.

Mon dénominateur est un nombre pair composé de trois chiffres différents.

Le numérateur et le dénominateur sont symétriques par rapport au trait de fraction.

▸ Dessiner cette fraction ci-contre.

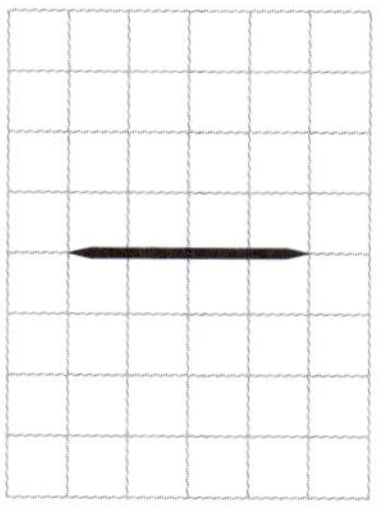

Problèmes

45 Sommet perdu
Représenter, Raisonner

ABCD est un losange mais ses sommets *C* et *D* sont à l'extérieur de la page.

1. Construire de façon précise (sans construire les points *C* et *D*) la partie des diagonales qui sont dans le cadre. Justifier la construction.

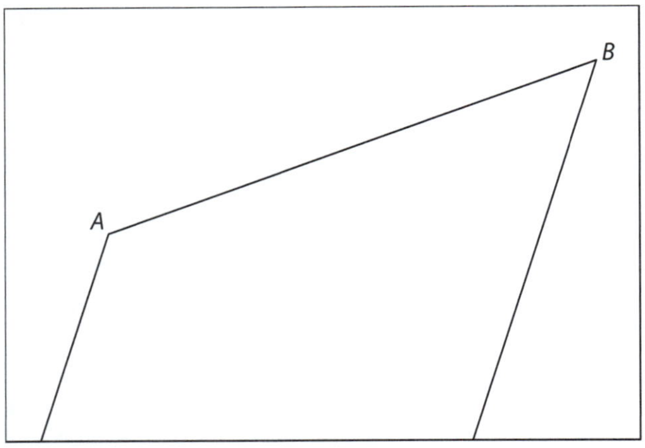

2. Donner la longueur des diagonales de ce losange en effectuant des mesures sur la figure et en expliquant la démarche.

46 Triangles et angles
Raisonner

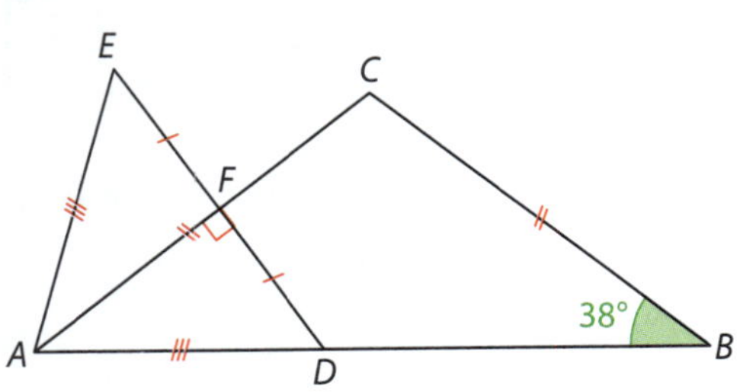

Justifier les réponses aux questions suivantes.

1. Quelle est la mesure de l'angle $\widehat{BAC}$?

2. Le triangle *AED* a-t-il un axe de symétrie ? Si oui, lequel ?

3. En déduire la mesure de l'angle $\widehat{BAE}$.

47 Billard
Modéliser, Raisonner

Au billard, lorsque l'on tire une boule sur une bande, sans lui appliquer d'effet, elle rebondit en faisant avec la bande un angle de même mesure que l'angle sous lequel elle a touché la bande.

Si l'on veut toucher une boule de couleur avec la boule blanche en faisant rebondir la boule blanche sur une seule bande, il faut donc viser le symétrique de la boule de couleur par rapport à la bande choisie.

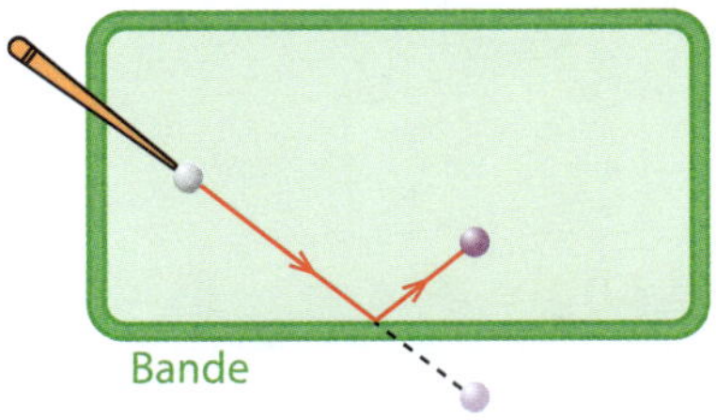

Maxence veut toucher la boule rouge avec la boule blanche en une seule bande.

▸ Tracer les quatre directions possibles pour que la boule blanche touche la boule rouge, en une seule bande.

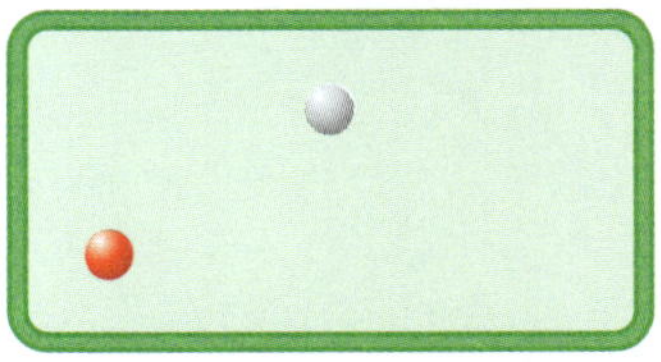

Tâche complexe

48 Quand un rayon lumineux rencontre un miroir, il « rebondit » dessus : on dit qu'il est réfléchi.

Avec un rayon laser placé au point *L*, Eneko vise le miroir 1 avec un angle d'incidence de 35° (l'angle formé entre le rayon laser et le miroir 1 mesure donc 90° – 35° = 55°). Ce rayon « rebondit » sur le miroir 1, puis sur le miroir 2, puis sur le miroir 3.

Doc 1 Le principale de réflexion

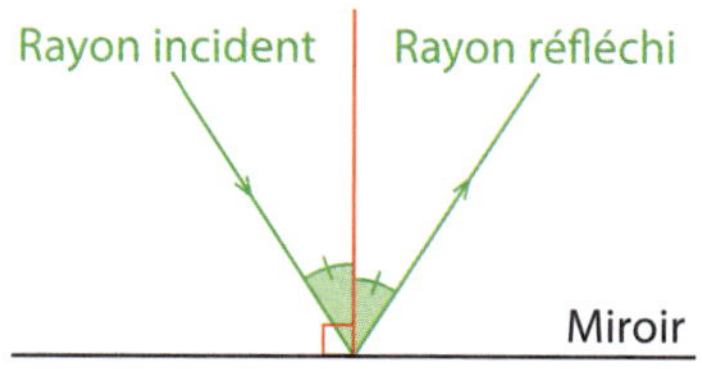

L'angle d'incidence et l'angle de réflexion sont symétriques par rapport à la droite rouge, perpendiculaire au miroir.

Doc 2 Montage d'Eneko

Les trois miroirs sont identiques et mesurent chacun 50 cm. Les miroirs 1 et 3 sont perpendiculaires au miroir 2.

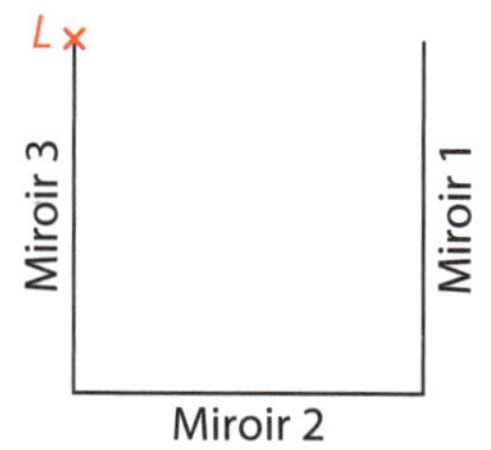

▸ Représenter ci-dessous le trajet du rayon laser. D'après cette construction, le rayon laser touchera-t-il à nouveau le miroir 1 ?

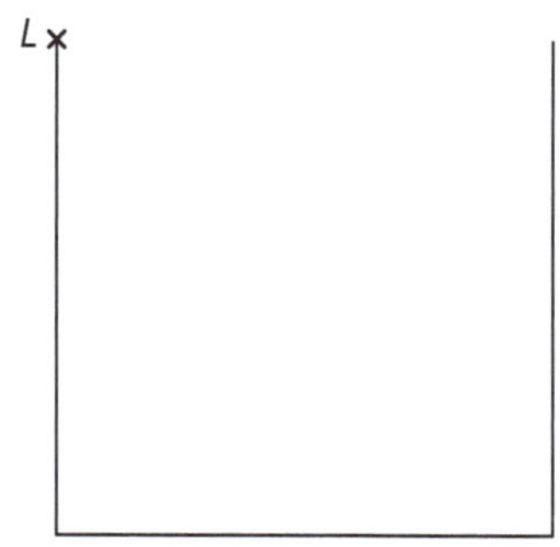

Le jeu

Symétrion

Ce jeu se joue en binôme.
On part d'une grille partagée par un axe de symétrie. À tour de rôle, les joueurs placent l'un une croix sur sa moitié de grille, l'autre un rond sur sa moitié. Le premier qui place son signe sur une case qui est symétrique d'une case déjà remplie a perdu.

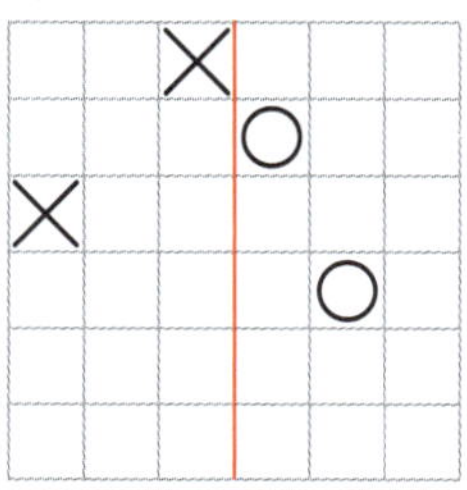

Le défi

Mots-miroirs

Certains mots de la langue française possèdent un axe de symétrie horizontal si on les écrit en lettres majuscules.
Par exemple : ~~DIX~~ mais pas SIX
Trouver des mot de quatre, cinq, six et sept lettres possédant cette particularité.

Chapitre 12

Espace et volume

1 Reconnaitre et représenter des solides

▸ Un **polyèdre** est un solide dont les faces sont des polygones. Les côtés de ces polygones sont appelés **arêtes**, ils sont délimités par des points appelés **sommets**.

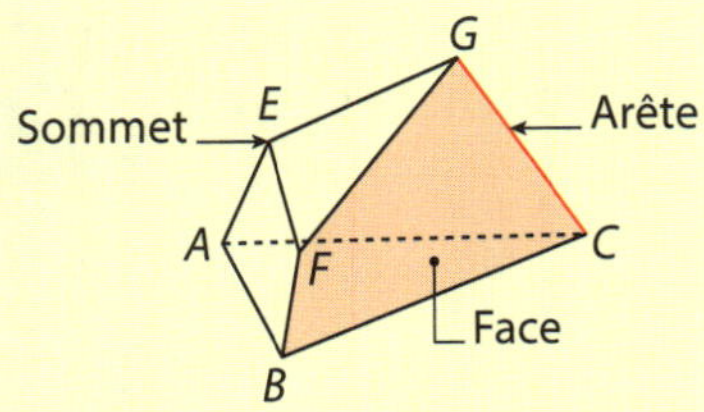

1

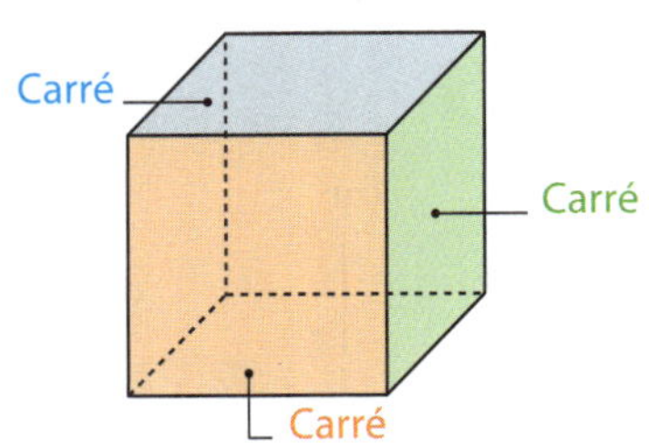

1. Comment s'appelle ce solide ? ....
2. Combien a-t-il de faces ? ....
3. Combien a-t-il d'arêtes ? ....
4. Combien a-t-il de sommets ? ....

2 Trois polyèdres sont représentés ci-dessous.

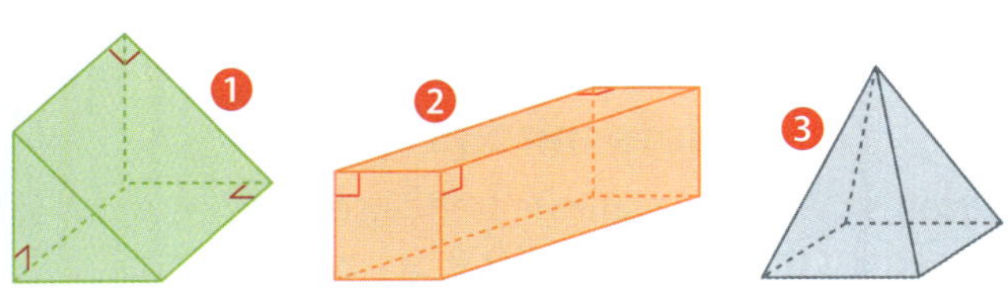

Compléter.

Solide 1

Nom : ....

Nombre de faces : .... de sommets : .... d'arêtes : ....

Solide 2

Nom : ....

Nombre de faces : .... de sommets : .... d'arêtes : ....

Solide 3

Nom : ....

Nombre de faces : .... de sommets : .... d'arêtes : ....

3 Nommer chacun de ces solides.

1 2 3

....

▸ Pour représenter un solide du plan, on peut utiliser la **perspective cavalière**, dans laquelle :
- les arêtes parallèles et de même longueur sont représentées par des segments parallèles et de même longueur ;
- les arêtes cachées sont représentées en pointillés

4 À l'aide du quadrillage, compléter les représentations du cube et du parallélépipède rectangle ci-dessous en perspective cavalière.

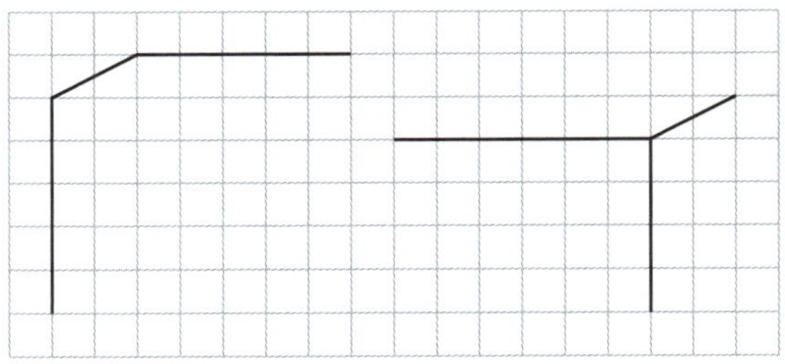

5 MODE EXPERT

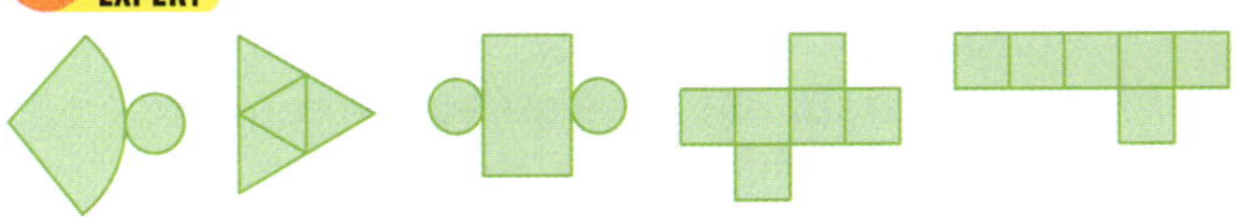

1 2 3 4 5

Parmi les patrons ci-dessus, indiquer le ou les patrons :
- d'un cube : ....
- d'une pyramide : ....
- d'un cône : ....
- d'un cylindre : ....

2 Connaitre et représenter le pavé droit

▸ Le **pavé droit**, appelé aussi parallélépipède rectangle, est un solide dont les six faces sont des rectangles.

6 On considère le pavé droit ci-dessous.

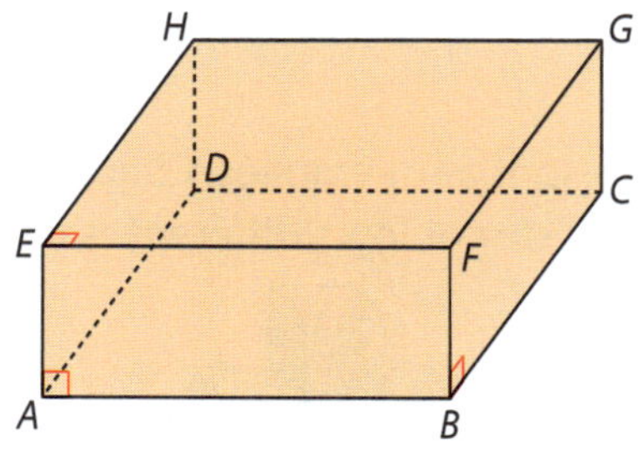

1. Nommer tous ses sommets.

2. Nommer toutes ses arêtes.

3. Nommer toutes ses faces.

7 On considère le parallélépipède rectangle *ABCDEFGH* ci-contre.
Vrai ou faux ?

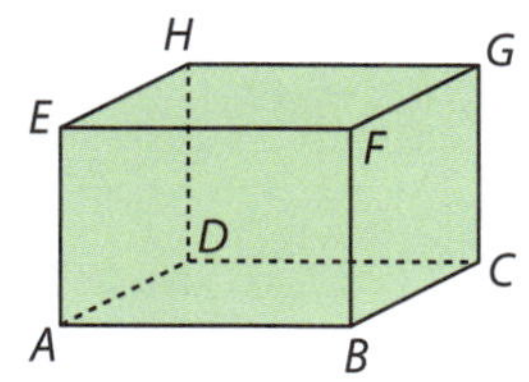

a. *AEFB* est un rectangle.

b. Les polygones *AEHD* et *CGHD* ont les mêmes dimensions.

c. Les droites (*AE*) et (*BF*) sont parallèles.

d. L'arête [*GC*] est non visible.

e. *AEHD* n'est pas un rectangle.

f. *FBC* est un triangle rectangle.

8 Compléter la représentation en perspective cavalière du pavé droit ci-dessous.

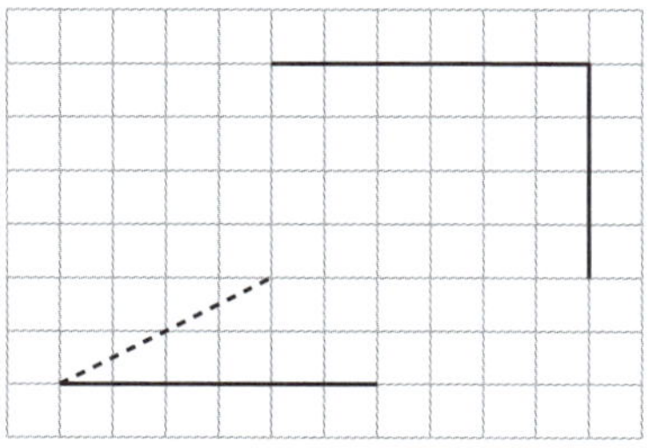

▸ Il existe plusieurs **patrons** possibles pour un même pavé droit.

9 Les patrons suivants sont-ils des patrons de parallélépipèdes rectangles ?

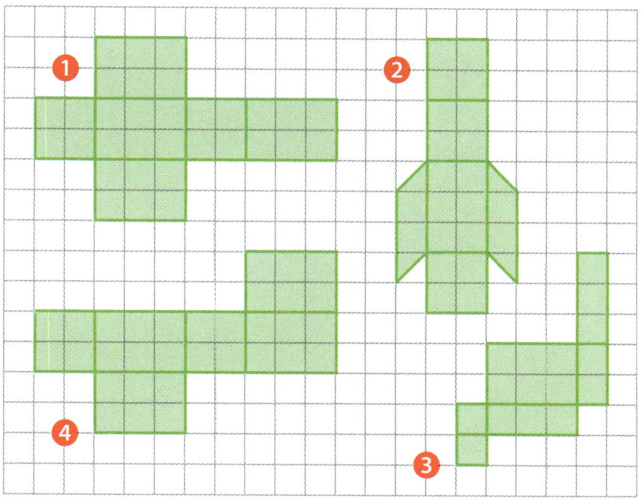

1 : .... 2 : .... 3 : .... 4 : ....

10 Construire le patron d'un pavé droit de 1,5 cm de long, 1 cm de large et 2 cm de hauteur.

11 MODE EXPERT Vrai ou faux ? Justifier.

a. Si un solide est un cube, alors c'est un pavé droit.

b. Si un solide est un pavé droit, alors c'est un cube.

3 Se repérer dans le plan et dans l'espace

▶ Dans un plan, par convention, on se repère d'abord **horizontalement** puis **verticalement**.
Le point *A* est repéré par les nombres **3** et **4**.
On écrit *A* (**3** ; **4**).
Le point *B* est repéré par les nombres **4** et **2**. On écrit *B* (**4** ; **2**).

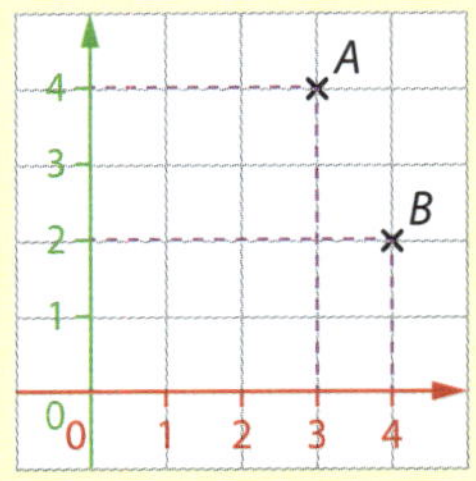

12 Repérer les points ci-dessous.

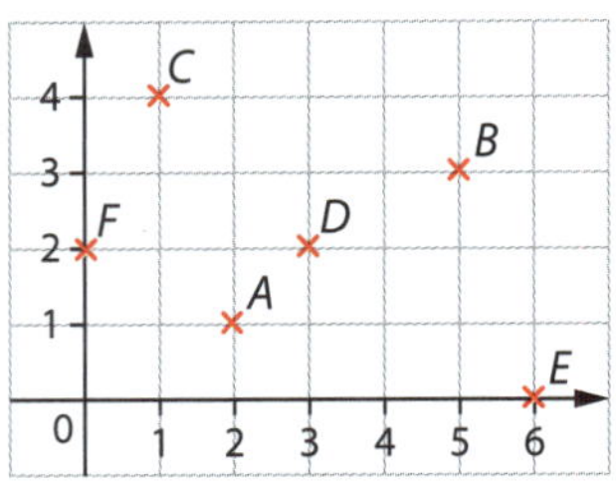

13 Placer les points suivants dans le repère ci-dessous.

A(4 ; 3) • *B*(2,5 ; 2) • *C*(1 ; 1,5)
D(3 ; 0) • *E*(0,5 ; 2,5) • *F*(0 ; 0,5)

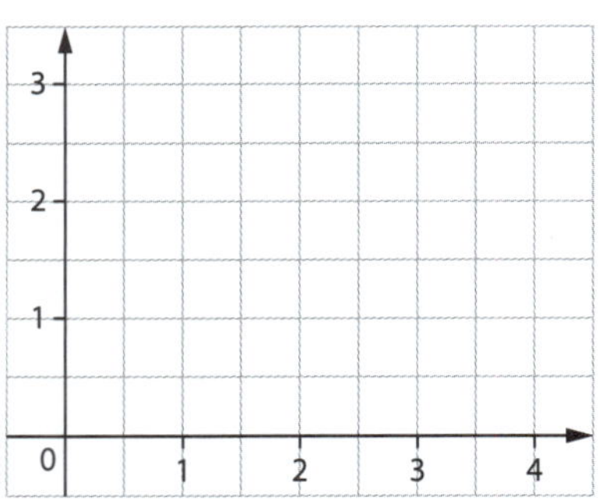

14 **1.** Dans le repère du plan ci-dessous, repérer les quatre points *A*, *B*, *C* et *D*.

2. Tracer la suite de ce parcours : *E*(1 ; 3), *F*(5 ; 4), *G*(8 ; 1), *H*(6 ; 2) et *A*.

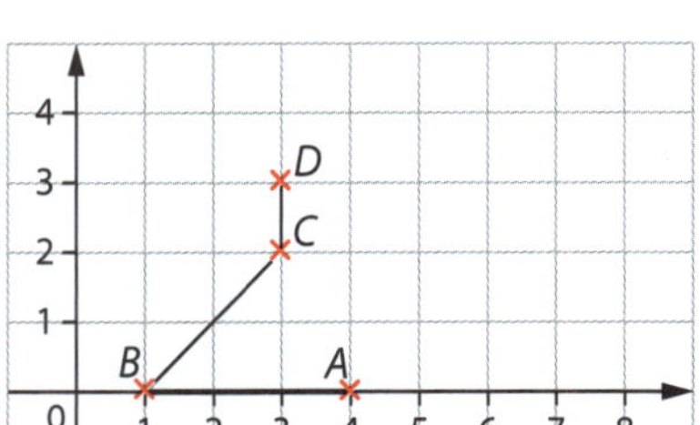

▶ Dans l'espace, la vue d'un objet dépend de la position de l'observateur.

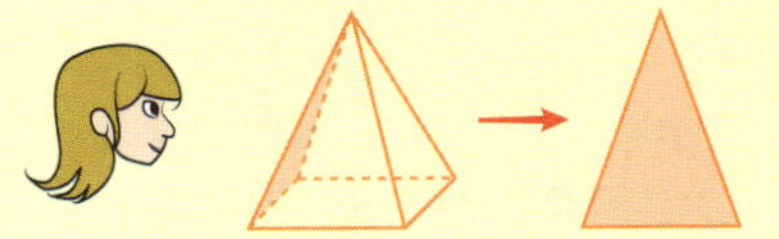

Vue de gauche

15 Dix cubes sont ainsi empilés. Chaque cube a toutes ses faces de couleurs différentes.

Compléter par un des mots suivants : face, derrière, droite, gauche, dessus, dessous.

vue de .... vue de .... vue de ....

16 MODE EXPERT Représenter la vue de face, la vue de droite et la vue du dessus du solide ci-dessous.

4 Déterminer un volume

▶ Le **volume** d'un solide est la mesure de son espace intérieur.
L'unité de volume de référence est le **mètre cube**, noté **m³**.

17 Compléter à l'aide de la représentation ci-dessous.

Dans un cube de 1 m³, il y a .... couches de .... cubes de 1 dm³ chacun.

Donc 1 m³ = ... dm³

et 1 dm³ = ... m³.

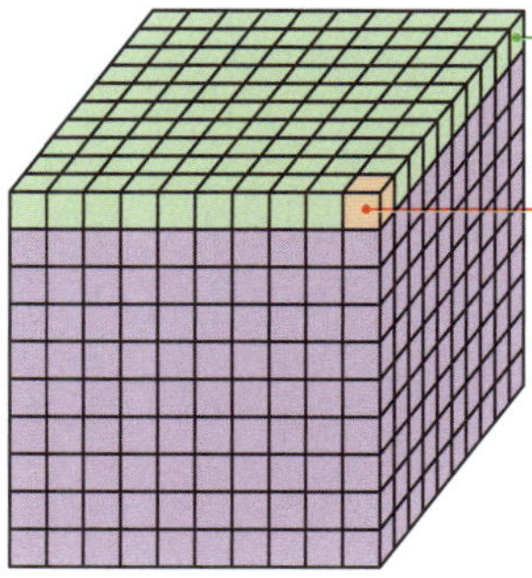

▶ Pour **convertir des unités** de volume, on effectue des multiplications ou des divisions par 1 000.

× 1 000

1 dm³ = 1 000 cm³

1 cm³ = 0,001 dm³

÷ 1 000

18 Compléter les égalités suivantes.

a. 25 dm³ = 25 × .... cm³ = ... cm³

b. 1,6 m³ = 1,6 × .... dm³ = ... dm³

c. 4 dm³ = 4 ÷ .... m³ = ... m³

d. 32,4 cm³ = 32,4 ÷ .... dm³ = ... dm³

19 Compléter les égalités suivantes.

a. 478 dm³ = ... m³

b. 23,4 cm³ = ... dm³

c. 1,5 m³ = ... cm³

d. 4 700 cm³ = ... m³

▶ Le **litre**, noté **L**, est une unité de contenance.
1 L = 1 dm³
1 L = 10 dL = 100 cL = 1 000 mL

20 Compléter les égalités suivantes.

a. 87 dm³ = ... L = ... dL = ... cL

b. 9 cm³ = ... dm³ = ... L = ... mL

c. 0,056 dm³ = ... L = ... cL

d. 500 cm³ = ... cL = ... L

21 Donner une unité adaptée pour exprimer le volume (ou la contenance) :

a. d'une salle à manger : ....

b. d'une boite d'allumettes : ....

c. d'une grande bouteille d'eau : ....

d. d'une seringue : ....

▶ Le volume $\mathcal{V}$ d'un pavé droit est égal au produit de sa **longueur** par sa **largeur** et par sa **hauteur** :

$$\mathcal{V} = L \times \ell \times h$$

22 Calculer le volume $\mathcal{V}$ des solides suivants.

1. Un cube d'arête 10 cm.

....

2. Un pavé droit de 5 cm de longueur, 4 cm de largeur et 2 cm de hauteur.

....

3. Un pavé droit de 10 m de longueur, 4 m de largeur et 50 cm de hauteur.

....

....

23 MODE EXPERT Un pavé droit a un volume de 1dm³.
Sa hauteur est de 20 cm et sa longueur est de 10 cm.
Quelle est sa largeur ?

....

Automatismes

24 Parcours ceinture jaune

1. 1 dm^3 = ………… L = ………… cm^3
2. 1 m^3 = ………… dm^3
3. Une seule de ces figures représente le patron d'un cube. Laquelle ? …………

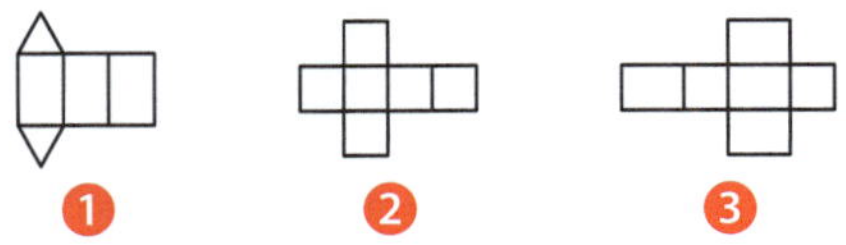

4. Le volume d'un cube de 3 cm d'arête est …… cm^3.
5. Comment repère-t-on le point *A* ?

A(…… ; ……)

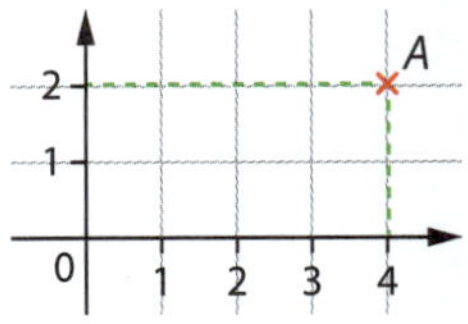

25 Parcours ceinture verte

1. 0,5 L = ………… cm^3
2. 50 m^3 = ………… dm^3
3. Une seule de ces figures représente le patron d'un pavé droit. Laquelle ? …………

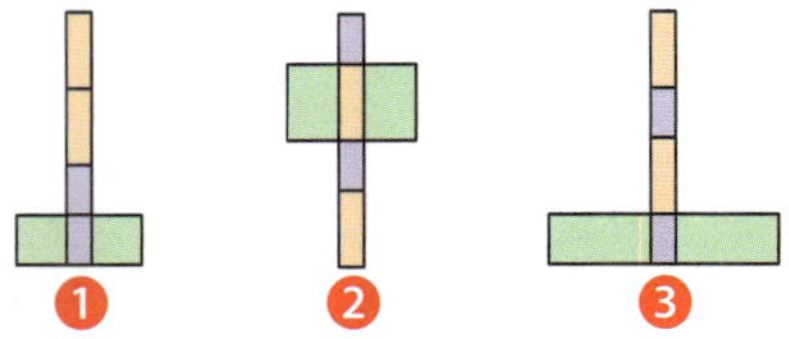

4. Quel est le volume d'un pavé droit de 5 m de haut, 2 m de large et 3 m de long ? …………
5. Quels nombres permettent de repérer le point *A* ? Et le point B ?

A(…… ; ……) et *B*(…… ; ……)

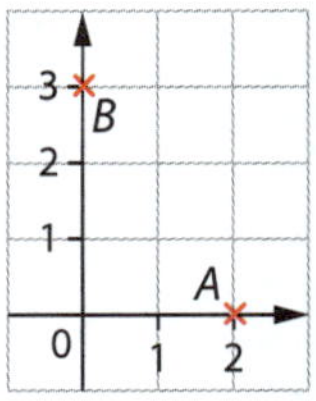

26 Parcours ceinture noire

1. 1 m^3 = ………… cm^3
2. 5 cL = ………… dm^3
3. 1 cm^3 = ………… mL
4. La formule permettant de calculer le volume d'un pavé droit est $\mathcal{V}$ = …………
5. Quelle est la longueur d'un pavé droit d'un litre qui mesure 50 cm de largeur et 10 cm de hauteur ? …………
6. Compléter.

Le milieu *M* du segment [*AB*] est

M(…… ; ……).

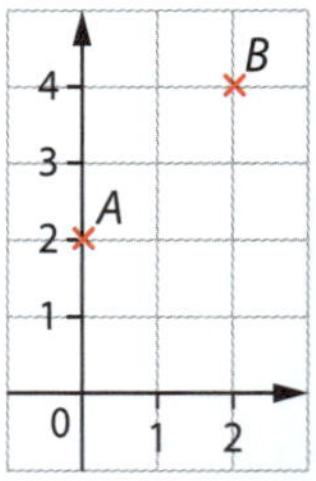

Le labo Indigo

Entraine-toi à ton rythme sur les capacités 1 à 4 avec les exercices interactifs du Labo Indigo.

hachette-clic.fr/21li6012

Problèmes

ceinture jaune · ceinture verte · ceinture noire

27 La bougie
Calculer, Modéliser

Une bougie a la forme d'un parallélépipède rectangle. Elle est posée sur sa base carrée de 5 cm de côté. Elle mesure 15 cm de haut.

▸ Quel volume de cire a-t-il fallu pour fabriquer cette bougie ?

28 Le bac à sable
Calculer, Modéliser

Un bac à sable qui a la forme d'un rectangle de 3 m sur 2 m est uniformément rempli de sable sur une épaisseur de 40 cm.

▸ Calculer le volume de sable dans ce bac.

29 Les valises
Calculer, Raisonner

Martin hésite entre trois modèles de valise. Les dimensions sont en centimètres ($L \times l \times h$).

Modèle A : $55 \times 35 \times 22$

Modèle B : $50 \times 40 \times 28$

Modèle C : $60 \times 32 \times 21$

1. Quelle valise a le plus grand volume ?

2. Martin veut également pouvoir emporter sa valise en cabine quand il prend l'avion. La compagnie aérienne avec laquelle il voyage lui indique que la somme des trois dimensions de sa valise ne doit pas dépasser 115 cm. Quelle valise doit-il choisir ?

30 Empilement de containers
Représenter, Calculer

Des containers sont empilés sur un port comme indiqué ci-dessous. Chaque container mesure 1 295 cm de long, 259 cm de large et 259 cm de haut.

Devant

1. Compléter et colorier les figures A et B ci-dessous pour qu'elles représentent respectivement la vue de face et la vue de gauche de cet empilement.

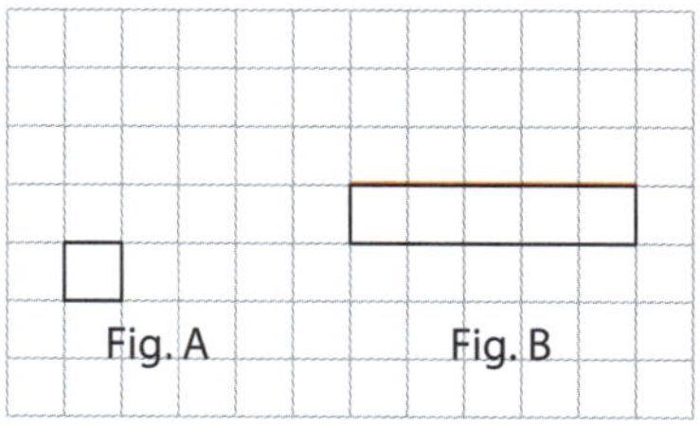

2. Quel est le volume total de cet empilement en m^3 ? Arrondir à l'unité.

Problèmes

31 Parcours du robot
Représenter

Un robot se déplace et représente son trajet en suivant le script donné ci-dessous.

S'orienter en direction de -90 signifie que le robot s'oriente horizontalement vers la gauche.

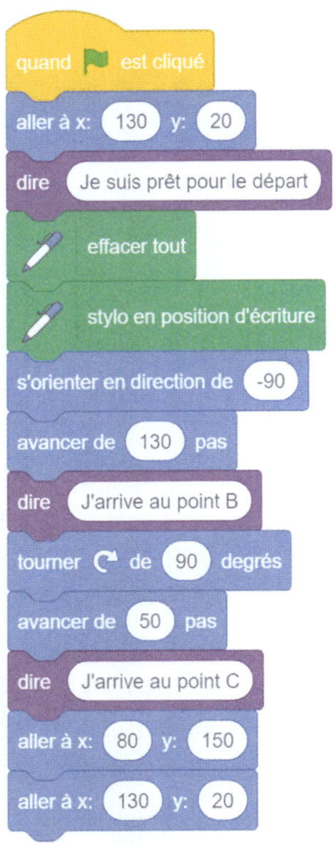

1. Représenter le parcours du robot dans le repère suivant.

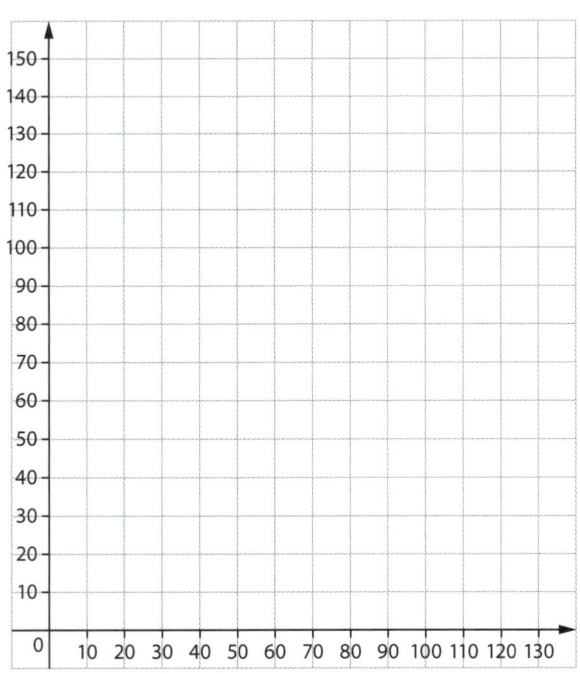

2. Par quels nombres sont repérés les points *B* et *C* ?

32 Boites en carton
Modéliser, Raisonner, Calculer

Un fabriquant d'emballages en carton fabrique des boites en forme de pavé droit de 30 cm de long, 20 cm de large et 10 cm de haut. Il veut augmenter au maximum le volume de son modèle de boites en ajoutant 5 cm uniquement sur une des trois dimensions.

▸ Quelle dimension faut-il agrandir et quel sera le nouveau volume ?

33 L'aquarium
Modéliser, Calculer, Raisonner

L'aquarium d'Amir a la forme d'un pavé droit de 60 cm de long, 22 cm de large et 33 cm de haut. Il est rempli au $\frac{21}{22}$ de sa hauteur.

Amir souhaiterait acheter un éclairage cubique dont l'arête mesure 13 cm pour l'installer au fond de son aquarium.

▸ L'eau va-t-elle déborder ? Si oui, de quelle quantité ?

Tâche complexe

34 M. et Mme Ben vont emménager avec leurs deux enfants dans une nouvelle maison composée de deux blocs en forme de pavés droits. Ils doivent choisir un poêle à granules et un chauffe-eau adaptés à leur nouvelle maison.

Doc 1 La maison

Doc 2 Les poêles à granules

Le modèle doit être choisi en fonction du volume total à chauffer.

Modèle A : 110 m^3 **Modèle B :** 240 m^3
Modèle C : 340 m^3 **Modèle D :** 480 m^3

Doc 3 Les chauffe-eau

Le modèle doit être choisi en fonction de la consommation d'eau chaude par jour, sachant qu'une personne consomme environ 35 litres d'eau chaude par jour.

Type 1 : 100 dm^3 **Type 2 :** 150 dm^3
Type 3 : 250 dm^3 **Type 4 :** 400 dm^3

▸ Pour chaque appareil, quel modèle vont-ils choisir ?

Le jeu

La bataille spatiale

Le jeu se joue à deux. Un joueur appelé « le commandant de bord » place secrètement quatre vaisseaux dans un repère du plan. Son adversaire, « le tireur », désigne successivement des points à l'aide des deux nombres qui les repèrent. Lorsqu'un point cité appartient à un vaisseau spatial alors le commandant dit « impact ». Lorsque les deux points du vaisseau sont touchés, le commandant dit « crash ». L'objectif est de détruire tous les vaisseaux en un nombre de coups le plus petit possible. Lorsque la partie est terminée, échanger les rôles.

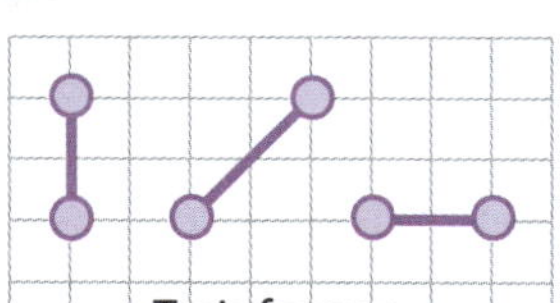
Trois formes de vaisseaux possibles

Le défi

Les chats et la souris

Trois chats C_1, C_2 et C_3 sont dans une pièce aux positions $C_1(2\ ;\ 1)$, $C_2(3\ ;\ 3)$ et $C_3(5\ ;\ 2)$. Chaque chat peut voir autour de lui à une distance inférieure ou égale à la diagonale d'un carreau. Une souris S s'est installée à l'intérieur de la pièce de manière à n'être visible par aucun chat, et être dans un lieu repéré par des nombres entiers tous deux différents de zéro.

Où est la souris ? ……………………

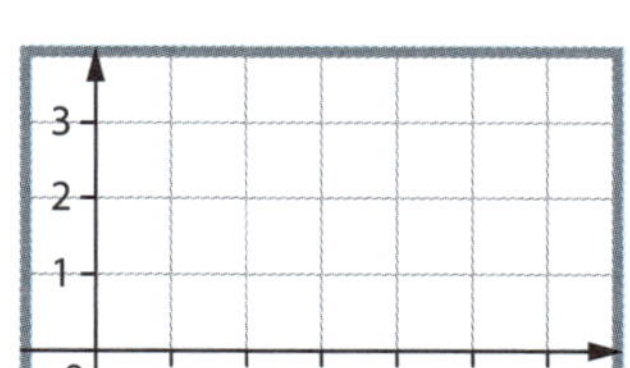

Problèmes transversaux

ceinture jaune · ceinture verte · ceinture noire

1 La cascade
Représenter

En visite dans un parc, Sandra cherche une cascade. Elle sait que cette cascade se trouve exactement à 600 m de l'hôtel, à 800 m de la route rectiligne, et qu'elle est plus près de l'entrée du parc que de la maison de la nature.

▸ Sur le schéma ci-dessous, réalisé à l'échelle $\frac{1}{20\,000}$ placer le point *C* représentant la cascade, sachant que le point *H* représente l'hôtel, le point *E* l'entrée du parc et le point *M* la maison de la nature..

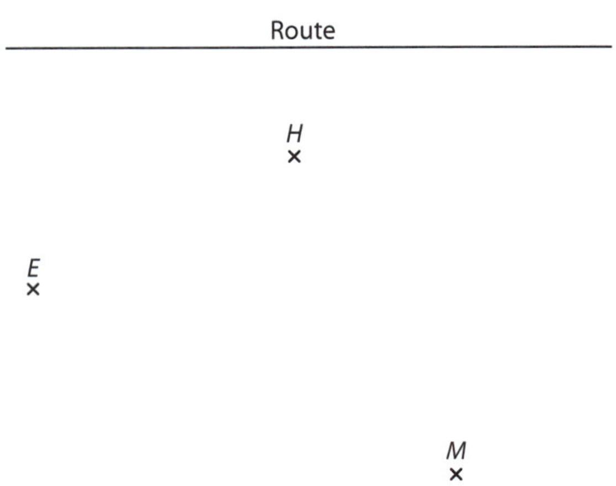

2 Feuilles de papier
Calculer

1. L'épaisseur d'une feuille de papier est de 0,005 cm.

a. Quelle est l'épaisseur d'un paquet de 500 feuilles ?

b. Quelle est, en mètres, la hauteur de 1 000 paquets empilés ?

c. Combien faudrait-il de feuilles pour arriver au sommet d'un immeuble de 30 m de haut ?

2. Une feuille au format A4 mesure 210 mm de large et 297 mm de long. Pour faire un grand affichage rectangulaire, Anaïs colle, bord à bord, 7 rangées de 9 feuilles au format A4.

Quel est l'arrondi au m^2 de l'aire de cet affichage ?

3 Coffrets et sacs
Calculer

Un commerçant achète pour les revendre des coffrets ou des petits sacs. S'il n'achète que des coffrets, son budget lui permet d'en acheter au maximum 50 à 2,50 € pièce. Avec la même somme d'argent, il pourrait n'acheter que des petits sacs à 2 € pièce et il ne lui resterait rien.

1. De quelle somme d'argent dispose-t-il ?

2. Il décide d'acheter 24 coffrets et le plus grand nombre possible de petits sacs. Combien de petits sacs va-t-il acheter ?

3. Finalement, son fournisseur lui fait une réduction de 10 % sur chaque petit sac acheté. Combien va-t-il payer ?

4 Des loisirs

Chercher, Calculer

Cinq amis, Amir, Sam, Tom, Noa et Léo pratiquent chacun un seul loisir parmi la danse, le football, la musique, la natation et le basket. Ils pratiquent tous un loisir différent. Amir est le frère du danseur et le cousin du musicien. Noa habite tout près du footballeur et du nageur. Léo rend souvent visite au danseur et les deux jouent souvent au jeu vidéo contre Noa et le musicien. Tom est le seul à ne pas habiter la même ville que ses amis. Sam n'aime pas la musique. Amir et le footballeur ne sont pas souvent d'accord.

1. Compléter par Oui ou par Non le tableau suivant pour déterminer le loisir pratiqué par chacun des cinq amis.

	Danse	Football	Musique	Natation	Basket
Amir					
Sam					
Tom					
Noa					
Léo					

2. Amir a pratiqué son loisir préféré hier entre 16 h 55 et 18 h 20. Combien de temps cela a-t-il duré ? Exprimer le résultat en heures et minutes.

3. Hier, Amir s'est échauffé pendant $\frac{2}{5}$ de son temps de loisir. Combien de minutes cela représente-t-il ?

5 Des rectangles

Calculer, Raisonner

Pour réaliser son collage, Mia a assemblé 11 rectangles identiques comme indiqué ci-contre.

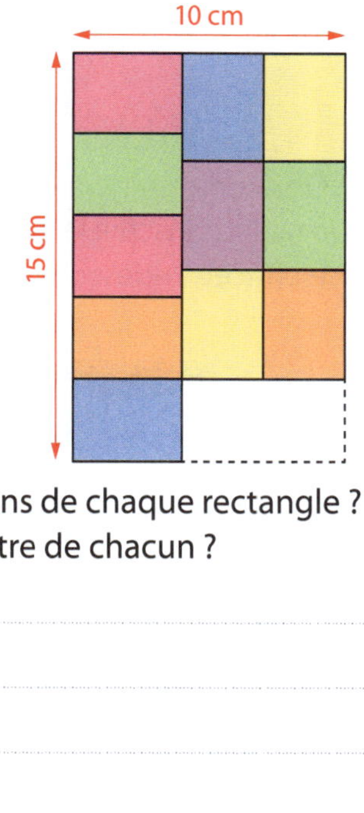

1. Quelles sont les dimensions de chaque rectangle ? Quels sont l'aire et le périmètre de chacun ?

2. Mia pense que si elle retire le rectangle en bas à gauche, les dix rectangles restants vont former une figure ayant un axe de symétrie (si l'on ne tient pas compte des couleurs).

A-t-elle raison ? Si oui, tracer cet axe sur la figure.

Problèmes

6 Des cubes
Représenter, Calculer

On a représenté ci-dessous des empilements en « escaliers symétriques » de cubes de 2 cm d'arête.

Empilement sur trois niveaux

Empilement sur cinq niveaux

1. Compléter la vue de face de l'empilement sur trois niveaux commencé ci-dessous.

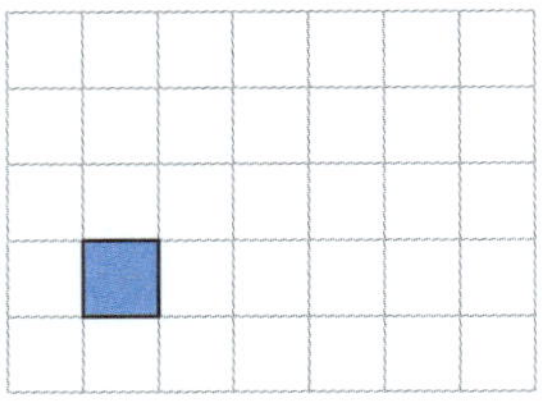

2. a. Combien y a-t-il de cubes dans l'empilement sur deux niveaux ? Et sur trois niveaux ?

....

....

b. On étudie ce type d'empilements de cubes à l'aide d'un tableur. Inscrire le nombre qui convient dans chaque case effacée ci-dessous.

	A	B	C
1	Nombre de niveaux	Nombre de cubes dans la base de l'empilement	Nombre total de cubes dans l'empilement
2	1	1	1
3	2		
4	3		
5	4		
6	5	17	45
7	6	21	66
8	7	25	91
9	8	29	120
10	9	33	153
11	10	37	190

3. Combien faut-il de niveaux d'empilement pour obtenir un volume d'au moins 1 L ?

....

....

....

....

....

7 Robot
Calculer, Représenter

Un robot est programmé pour suivre la trajectoire décrite ci-dessous. Certaines longueurs sont effacées mais on sait qu'après chaque virage, la ligne droite à suivre doit avoir une longueur égale à 80 % de la précédente.

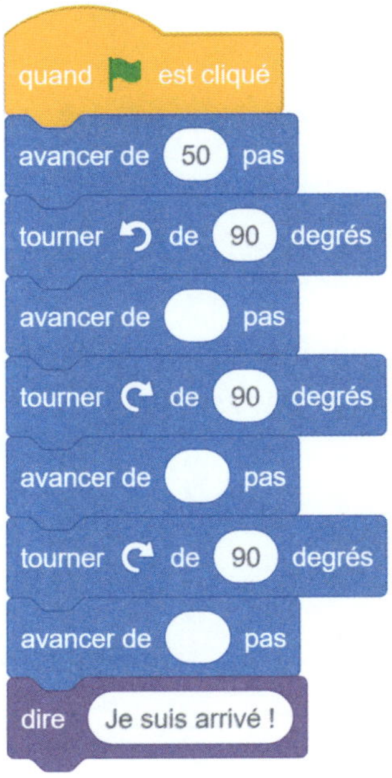

1. Compléter les distances manquantes dans le programme ci-dessus.

2. Le robot part du point *A*. Compléter le schéma ci-dessous représentant le trajet effectué par le robot, sachant qu'un centimètre représente 10 pas.

8 La piste d'atterrissage

Calculer, Raisonner, Chercher

Des codes sont établis dans l'aéronautique pour permettre aux pilotes d'avions de voir rapidement certaines caractéristiques des pistes d'atterrissage comme la largeur et l'orientation.

• La largeur d'une piste est indiquée par le nombre de bandes représentées sur la piste.

Nombre de bandes	Largeur en mètres
4	18
6	23
8	30
12	45
16	60

• L'orientation d'une piste est donnée par un nombre qui figure au seuil de la piste, dans le sens de l'atterrissage, et que l'on multiplie par 10. Par exemple, la piste 07 signifie que l'angle formé par la direction du nord et la piste est de $07 \times 10 = 70°$ en tournant dans le sens des aiguilles d'une montre.

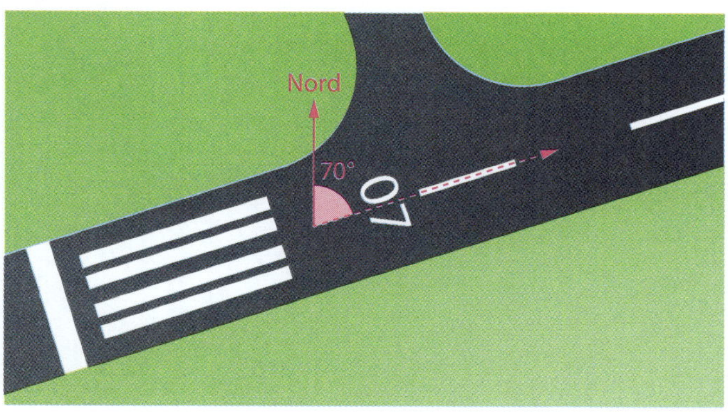

1. a. Quelle est la largeur de la piste ci-dessus ?

b. La largeur d'une piste est-elle proportionnelle aux nombres de bandes ?

2. On peut voir ci-dessous un pilote atterrir à l'aéroport de Saint-Barthélemy-Rémy-de-Haenen, dans les petites Antilles.

a. Dans quelle direction le pilote doit-il orienter son avion ?

b. Sur le schéma ci-dessous, représenter la ligne centrale de cette piste passant par le point O.

c. Un avion doit généralement atterrir face au vent. Pour identifier le sens d'atterrissage choisi par le pilote ou le contrôleur aérien, une piste comporte donc toujours deux nombres différents, un à chacune de ses extrémités. Quel nombre est inscrit à l'autre extrémité de cette piste ?

Crédits photographiques

p. 15 : romeovip_md/Shutterstock ; **p. 41 :** Dan Martin Maghiar/Shutterstock ; **p. 43 :** little birdie/Shutterstock ; **p. 51 :** H.Kan/Shutterstock ; **p. 63 :** Flower_Garden/Shutterstock ; **p. 73 :** Kazyavka/Shutterstock ; **p. 74 :** PhotobyE/Shutterstock ; **p. 81 :** Christian Mueller/Shutterstock ; **p. 101 :** kckate16/Shutterstock ; **p. 123 :** PlusONE/Shutterstock ; **p. 127 :** Stephanie Rousseau/Shutterstock.

Nous remercions tous les enseignants qui ont bien voulu contribuer, lors de nos enquêtes et tables rondes, à la conception de cet ouvrage.

Mise en pages et schémas : Soft Office
Maquette intérieure et de couverture : ADN
Visages et robot : Dafne Saporito
Illustrations : Pascal Baltzer
Édition : Alexandre Bertin

PAPIER À BASE DE FIBRES CERTIFIÉES

hachette s'engage pour l'environnement en réduisant l'empreinte carbone de ses livres. Celle de cet exemplaire est de :
1200 g éq. CO_2
Rendez-vous sur www.hachette-durable.fr

hachette-education.com

ISBN : 978-2-01-787522-2
ISBN à utiliser pour toute commande de l'ouvrage

Achevé d'imprimer en Italie par L.E.G.O. S.p.A.
Dépôt légal : Mars 2023 - Collection n° 59 - Édition 07 - 17/6731/0